KB052361

문학작품
시리즈
제8권

향기 나는 새

초판 1쇄   인쇄 2020년 7월 20일
초판 1쇄   발행 2020년 7월 23일
옮 긴 이   김승일(金勝一)·김미란
발 행 인   김승일(金勝一)
디 자 인   조경미
출 판 사   경지출판사
출판등록   제 2015-000026호

잘못된 책은 바꿔드립니다.
가격은 표지 뒷면에 있습니다.

ISBN 979-11-90159-48-7 (04820)
        979-11-90159-47-0 (세트)

판매 및 공급처 경지출판사

주소: 서울시 도봉구 도봉로117길 5-14   Tel: 02-2268-9410   Fax: 0502-989-9415
블로그: https://blog.naver.com/jojojo4

※ 이 도서의 국립중앙도서관 출판시 도서목록(CIP)은 서지정보유통지원시스템 홈페이지(http://seoji.nl.go.kr)와
   국가자료공동목록시스템에서 이용하실 수 있습니다.

문학작품
시리즈
제8권

향기 나는 새

까오훙퍼(高洪坡) · 왕취안건(王泉根) 지음
김승일(金勝一) · 김미란 옮김

경지출판사
Korea Wisdom China

머리말

1

"사람의 일은 바뀌고 변하기 마련(人事有代謝),
   세월이 오가면서 고금을 이룬다(往來成古今).
   강산에 명승고적이 남아 있어(江山留勝跡),
   우리들 다시 산에 올라 굽어본다(我輩復登臨)01"

중국현대문학은 100년의 역사를 자랑한다. 현대 중국아동문학도 100년의 역사를 지니고 있다. 100년의 역사를 지닌 문학은 우리에게 수많은 정신적인 식량을 제공해주었고, 우리 세대를 이끌어 문학 '강산'의 아름다운 풍광을 마음 것 감상하게 했다.

글로벌화, 네트워크화, 정보화한 시대에서 100년의 역사를 지닌 중국문학이 세계문학으로 녹아들고 세계로 나아가는 것은 실행가능한 일이자 필연적인 추세가 되었다.

21세기에 들어 세계 제2대 경제체로 부상한 중국은 세계의 주목과 관심을 한 몸에 받고 있다. 지속적으로 고조되고 있는 '중국 열풍', '동방 열풍', '중국어 배우기 열풍'은 세계문화 가운데서 차지하는 중국문화의

---

01) 맹호연(孟浩然)의 시 〈여러 벗들과 현산에 올라(與諸子登峴山)〉.

지위와 가치를 고스란히 설명해주고 있다.

해마다 열리는 독일 프랑크푸르트 도서전시회, 베이징 국제도서박람회에서는 중국문학에 대한 번역 소개와 판권 수출을 모두 중요한 부분으로 다루고 있다.

중국 작가협회는 해마다 여러 번 작가 방문단을 구성해 세계 여러 지역으로 문학 교류를 떠나고 있다. 중국에서도 이름난 베이징(北京)대학, 베이징사범대학, 푸단(複旦)대학, 난징(南京)대학 등은 해마다 다양한 유형의 세계문학, 비교문학 심포지엄을 개최할 뿐만 아니라 교수, 전문가를 파견해 견학할 수 있는 기회를 제공해주고 있다.

전 세계 각지에 널리 분포된 '공자학원'은 중국문화를 전파하는 사자 역할을 하고 있다. 이 모든 것들은 '중국문화와 문학을 세계에 소개'하는데 중점을 두고 있다. 여기에는 당연히 중국 아동문학도 포함된다.

중국 아동문학은 갑골문에서 전승된 중화민족의 5천년 문화 옥토에 깊이 뿌리를 내렸다.

중국 아동문학은 「과부가 태양을 쫓다(誇父追日)」, 「정위조가 동해 바다를 메우다(精衛塡海)[02]」 등 태고적 조상들의 신화나 토템, 진한(秦漢)시기부터의 농경문화 색채가 짙은 민간 동화 및 동요와 결부시켰을 뿐만 아니라, 근·현대에 들어서는 포용적인 마음가짐으로 구미를 대표 한 외국 아동문학의 새로운 요소와 형식을 받아들여 현대 중국아동문학을 탄생시켰다. 20세기 초부터 예썽타오(葉聖陶), 빙신(氷心), 마오둔(茅盾),

---

02) 「精衛塡海」: 고사성어로, 직역하면 "정위조(精衛鳥)가 동해 바다를 메우다." 라는 의미인데, 그 본뜻은 "목적 달성을 위해 온갖 곤란을 무릅쓰고 고군분투하다." 이다.

정전둬(鄭振鐸), 펑즈카이(豊子愷)(제1대), 장톈이(張天翼), 앤원징(嚴文井), 천바이췌이(陳伯吹), 허이(賀宜), 진진(金近)(제2대), 런룽룽(任溶溶), 런다린(任大霖), 홍쉰타오(洪汛濤), 거췌이린(葛翠林), 손여우쥔(孫幼軍), 진버(金波)(제3대), 거빙(葛冰), 장즈루(張之路), 가오훙퍼(高洪坡), 차오원셴(曹文軒), 진원쥔(秦文君), 선쓰시(沈石溪), 황베이쟈(黃蓓佳)(제4대), 양훙잉(楊紅櫻), 탕쑤란(唐素蘭), 쉐타오(薛濤)(제5대) 등 5대 아동문학 작가들의 노력과 지혜로 탄생된 중국아동문학은 활발한 기상을 보여주며 왕성한 발전을 이어가고 있다.

오늘의 중국은 매년 동화책 출판 6억 권, 소매시장 판매 품종 8만여 종, 연간 판매총액 80여 억 위안이라는 뛰어난 실적을 거두면서 아동도서 출판대국의 지위를 구축했다. 그 중에서 아동 문학도서가 차지하는 위치는 대단히 크다. 중국의 우수한 아동문학작품은 아동 독자들의 사랑을 받고 있다. 예를 들면 차오원셴(曹文軒)의 장편소설, 「초갓집(草房子)」은 10년간 130번을 인쇄했고 양훙잉(楊紅櫻)의 교정시리즈 소설 「개구쟁이 마소도(淘氣包馬小跳)」는 누계 2천여 만 권을 발행했다. 베이징의 「아동문학(兒童文學)」 잡지의 월간 발행량은 110만 권에 달해 중국에서 발행량이 가장 많은 순수 문학 간행물로 부상했다. 지금이 중국 아동문학 창작과 출판의 '황금시기'이며, 중국이 아동문학 대국에서 점차 아동문학 강국으로 나아가고 있다고 자부할 수 있다.

특히 언급해야 할 부분은 아동문학과 아동 도서의 전파형식이 전통적인 인쇄 도서를 제외하고도 인터넷, 전자도서, 음향, 영상 등 다양한 형식이 생겨났다는 점이다. 새로운 세기에 들어선 후 각지에서는 '아동문학 읽기 운동'을 활발하게 전개했다. 경전 읽기, 조기에 읽기, 등급별 읽기, 그림책 읽기, 그리고 '서향교정(書香校園)' 건설 등 여러 가지 아동문학 전파경로와 방법을 통해 아동문학이 진정으로 수많은 어린이들의 정신세계(중국의 기존 미성년자 3억 6천 7백 만 명)를 풍부히 해 주었을 뿐만 아니라, 아이들이 문학을 선택하고 받아들이는 경로와 수요를 최대한 만족시켰다. 이로 인해 어린이들이 독서의 자유와 기쁨을 만끽할 수 있게 되었다.

2

개방된 중국은 세계에 융합되어야 하고 세계도 중국을 알아주어야 한다. 독특한 현대 중국 아동문학이 세계로 나아가 피부색이 다른 세계 어린이들도 중국 아동문학을 알고 느낄 필요가 있다. 이러한 배경 하에 창작력, 호소력과 영향력이 강한 중국 아동문학 대표 작가들의 작품 「세계로 나아가는 중국 아동문학 정품 시리즈(中國兒童文學走向世界精品書系)」(중국판, 외문판)을 선별하고 출판해 홍보하는 것은 특히 필요할 뿐만 아니라, 이러한 조건과 가능성을 온전히 갖추었다고 볼 수 있다. 본 시리즈 출판은 중국 아동문학의 '대외진출'에서 여러 면으로 현실적인 의미와 문화적 가치가 있다.

첫째는 세계가 중국을 이해할 수 있다는 점이다.

오늘날의 중국을 만리장성, 고궁, 병마용이나 경극, 무술, 판다 아니면 베이징국가체육경기장(鳥巢), 북경국가수영경기장(水立方), 산샤댐(三峽

大壩), 원자폭탄, 수소폭탄과 인공위성, 고속철도, 유인비행선 등을 통해서도 이해할 수 있다. 그러나 이것만으로는 당연히 부족하다. 현재 중국인들의 생활과 사상, 감정, 심리를 진실하게 반영한 중국문학을 통해서 중국의 향후 발전을 이해할 필요가 있다. 가장 효과적인 방법은 바로 중국의 아동문학을 통해 중국을 이해케 하는 것이다. 아동문학은 "어른들이 아동들에게 써 준 문학"이기 때문에 아동문학에는 세대 간의 정신적 대화와 가치에 대한 기대가 깃들어 있다. 따라서 현시대 중국 일류의 아동문학작품을 읽는다면 오늘날 중국 아동들의 현실생활과 사상, 그리고 그들의 이상, 추구, 꿈, 감정과 생존 현황도 이해할 수 있는 것이다. 또 중국문화, 중국사회가 아동문학 작품을 통해 오늘날 중국민족의 차세대에 대한 요구, 기대와 염원을 어떻게 풀어내는지를 엿볼 수 있고, 오늘날 중국의 다양한 문화와 사회 변혁이 차세대의 인성을 육성에 주는 영향과 의미도 알 수 있다. 루쉰(魯迅)은 이런 말을 했다. "어린 이들이 바로 미래의 운명이다." 오늘날 중국의 아동문학을 읽다보면 자연히 향후 중국의 나아가는 방향을 엿볼 수 있는 것이다.

둘째는 세계 아동들이 서로 이해하고 익숙해지고 손을 잡을 수 있다는 점이다. 동심에는 국경이 없다. 아동문학은 진정한 의미에서의 세계적인 문학이다. 아동문학은 동심을 기반으로 하는 창작이자 '공통 언어'를 바탕으로 한 창작이기 때문이다. 따라서 시대성, 민족성, 예술성과 아동성(兒童性)을 갖춘 아동문학은 글로벌적 시야를 갖추었을 뿐만 아니라 자기의 민족 문화에 근거한 것이기도 하다. 이런 데서 아동문학이 세계문학으로서의 중요한 의미를 엿볼 수 있는 것이다. 세계 각지의 피부색, 민족, 언어, 문화 배경이 상이한 아동들이 아동문학이라는 광활한 대지에서 함께 동년의 즐거움과 꿈, 자유를 누리고 있다. 중국 어린이들은 그리스신화, 이솝우화, 안데르센동화, 「톰 소여의 모험」, 「말괄량이 삐삐」, 「해리·포터」… 등을 통해 전 세계의 상이한 지역문화의 신비함과 풍부함, 아름다움을 알게 되었다. 세계 각지 어린이들에게도 만약 중국의 아동문학을 읽게 하는 기회가 주어진다면, 그들도 똑같이 오래된 중국의 청춘, 깊이와 아름다움도 느낄 수 있는 것이다. 「세계로 나아가는 중국 아동문학 정품 시리즈」(중국어, 외문판)는 세계 각지 어린이들에게 중국 아동문학을 이해할 수 있는 문을 열어주고 중국 아동의 정신세계를 발견하는 길을 그려 주는 셈이다.

이처럼 세계 각국의 아동문학은 서로 이해하고 알아가고 교류할 수 있는 것이다. 아울러 국내외 아동문학의 비교 연구에도 작품 기준을 제공해 주게 된다.

자체적인 뚜렷한 민족적 특색, 심미적 추구와 시대규범을 체현한 현대중국 아동문학은 심미와 정감, 언어의 힘으로 수많은 중국 아동들을 감화시키고 있다. 따라서 아동문학은 그들이 '꿈 많은 연대', '많이 생각하는 연대'에 생활함에 있어 최고의 정신적 친구이자 식량이기도 한 것이다. 아울러 각국 아동문학의 문화배경과 발전경로는 다르기는 하지만 상당한 일치성을 가지고 있다. 아동문학은 아동들을 위해 서비스하는 문학이다. 게다가 아동들의 문제로 인류 공동의 이익 추구와 기본 경향을 가장 잘 표현할 수도 있다. 특히 오늘과 같은 글로벌, 인터넷 시대에 세계 각국이 직면한 문제는 "네 속에 내가 있고, 내 속에 네가 있다(你

中有我, 我中有你)"는 경향을 보인다는 점이다. 예를 들면 전쟁과 평화, 생태환경 악화와 지속가능한 발전, 현대인의 생존 곤경과 구조, 청소년 범죄율 상승과 자질교육, 첨단기술이 인류에게 가져다주는 역할 등은 세계 문학뿐만 아니라 세계 아동문학이 공동으로 직면하고 공동으로 표현해야 할 현시대의 주제이다. 중국 아동문학 또한 이러한 현시대의 세계문학 주제를 중요한 표현 내용으로 간주하고 있다. 이는 전쟁을 소재로 한 소설, 성장소설, 동물소설, 대자연문학에서 충분히 묘사되고 있다. 저명한 미국의 동화 작가 I.B.싱은 오늘날 성인문학이 몰락했지만 아동문학은 여전히 문학의 전통, 가정의 신념, 성품, 윤리를 보존하기 위해 노력하고 있다고 말했다. "선량함은 아름다움이다"라고 생각하는 미학 이념을 고수하고 있는 아동문학은 예술의 형상화된 심미로서 어린이들의 정신생명 세계를 수양시킴으로써 인간으로 되게 하는 가장 기본적인 가치관, 인생관, 도덕관, 심미관을 형성하도록 양호한 성품의 기반을 마련해주는 한편, 민족의 미래 성격을 구축하도록 추진해 주고 있다. 이는 중국 아동문학의 가장 근본이 되는 심미 추구와 가치 기대이자 중국 아동문학이 세계로 진출하고 세계 각국 소년아동의 정신세계로 스며들게 하는 기반이자 전제인 것이다.

3

현대 중국의 아동문학, 특히 신세기 이후의 아동문학이 일부 루트를 통해 다양한 언어로 번역되면서 세계 아동문학의 예술판도에 융합되었다. 또 일부 작가의 작품은 유럽의 저명한 출판회사와 판권 계약을 맺고 여러 나라에서 판매되기도 했다. 하지만 다양한 이유로 중국아동문학이 진정으로 구미 주류사회에 진입하기에는 아직 역부족이고 국제시장 점유율도 극히 적다. 번역본이 외국에 진출한다고 해도 단일 작가의 작품을 번역해 수출하는 분산적인 형식이었다. 따라서 중국아동문학에 대한 세계문학의 이해가 '일지반해(一知半解, 깊이 있게 알지 못하는 것 – 역자 주)', '일엽장목(一葉障目, 나뭇잎 하나가 눈을 가린다는 뜻으로, 작은 것에 가려 전체를 보지 못함을 이르는 말 – 역자 주)' 심지어 '일공불달(一孔不達, 성인의 심장에는 7개의 구멍이 있는데 하나의 구멍이 안 뚫렸다는 것으로 아직 수준에 이르지 못했다는 말 – 역자 주)'수준에 그치고 있다.

이런 현실을 감안해 중국아동간행물의 대외 출판을 창사의 사명감으로 간주하고 있는 전국 유일의 중국외문국(外文局) 돌고래(海豚)출판사에서 오늘날 중국아동문학의 우수성을 바탕으로 아동문학의 창작계, 이론계, 출판계의 다양한 자원과 중국번역협회(중국외문국 주관하여 쉬츠[徐迟], 양셴이[杨宪益], 예쥔젠[叶君健], 샤오첸[萧乾], 펑이다이[冯亦代], 다이나이뎨[戴乃迭], 엡스타인, 샤피로 등 번역계의 대가들이 모두 장기적으로 중국외문국에서 업무에 종사함.)의 전문 번역가와 함께 중국외문국 조직과 통솔, 그리고 중국작가협회, 베이징사범대학 중국아동문학연구센터의 적극적인 협조 하에 오늘날 중국에서 최고의 창작력, 영향력, 호소력을 지닌 아동문학 대표 작가의 작품인 「세계로 나아가는 중국 아동문학 정품 시리즈」(중국어, 외문판)를 편집, 출판하여 중국아동문학의 '대외진출'에 보다 많은 유리한 조건을 마련해 주었다. 중국출판사에서 규모를 갖춘 형태의 중국아동문학을 해외로 추천하기는 이번이 처음이다. 이는 또 돌고래출판사 창사 60년 이래 중국아동문학 간행물 추천을 소임으로 하는 대외홍보의 전통을 이어가는 것이기도 하다.

'돌고래(海豚)'는 신기하고도 매력적인 해양생물 이름이다. 이를 회사 이름으로 정한 것 자체가 "넓은 포용력, 드높은 기개"라는 문화적 상징성을 지니고 있다. 돌고래출판사의 전신은 외문출판사 아동간행물 편집실이었다. 1950년대부터 돌고래출판사는 외문출판사, 외문출판사·돌고래출판사, 돌고래출판사 3가지 서로 다른 사명(社名)을 사용한 바 있으며, 국제시장에 수천 가지 종의 외문판(外文版) 아동 간행물을 번역 출판해 왔다. 그중에는 아동문학 작품도 상당수 포함되어 있다. 예를 들면, 예썽타오(叶圣陶), 펑즈카이(丰子恺), 장톈이(张天翼), 옌원징(严文井), 성예(圣野), 손여우쥔(孙幼军) 등 선배 작가의 작품들이 돌고래출판사에 의해 8가지 언어로 번역 출판되어 세계 각국에서 발행되었다. 현재 돌고래출판사는 「세계로 나아가는 중국 아동문학 정품 시리즈」(중국어, 외문판)의 출판마저 맡게 되었는데, 이는 중국아동문학의 행운이 아닐 수 없다. 본 총서에 실린 작품들은 현시대 중국아동문학 심미예술창작의 최고 수준과 성과를 대표할 수 있으며 '공통 언어'로 창작되었다. 동심창작에 주력했을 뿐만 아니라 글로벌적인 안목을 가지고 민족특색과 시대적 사상을 부여해 중국의 이미지와 가치관을 진실하고도 긍정적으로 보여주었으며, 현시대 중국 아동들의 생활과 생명상태를 반영해 아동들의 생활현실과 심리적 현실에 더 가깝다고 할 수 있다. 또 보세성(普世

性)과 진선미를 갖췄으며 아동문학의 가치이념을 고수하는 등 차세대를 위해 양호한 인성 기반을 마련해 주었다. 입선된 작가들의 창작 성과와 예술 개성을 진실하게 보여주기 위해 본 총서의 작품은 작가들이 자체적으로 선정한 것이다. 작가들은 가장 우수한 성과를 국내외 소년아동들에게 선물하는데 주력했다.

중국 어린이들의 많은 사랑을 받고 있는 「세계로 나아가는 중국 아동문학 정품 시리즈」(중국어, 외문판)가 돌고래출판사의 정성어린 편집과 인쇄 그리고 해외 전파루트를 통해 피부색이 다른 외국 어린이들의 사랑도 듬뿍 받을 것이라 믿어마지 않는다. 동심에는 국경이 없고 문학에는 정이 있다. 이제 중국아동문학이 세계로 진출하는 적절한 시기가 도래했다고 생각한다. 우수한 작품은 반드시 시공을 뛰어넘어 세계에 그 혜택을 가져다 줄 것이다.

자서(自序)

동화 창작에 대한 생각

동화 창작의 다원화

1978년 가을 루산(盧山)에서 전국아동간행물출판좌담회에 참가했을 때의 일이 떠오른다. 그때 베테랑 동화작가들도 "앞으로도 계속해서 동화를 창작할 수 있을까?"라는 의구심을 품고 있었다. 그때로부터 30년이 지난 현재 동화 창작이 더는 문제가 되지 않는다고 생각하게 되었다. 오늘날의 문제는 품질과 다양한 예술풍격 동화의 균형적인 발전을 추구하는데 있다.

새 세기에 들어선 후 동화창작의 작가들이 많아지고 작품의 풍격도 아주 다양해졌다. 동화를 읽고 있노라면 풍부하고도 다채로운 내용에 눈과 귀마저 즐거워지는 것 같다.

동화창작의 이런 양상은 작가들이 재능을 마음껏 발휘하면서 훌륭한 작품을 많이 써냈다는 것을 말해준다. 우리는 작품으로부터 작가의 천진하면서도 자유로운 풍격을 음미할 수 있다.

동화 창작의 다원화는 우리에게 여유로운 창작환경이 마련되어 있음을 설명해준다.

이는 우리에게 주어진 지극히 귀한 기회가 되어 작가들에게 비교하고 본받고 식별할 수 있는 기회를 마련해준 셈이다.

안데르센, 와일드의 동화 작품은 우리가 되새겨 볼만한 가치가 있다. 콜로디의 「피노키오의 모험」, 바리의 「피터·팬」, 린드그렌의 「말괄량이 삐삐」, 화이트의 「샬롯의 거미」 등 명작은 우리가 본 받을만한 작품들이다. 롤링의 베스트셀러 「해리·포터」도 우리가 주목하고 깊이 연구해 볼 가치가 있는 작품이다.

명작과 베스트셀러를 읽으면서 자신을 발견하는 것은 아주 중요한 일이라고 생각한다. 창작은 혁신인 만큼 시대 조류에 영합하는 행위는 금기시 되어야 한다. 혁신은 자신의 예술적 개성을 발전시키는 것이다. 시대 조류에 영합하는 것은 뒤에서 남을 모방하는 행위이기 때문에 영원히 남에게 뒤질 수밖에 없다.

동화에는 당연히 환상적인 이야기가 깃들어 있다. 이는 작가의 뛰어난 상상력과 꼬마 독자의 심리, 심미적 의향을 통달하는 능력에 한하여서만 창작된다. 그러나 동화 창작도 기타 문학의 형식처럼 아름다운 감정 표현을 중히 여기기 때문에 독자들에게 인성에 대한 관심과 따뜻함을 가져다준다.

안데르센은 이렇게 말했다. "아름다운 글을 쓰고 현실 의미가 있는 부분을 가미함으로써 그들의 고독하고 적막한 생활에 약간의 따스함이 깃들게 한다. 이런 따뜻함으로 그들을 감화함으로써 그들이 생활이나 아름다움, 진리를 사랑하는 마음을 가지게 한다." 그리고 언어예술로서의 동화는 언어의 순수함과 생동함을 고수하는 것이 극히 중요하다.

동화를 읽는 가치는 저속한 웃음거리가 아니라 그 속에 들어 있는 깊이 있는 의미와 계발(啓發), 그리고 생각하는 것에서 비롯된다. 아이들 마음속에 남는 우수한 동화는 재미있는 이야기 줄거리뿐만 아니라 지혜와 사상도 깃들어 있는 작품들이다.

'서정파 동화'에 관하여

최근 몇 년간 동화작가들이 점차 많아졌다. 그들은 동화 창작에 일부 새로운 색깔을 입혀주었다.

시인이 쓴 동화는 언제나 이른바 '서정파 동화'로 귀결되고 있다. 시인들도 이런 분류를 흔쾌히 받아들이고 있는 듯하다.

나는 시인들이 창작한 동화는 그만의 특색이 있다고 생각한다. 시인들의 고유한 특성으로 인해 동화에서 일부 감정의 표현과 과장된 정서, 그리고 시적인 아름다운 품격이 가미되었다. 시인의 천직은 사랑이다.

그들은 동화를 창작하는 과정에서 마음 속 깊은 곳에 귀를 기울이는 열정을 갖고 있다. 시인은 사랑의 힘을 믿고 사랑의 아름다움을 노래하며 사랑의 신성함을 굳게 믿는다.

시인은 언어를 잘 다루는 재능이 있어 압운(押韻, 시를 짓는데 시행의 일정한 자리에 같은 운을 규칙적으로 다는 일 – 역자 주)하거나 연구(聯句, 한시이 대구 – 역자 주)를 하지 않아도 짙은 시적 정서를 표현할 수가 있다. 시적인 사고방식과 기술로 동화를 창작하는 서정파 동화 작가들은 시가 창작뿐만 아니라, 동화 창작에서도 풍성한 성과를 거두었다.

훌륭한 동화는 개성이 있어야 한다

훌륭한 동화는 예술풍격, 언어, 사상 등을 비롯해 개성이 있어야 한다. 독자들은 작가의 작품을 읽으면서 글 속에서 작가의 창작상태나 기질, 정서와 문학습관 등을 느낄 수가 있다.

그리고 글 속에 배인 정서의 아름다움도 음미할 수 있다. 이러한 아름다움은 독자 마음속의 안정과 동경을 불러일으킨다. 독자들은 마음의 안정을 찾고 사랑과 선량함을 동경한다. 독자들은 또한 아름다움을 추구하는 한 쌍의 예리한 눈과 선량함을 동경하는 마음씨를 갖도록 이끈다. 아름다운 사물에 대해서는 절대 모독하지 않고 진실된 마음으로 아름다움을 추구하는 마음의 자태를 가지게 한다.

특히 아이들을 위해 즐겁게 창작하고 심지어 자유롭게 창작해야 한다.

아이가 있는 곳이라면 봄날과 맑게 개인 하늘이 있다. 그들의 모습이 우리의 마음속에서 어른거린다. 다채로운 세계에서 살아가는 우리는 호기심에 가득 찬 눈을 갖게 되었다. 아이들과 함께 발견하고 생각하고 표현하면서 순수함과 꿈을 추구하는 즐거움을 얻었다.

아이들을 위해 창작하다 보면 영혼, 본성에 가장 가까운 따뜻함을 느낄 수 있다. 나아가 창작을 재미나 생활방식으로 간주하는 사람으로서 볼 때, 문자는 우리를 새로운 경지와 세계로 안내하고 있음을 볼 수 있다. 보편적으로 젊은이들은 천성적으로 구습에 얽매이려 하지 않는다. 따라서 그들은 특정 형식을 창작의 규범으로 간주하지 않는다. 그들은 혁신적인 탐구를 중시한다.

젊은 작가의 작품을 읽다보면 참신한 분위기를 느낄 수 있다. 그들의 시야는 비교적 넓고, 참고한 경전작품이 단지 그 몇 몇 작품이 아니라 상이한 예술풍격의 작품으로부터 다양한 자양분을 흡수했다는 것을 볼 수가 있다.

각자의 익숙한 풍격으로 창작하는 그들은 별다른 우려와 망설임이 없기에 자신을 난처한 궁지로 몰고 가지 않는다. 그들은 일부 교육이념을 바탕으로 문자를 해석하지도 않는다. 아이들을 상대로 한 작품에는 대범한 필치와 독특한 개성이 더 많이 묻어나고 있는 것이다.

동화도 난이도가 있는 창작이다

우수한 문학작품은 모두 창작해낸 것이다.

동화 창작은 엄숙하고도 엄밀한 일로, 결코 쉽게, 단번에 해낼 수는 없다. 동화도 난이도가 있는 창작이기 때문이다.

나는 예술을 추구하는 젊은 작가를 높이 평가한다. 심오하고 굴곡적인 줄거리, 기민한 문자, 아름다운 정서, 고전적인 깨끗함과 완벽함 등을 비롯해 그들은 상이한 풍격을 추구하기 때문이다.

예술적 추구가 있어야만 목표가 생기고, 인내심을 갖고 일을 계속할 수 있으며, 더 깊이 연구하기 위해 노력하고, 조용하고도 안정된 마음가짐을 영원히 가질 수가 있다. 문학창작은 이런 마음가짐이 있어야 한다. 동화 창작의 날개로 인해 우리는 비상할 수 있지만 여전히 몸을 낮추고 이 땅을 자세히 관찰하며 이 땅의 어린이, 삼림과 꽃… 등을 지켜보아야 한다. 이는 우리가 창작의 갈망을 채워갈 수 있는 원천이다.

　어린이의 천성인 환상에서 심미적인 환상으로의 발전은 원생태의 환상에서 예술심미로의 비약을 말한다. 이는 질적인 비약이다. 동화작가는 이런 질적인 차이점을 잘 구분하여 창작 동화에 일부 문학 요소를 많이 가미해야 한다. 어린이들에게 있어서 환상은 아름답고 유혹적이다.

　작가들에게 있어서도 이런 환상을 예술적으로 표현하는 것이야말로 더욱 아름답고 유혹적이지 않는가? 왜냐하면 작가의 환상 이야기 속에 정감, 지혜와 사상이 깃들어 있기 때문이다. 이런 것들은 모두 동화 창작에서 가장 근본이 되는 부분이다.

　동화가 환상과 사상이 없이 시끌벅적한 이야기 줄거리만 추구한다면 저속한 웃음거리로 되기 때문에 동화 자체를 포기한 것이나 다름없는 것이다.

CONTENTS

어느 날 우연히 나무 아래를 걸었다

산들 바람을 타고 나뭇잎 하나가 떨어졌다

주어든 나뭇잎에는 글씨가 빼곡히 적혀있었다

자세히 읽어보니 나뭇잎마다 동화 한 편이 쓰여 있었다

보금자리를 찾은 흰 구름

　여기도 기웃, 저기도 기웃 파란 하늘에 두둥실 떠가는 흰 구름.

　여기 저기 떠다니느라 힘들었는지 이젠 영원히 살아갈 수 있는 보금자리를 찾고 싶어졌다.

　흰 구름은 푸른 나뭇잎이 무성하고 하늘 높이 우뚝 솟은 백양나무를 찾아갔다.

　나뭇가지에 사뿐히 걸쳐 앉으려는 순간 까치 한 마리가 날아왔다.

　"와, 흰 구름이다. 넌 솜털 같아 보금자리에 깔면 좋을 것 같구나!"

　하고 까치가 말했다. 흰 구름을 물고 가려고 까치가 그쪽을 향해 막 날아왔다.

　깜짝 놀란 흰 구름은 날 살려라 하며 죽기내기로 도망쳤다.

　흰 구름이 찾아간 곳은 새들의 경쾌한 지저귐 소리가 들리고 꽃향기가 물씬 풍기는 아름다운 산이다.

　황홀한 경치에 반한 흰 구름이 산꼭대기에 막 내려앉으려고 하는데 이번에는 원숭이 세 마리가 쪼르르 달려왔다.

　첫 번째 원숭이가 말했다.

　"얘들아, 구름 봐, 솜사탕 같지 않아!"

　솜사탕을 먹어본 적 없는 두 번째 원숭이가 물었다.

“솜사탕이 뭐야?”

옆에 있던 세 번째 원숭이가 거들었다.

“얘, 넌 솜사탕도 모르냐! 먹어 보면 알게 아냐.”

말이 끝나기 바쁘게 원숭이 세 마리가 구름을 향해 덮쳤다.

겁이 난 흰 구름은 앉지도 못하고 또 도망쳤다. 논과 들을 지나니 그림을 그리고 있는 꼬마 화가가 보였다. 그림에는 보리밭, 유채꽃, 졸졸졸 흐르는 강물에 돌다리까지 있었다.

그런데 파란 하늘에 아직 구름을 그리지 않고 있었다.

구름은 둥둥 떠가 그의 그림에 조용히 내려앉았다.

선생님이 걸어오시더니 그림을 잘 그렸다며 그를 칭찬했다. 특히 흰 구름이 너무 아름답다며 엄지손가락을 내밀었다.

칭찬을 받은 꼬마 화가는 어깨가 으쓱해졌다.

흰 구름도 기쁘긴 마찬가지였다. 영원히 살아갈 수 있는 아름다운 보금자리를 찾았기 때문이다.

강아지풀

초록빛 잔디밭에 강아지풀 셋이 살고 있다.

여자애가 강아지를 데리고 날마다 이곳으로 놀러온다.

첫 번째 강아지풀이 너무 부러워 여자애에게 말을 건넸다.

“누나, 강아지가 너무 예뻐요.”

두 번째 강아지풀도 부러운 눈길로 여자애에게 인사했다.

"누나, 강아지 꼬리가 참 예뻐요."

부럽기는 세 번째 강아지풀도 마찬가지였다.

"누나, 강아지가 너무 되고 싶어요."

여자애가 강아지를 데리고 멀리 가자 강아지풀들은 어떻게 강아지가 될 수 있을지 머리를 맞대고 고민하고 또 고민했다.

첫 번째 강아지풀이 뭔가 생각난 듯 불쑥 말했다.

"우리 이름에 '강(夠, 개 구)'자가 들어갔으니 이미 강아지가 된 거야."

이번에는 두 번째 강아지풀이 말했다.

"우리는 강아지 꼬리처럼 생겼기에 이미 강아지가 된 거야."

세 번째 강아지풀도 뒤질세라 입을 열었다.

"우리가 더 흔들면 진짜 강아지처럼 되는 거야."

이튿날 여자애가 또 강아지를 데리고 왔다. 강아지풀 셋은 몸을 흔들기 시작했다. 하지만 아무리 흔들어도 사람들은 여전히 그들을 강아지풀이라고만 불렀다.

한 곳에 오나, 너무 따뜻해

흰 눈이 펑펑 쏟아지고 강풍이 더욱 세차게 휘몰아친다.

뚱보(大胖)로 불리는 곰 한 마리가 여기저기 두리번거리며 눈 위를 걷고 있었다. 온 몸이 흰 눈에 뒤덮여 이젠 흰 곰으로 돼 버렸다.

곰은 삼림 속으로 걸어 들어갔다. 큰 나무에서 나무구멍을 찾아 겨울 내내 편안하게 지낼 생각이었다.

엄동설한에도 끄떡없이 서있는 큰 나무를 발견했다. 곰은 큰 나무에서 겨울을 보낼 수 있는 따뜻한 집을 찾을 수 있기를 간절히 바랐다.

곰은 나무 주변을 한 바퀴 빙 돌더니 공손하게 인사했다.

"나무 할아버지, 혹시 나무구멍 있으세요?"

하지만 나무는 아무 대답이 없었다.

이때 나무구멍에서 곰 목소리가 들렸다.

"이곳은 내 집일세!"

뚱보는 그곳을 떠나는 수밖에 없었다.

연이어 나무구멍 3개를 찾았지만 모두 다른 곰이 지키고 있었다.

눈은 더욱 펑펑 쏟아졌다. 뚱보는 추위에 몸을 움츠리며 덜덜 떨었다.

이때 멀리서 뽀드득뽀드득 소리가 들려왔다. 뚱보는 재빨리 나무 뒤에 몸을 숨기고 머리만 빠끔히 내밀면서 쳐다봤다.

후두둑, 후두둑, 눈보라가 치자 나뭇잎이 떨어졌다.

나뭇잎 한 개가 마침 개미 두 마리 위에 떨어졌다.

검은 개미가 나뭇잎으로 텐트를 치려했다.

노란 개미도 나뭇잎으로 조그마한 집 한 칸을 지을 생각이었다.

이들은 나뭇잎 한 개를 두고 옥신각신했다.

검은 개미가 소리쳤다.

"노란 개미야, 너 나가. 이건 내 꺼야."

노란 개미도 지려 하지 않았다.

"검은 개미야, 네가 나가. 이건 내꺼 라니깐."

개미들은 서로 나가려 하지 않으며 밀고 닥쳤다.

밖에는 비가 더욱 억수로 퍼부었고 어느새 날도 점점 어두워졌다.

개미 두 마리가 한 곳에 너무 붙은 탓에 누구도 누구를 밖으로 밀어내지 못했다.

한참을 지나자 개미들은 따뜻해지고 있다는 걸 느꼈다. 그래서 몸을 더욱 바싹 붙이자 점점 더 따뜻해졌다.

개미 두 마리가 큰 소리로 외쳤다.

"괜찮네, 한 곳에 모이니 너무 따뜻해!"

이를 보고 있던 뚱보 곰이 "나랑 한 곳에서 모여 살 곰은 없을까?"하고 생각하고 있을 때였다. 마침 나무구멍에서 곰의 목소리가 들려왔다.

"이리 와, 이리 와, 우리도 한 곳에 모이자. 한 곳에 모이면 따뜻할 거야."

큰 집 속의 작은 집

덴덴(點點)이네 집에 이상한 일이 생겼다.

덴덴이네 강아지 멍멍이(汪汪)가 블록으로 예쁜 성루(城樓)를 지었다.

강아지가 이처럼 총명할 것이라고는 전혀 생각지 못했다.

어릴 적 일이다. 덴덴이가 블록을 쌓을 때마다 멍멍이는 늘 옆에서 지켜보곤 했다. 시간이 지나자 멍멍이도 블록 집을 지을 수 있게 지었다.

하지만 어디까지나 멍멍이는 강아지일 뿐이다.

덴덴이는 신이 났다. 그는 멍멍이에게 상으로 뭐라도 주고 싶었다.

근데 뭘 줄까? 놀이동산으로 데리고 놀러 갈까? 그건 아닌 것 같았다. 놀이동산은 강아지가 들어오지 못하게 하니까!

아니면 갈비라도 사 먹일까? 이것도 아닌 것 같았다. 갈비는 자주 먹었으니까!

덴덴이에게 좋은 생각이 떠올랐다.

"멍멍이야, 성루가 너무 예뻐서 들어가고 싶은데, 그래도 될까?"

멍멍이는 바닥에서 요리조리 뒹굴며 기뻐했다.

덴덴이는 조그맣게 변신했다. 이제는 몸집이 쥐보다도 더 작아졌다.

덴덴이는 득의양양하게 성루로 걸어 들어갔다.

집으로 돌아온 엄마가 예쁜 성루에 홀딱 반했다.

성루를 자세히 들여다보던 엄마는 딸이 그곳에 있는 걸 발견했다.

엄마니깐 자연히 딸과 함께 있어야지!

엄마도 이리저리 몸을 움직이며 조그맣게 변신했다. 어찌나 작아졌는지 덴덴이보다도 별로 크지 않은 것 같았다.

집으로 돌아온 아빠도 예쁜 성루에 매혹되었다.

성루를 자세히 들여다보던 아빠도 딸과 아내가 그곳에 있는 걸 발견했다. 아빠니까 나도 자연히 가족들과 함께 있어야지!

이번엔 아빠도 몸을 움직여 변신했다. 덴덴이 엄마보다도 별로 크지 않아 보였다.

이제 가족 셋은 모두 멍멍이가 지은 성루에서 살게 되었다.

멍멍이가 말했다.

"성루 문을 지켜드릴게요."

성루 앞에 떡 하니 앉아 있는 멍멍이가 참으로 대견스러워 보였다.

큰 집에 지은 또 한 채의 작은 집, 그곳에서 사니 정말 신이 났다.

덴덴이가 놀러 오라고 손짓한다. 여러분들도 환영한단다.

구두 신은 뚱보 곰

뚱보 곰 아헤이(阿黑)는 걸음마를 타기 시작한 후로 늘 구두를 신고 싶어 했다. 신발제조공장으로 간 흑곰은 제화공에게 최신식 구두를 만들어 달라고 부탁했다.

제화공이 바로 승낙했다.

얼마 후 구두가 만들어졌다.

새 구두를 신은 아헤이는 신이 나 우쭐거렸다.

뚱보 곰이 걸어 다닐 때마다 "탁, 탁, 탁"하는 소리가 났다.

어느 날 길을 걷던 아헤이는 신 끝에 작은 구멍이 뚫린 것을 발견했다.

구멍으로 동그란 머리가 빠끔히 밖을 내다보고 있었다.

이상한 생각이 든 아헤이는 발을 높이 쳐들면서 구멍을 향해 물었다.

"넌 누구니?"

작은 머리가 대답했다.

"나도 몰라보는 거야, 난 네 발가락이잖아."

아헤이가 또 물었다.

"왜 구두에 구멍을 낸 거야?"

발가락이 대답했다.

"너무 참기 힘들었어. 구두 안이 어둡고 답답해서 숨조차 쉴 수 없었거든!"

발가락이 뭐라 말하든 아헤이는 전혀 관심이 없었다.

뚱보 곰은 "탁, 탁, 탁" 그냥 앞으로 걸어갔다.

구두를 신은 아헤이는 우쭐대느라 여념이 없었다.

하지만 며칠 지나지 않아 구두에 또 구멍이 여러 개 생긴 걸 발견했다.

이번에는 발가락마다 머리를 밖으로 내밀면서 헐떡거렸다.

구두를 신은 아헤이는 다리를 절룩거리며 걸었다. 발가락마다 숨이 막힌다며 밖으로 머리를 내밀었으니깐!

아헤이는 가위로 신 끝을 잘라 버렸다. 발가락마다 밖으로 나올 수 있게 되었다. 이제는 구두가 아닌 '샌들'이 돼 버렸다.

발가락들은 숨을 크게 쉬며 말했다.

"어휴 시원해, 이제야 살 것 같네."

아헤이는 '샌들'을 신어도 발이 덥고 부어오르는 것 같았다.

답답해진 곰은 신었던 '샌들'을 한 켤레씩 벗어 멀리 던져버렸다.

곰이 '샌들'을 벗어버리자 발가락들이 더욱 신나서 함성을 질렀다.

"어휴 시원해, 너무 편안해!"

아헤이도 따라서 외쳤다.

"어휴 시원해, 이제야 살 것 같네!"

뚱보 곰은 다시 맨발로 다니기 시작했다.

달콤한 풀

봄이 다가왔다. 들판에는 파릇파릇 새싹들이 머리를 내밀었다.
산들바람이 불어오자 봄내음이 물씬 풍겼다.
금빛 꿀벌 한 마리가 날아와 풀끝에 사뿐히 내려앉았다.
"풀아, 안녕!"
"꿀벌아, 안녕!"
"근데 꽃이 한 송이도 없네?"
꿀벌이 두리번거리며 물었다. 풀이 미안한 표정을 지었다.
"미안해, 난 꽃이 피지 않는 풀이란다!"
꿀벌은 아무 말도 하지 않은 채 조용히 날아갔다. 이튿날에도 꿀벌은
어제 갔던 잔디밭으로 갔다. 꿀벌은 또 풀끝에 내려앉으며 말했다.
"풀아, 너도 꽃을 피울 수 있다는 걸 알게 됐어."
"그래, 난 왜 몰랐을까?"
풀은 허리를 쭉 펴고 한참을 찾아서야 작은 꽃망울 한 개를 발견했다.
하지만 꽃망울은 크기가 좁쌀알만 했다. 이렇게 조그마한 꽃망울에서
과연 꽃이 필 수 있을지 풀은 알 수 없었다. 꿀벌은 이번에도 잠자코 있
다가 조용히 날아갔다.
셋째 날에도 꿀벌은 그 잔디밭으로 찾아갔다.

그리고 여전히 그 풀끝에 내려앉았다.

"축하해, 꽃이 피었네!"

정말이네! 풀은 옅은 색의 조그마한 꽃이 핀 걸 발견했다.

풀은 괜히 미안해졌다. 이토록 조그마한 꽃을 누구 좋아하겠는가?

그러나 꽃에 사뿐히 내려앉은 꿀벌은 오래도록 떠나가지 않았다. 꿀벌이 말했다.

"풀아, 사랑해. 꽃에서 꿀을 채집했거든!"

꿀벌의 말에 풀은 꿀이라도 마신 듯 달콤하고 행복했다.

푸른 잔디밭에 들어선 거위

푸른 색 주택의 멀지 않은 곳에 강물이 졸졸 흐르고 있었다.

이른 아침마다 거위 아줌마는 맞은 편 기슭의 잔디밭까지 헤엄쳐 간다. 거위 아줌마가 왜 하루도 빠짐없이 잔디밭까지 헤엄쳐 가는지 모두가 그 이유를 궁금해 했다.

하지만 물어봐도 거위 아줌마는 어물어물거리기만 했을 뿐이다.

그러니 더욱 이상하게 생각하게 되었다.

자발적으로 정탐에 나선 토끼 샤오바이(小白)가 살그머니 거위의 뒤를 밟았다. 그러나 강변까지 뒤따라 왔을 때에야 헤엄을 칠 줄 모른다는 사실이 떠올라 다시 돌아가는 수밖에 없었다.

노란 강아지 멍멍이(汪汪)가 말했다.

"나는 얼마 전에 수영을 배웠어. 내가 한 번 뒤따라 가볼 게. 꼭 이유를 알아내고 말테야."

멍멍이가 물속에 뛰어들었을 때 거위가 갑자기 물 밑으로 쑥 들어가 순식간에 사라졌다.

거위를 찾지 못한 멍멍이도 어쩔 수 없이 되돌아왔다.

까치 고모가 말했다.

"난 하늘을 날 수 있잖아. 위에서 보면 똑똑히 볼 수 있을 거야."

거위가 헤엄치고 까치는 하늘 위를 날았다.

까치는 하늘에서 거위의 일거수일투족을 지켜보았다.

잔디밭에 도착한 거위가 풀숲에 웅크리고 앉더니 눈을 감았다. 뭔가 생각하는 것 같았다.

하루가 지나도 거위는 꼼짝하지 않았다. 이틀, 삼일이 지나도 여전히 움직이지 않았다. 그 후에는 아예 그곳에 눌러앉아버렸다.

더는 참을 수 없었던 까치 아줌마는 거위가 잔디밭에서 게으름을 피우며 잠을 자고 있을 뿐이라고 얘기했다.

어느 날 하루 이른 새벽에 평소처럼 푸른 잔디밭으로 향해 갔던 거위 아줌마가 땅거미가 질 무렵에야 다시 돌아왔다.

그런데 어찌된 일일까? 새끼 거위 세 마리가 많아진 것이 아닌가!

거위 아줌마는 연 며칠 동안 거위 알을 품고 있었던 것이었다.

새끼 거위들이 어미에게 의지하며 비틀비틀 걷고 있었다.

강이 앞길을 가로 막아도 전혀 두려운 기색 없이 하나, 둘씩 '풍덩풍덩' 물속으로 뛰어들었다.

새끼 거위들은 어미 거위의 뒤를 따라 강변까지 헤엄쳐갔다.

강변에 도착하자 어미 거위가 새끼 거위들에게 말했다.

"얘들아, 얼른 불러 보거라. 샤오바이 형, 멍멍이 아저씨, 까치 고모를…"

토끼, 강아지, 까치는 양쪽으로 비켜서며 이들을 환영했다.

어미 거위가 평소보다 더 아름다워 보였고, 잔디밭은 유난히 푸른빛을 반짝이었다. 특히 갓 태어난 새끼 거위들은 유독 예뻐 보였다.

나뭇잎 동화

홀로 살고 있는 할아버지께서 나무 한 그루를 심으셨다.

눈 뜨자마자 가장 먼저 하는 일이 나무에 물을 주는 것이다. 그리고 밤새 나뭇잎이 몇 개나 자라났는지를 세어보신다.

힘들 때면 나무 옆에 앉아 눈을 감고 휴식을 취하기도 했다.

할아버지께서는 바람에 하느작거리는 나뭇잎 소리를 듣기 좋아한다. "쏴쏴"하는 소리가 마치 박수치는 것 같단다.

한참을 듣던 할아버지께서 웃으셨다.

눈을 감고 휴식을 취하던 할아버지께서 나무의 말소리에 깜짝 놀라 눈을 떴다.

"할아버지, 박수까지 쳤는데 노래하고 춤추지 않으세요?"

할아버지께서 물었다.

"노래? 춤?"

나무가 말했다.

"춤이라도 추세요."

할아버지께서 황급히 손을 내저었다.

"이젠 늙어서 출 수가 없단다!"

나무가 또 말했다.

"그럼 노래라도 하세요."

이번에도 할아버지께서는 손을 절레절레 흔들었다.

"이젠 늙어서 소리도 안 나온단다!"

나무가 큰 소리로 외쳤다.

"춤도 안 추고 노래도 안 하고 할아버지를 미워할 거예요."

한참을 생각하던 할아버지께서 말씀하셨다.

"그럼 이러자. 날마다 이야기를 해줄게, 안 될까?"

나무가 기뻐서 박수쳤다. 할아버지께서 이야기를 하셨다.

그날부터 할아버지께서는 날마다 나무에게 이야기를 들려주셨다.

이야기를 들으면서 나무는 하루하루 무럭무럭 자라났다.

이제는 나뭇잎이 너무 많이 자라나 헤아릴 수조차 없이 많아졌다.

나뭇잎 한 개를 주어 봤더니 빼꼭하게 글자가 쓰여 있었다.

자세히 읽어보니 나뭇잎보다 동화 한편이 적혀 있는 것이었다.

그 후부터 동화가 읽고 싶을 때마다 할아버지께서 심은 나무를 찾아가 나뭇잎 한 개 씩을 주었다.

헤아릴 수 없이 많아진 나뭇잎에는 아무리 읽어도 동화가 끝없이 쏟아져 나왔다. 새 나뭇잎이 자라나올 때마다 새로운 동화가 생겨났기 때문이다. 사람들은 그 나무를 동화나무라 부르고 동화를 나뭇잎 동화라 불렀다. 동화를 읽고 싶다면 나무 아래서 나뭇잎 한 개를 주어보라!

달력 속의 강아지

샤오짜오짜오(小叫叫)는 엄마를 도와 새 달력을 벽에 걸었다.

첫 페이지의 그림은 새끼 발바리였다. 혀를 내밀고 이상한 표정을 짓고 있는 발바리는 마치 샤오짜오짜오에게 익살맞은 표정을 지어 보이려는 것만 같았다..

엄마가 출근했다. 집에는 샤오짜오짜오만 남았다.

그는 달력의 강아지가 내려와서 함께 놀아주면 좋겠다고 생각했다.

샤오짜오짜오가 달력으로 다가서며 말했다.

"발바리야, 내려와서 나랑 놀지 않을래? 난 장난감이 엄청 많거든."

그는 장롱에서 장난감을 많이 꺼내왔다.

힐끗 쳐다보던 발바리가 머리를 흔들었다.

"아니 놀기 싫어. 이것 봐, 너보다도 내 장난감이 더 많지?"

샤오짜오짜오가 자세히 보니 발바리의 주변에는 신기한 장난감이 아주 많았다.

샤오짜오짜오가 또 말했다.

"여긴 맛있는 음식도 아주 많아."

그는 곧바로 주방으로 달려가 우유랑, 파이랑, 갈비를 가져왔다.

이번에도 발바리는 그냥 힐끗 쳐다보기만 했다.

"그런 건 너무 먹어 이젠 보기도 싫어. 나한테도 맛있는 거 많거든."

샤오짜오짜오가 보니 발바리의 주변에는 맛있는 음식들이 아주 많았다. 강아지만을 위한 특별한 통조림까지 있었다.

"강아지를 내려오게 할 방법이 없을까?"

너무 생각했더니 이젠 머리도 아파왔다.

갑자기 좋은 생각이 떠올랐다.

"발바리야, 만약에 내가 발바리로 된다면 나랑 같이 놀아줄래?"

그제야 발바리는 신이나서 좋아했다.

"좋아, 친구를 찾고 있었는데, 얼른 변신해, 빨리."

샤오짜오짜오가 "멍, 멍, 멍" 세 번 외치자 진짜 예쁜 발바리로 변신했다. 그들은 얼마나 신나게 놀았는지 모른다.

그 후부터 엄마가 집에 없을 때마다 샤오짜오짜오는 발바리로 변신하여 달력속의 발바리와 신나게 놀곤 했다. 하지만 엄마가 돌아오면 샤오짜오짜오는 다시 말 잘 듣는 아이로 돌아왔다.

향기 나는 새(香香鳥)

아주 작은 새 한 마리가 있었다. 몸집이 얼마나 작은지 상상조차 할 수 없을 정도였다. 어느 정도냐 하면? 엄지손가락 크기만 했다.

몸집은 작지만 아주 예쁘게 생겼다.

낮에 햇빛이 비추면 깃털은 금빛을 뿜어내고 저녁에 달빛이 비추면 깃털은 은빛으로 빛났다.

작은 새는 둥지를 큰 나무의 가지에 틀었다.

봄이 왔다. 새가 한창 알을 품고 있다. 이제 삼일만 더 품고 있으면 새끼가 알을 까고 나온다. 어느 날 갑작스레 바람이 불고 비가 내린 탓에 알이 둥지에서 떨어졌다. 비가 내리고 바람이 불었지만 작은 새는 떨어진 알을 찾기에 여념이 없었다. 하지만 아무리 찾아도 온데간데 없었다.

속상한 작은 새는 한참 동안이나 펑펑 울었다.

이튿날 날이 밝자 작은 새는 또 나무 아래에서 찾기 시작했지만 결국 이번에도 헛수고만 했다.

갑자기 꿀벌 몇 마리가 날아오더니 작은 새에게 말했다.

"오색 꽃에 작은 알 한 개가 있던데요. 얼른 가 보세요!"

꿀벌의 안내로 새는 오색 꽃을 찾아갔다. 술잔처럼 생긴 꽃은 솔솔 향기를 풍겼다.

꽃 속에 과연 작은 알이 누워 있었다.

"꽃 속에 떨어진 것이었구나. 내가 잃어버린 알이 여기 있었네."

작은 새는 너무 기뻤다. 하지만 알을 어떻게 둥지까지 가지고 가야 할지 고민이었다.

"괜찮아, 우리가 도와줄게."

그날부터 꿀벌은 날마다 알을 따뜻해지게 감싸줬다. 밤이 되면 꽃잎이 오무라들면서 알을 감쌌기에 바람이 불고 비가 내려도 두렵지 않았다.

오색 꽃은 하루하루 빠르게 자랐다. 삼일 만에 꽃 덩굴이 알을 품은 채 새 둥지 옆까지 자라 올라갔다.

바로 이때 알이 쫙 갈라지더니 새끼 새가 기지개를 펴며 나왔다.

방금 나온 새는 오색 깃털에 향긋한 꽃향기까지 풍겼다.

향기 나는 새가 나왔다는 소문에 모두가 찾아와 축하해줬다.

작은 새는 연신 아니라고 말했다.

"꽃과 꿀벌 덕분에 알을 까게 됐어. 오히려 내가 더 고마워."

꽃 숲에서 꿀벌과 함께 날아예는 오색 새를 본다면 그 새가 바로 향기 나는 새일 것이다.

꽃잎 물고기

봄이 왔다. 복숭아꽃, 살구꽃, 배꽃이 피었다.

산들 바람에 복숭아꽃, 살구꽃, 배꽃이 떨어졌다.

꽃잎들이 바람을 타고 맑은 냇물을 향해 날아갔다.

꽃잎이 물에 닿더니 파득파득한 예쁜 복숭아꽃 물고기, 살구꽃 물고기, 배꽃 물고기로 됐다.

그 후부터 냇물에 물고기가 많아졌다.

꽃잎 물고기는 냇물의 물고기보다 훨씬 더 예뻤다. 짙은 붉은 핵, 분홍색, 흰색 색깔도 갖가지였다.

꽃잎 물고기는 색상이 예쁜데다 은은한 꽃향기까지 풍겼다.

꽃잎 물고기가 오면서 냇물도 향기로운 냄새가 났다.

냇물에 꽃잎 물고기가 있다는 소문을 듣고 낚싯대와 어망을 들고 많은 사람들이 찾아왔다.

그런데 그들은 냇가에서 꽃잎 물고기가 헤엄치는 것을 구경하고 은은하게 풍기는 꽃향기만 맡자 아까워서인지 그 누구도 붙잡으려 하지 않았다. 여름, 가을, 겨울이 지나는 동안 꽃잎 물고기들은 많은 친구들을 사귀면서 생활이 더욱 다채로워졌다.

또 봄이 찾아왔다. 새싹이 파릇파릇 돋아나기 시작했다. 대지가 푸른색 단장을 하고 은은한 향기가 풍겨왔다.

꽃잎 물고기들은 나무가 그리워졌다. 복숭아나무, 살구나무, 배나무를 떠난 지도 이젠 어언 1년이 지났다.

보슬비가 내리는 이른 새벽, 꽃잎 물고기들은 물속에서 강변으로 올라와 봄바람을 타고 다시 나무로 돌아가 복숭아꽃, 살구꽃, 배꽃으로 되었다. 복숭아꽃도, 살구꽃도, 배꽃도 모두 피었다.

올해는 꽃이 유달리 아름답게 피었다며 모두들 감탄했다.

지붕 위의 나무

할아버지네 정원에는 나무 한 그루가 자라고 있다.

할아버지네 지붕 위에도 똑같이 나무 한 그루가 자라고 있다.

지붕 위의 나무는 세계에서 가장 높이 자란 나무라 자부하고 있었다.

비가 내리던 어느 날 지붕 위를 지나던 새 한 마리가 비를 피하려고 나무에 내려앉았다.

나무가 몸을 비틀며 말했다.

"왜 여기서 비를 피하는 거니. 네 몸은 온통 흙이잖아. 내 몸까지 더럽히려는 거야."

그러면서 새를 쫓아냈다.

정원의 나무가 하루하루 자라나 이제는 처마까지 닿았다.

지붕 위의 나무를 바라보며 공손하게 말했다.

"나무야, 넌 지붕 위에 자란 나무였구나."

기분이 나빠진 나무는 또 몸을 비틀며 말했다.

"그래서 뭐, 너보다는 키가 커!"

정원의 나무는 아무 말도 하지 않았다. 하루하루 커가던 나무가 이제는 지붕 위에 자란 나무를 바짝 추격했다.

여름이 되자 비가 자주 내렸다.

할아버지네 지붕에 비가 샜다. 할아버지가 수리공을 찾아 지붕을 수리했다. 지붕 위에 나무가 자라있다는 것을 발견한 수리공은 이상하다는 듯 할아버지께 물었다.

"지붕 위에 자란 나무는 처음 보는데요. 크지도 않을 건데 파버리는 것이 좋겠어요."

이 말을 들은 나무는 너무 놀라 몸을 바르르 떨었다.

할아버지께서 말씀하셨다.

"잠깐, 잠깐, 내가 하지, 내가 하지."

지붕 위에 올라간 할아버지께서는 기와 틈 사이에서 나무를 뿌리 채 뽑아버리셨다.

할아버지가 나무를 정원에 다시 심었다. 이제는 똑같이 땅에서 자라는 나무로 됐다.

아직은 키가 작지만 하루하루 무럭무럭 자라났다.

옆에 자라고 있는 나무를 따라잡을 수 있기를 간절히 바랐다.

쫓아냈던 새도 그리워졌다. 새가 다시 날아와 비를 피하기를 바랐다. 나무는 새와 하고 싶은 말이 너무도 많았다.

사마귀 투구풍뎅이

모두 팅팅(婷婷)이가 예쁘게 생겼다며 칭찬했다.

"초롱초롱하고 밝은 눈이 참 예쁘구나."

"백옥 같이 흰 피부, 동그란 얼굴 참 예쁘구나."

"앵두 같은 입술이 참 예쁘구나."

이때 할머니 한 분이 다가오더니 뚫어져라 쳐다보셨다. 한참 지나서야 말문을 열었다.

"입가에 사마귀가 있어 예쁜 것이었구나!"

자세히 보니 과연 사마귀가 있었다.

만약 그 사마귀가 자라지 않았다면 그토록 예쁘지는 않았을 거다.

검정 투구풍뎅이가 옆에서 이들이 주고받는 말을 조용히 듣고 있었다. 그도 팅팅이의 검은 사마귀가 잘 생겼다고 여겼다.

투구풍뎅이는 팅팅이를 좋아했다. 팅팅이가 꽃과 나무를 아낄 뿐만 아니라 단 한 번도 곤충을 괴롭힌 적이 없었기 때문이다.

언젠가 수탉이 하마 트면 투구풍뎅이를 잡아먹을 뻔했는데 다행히 팅팅이가 살려줬다.

투구풍뎅이는 목숨을 구해준 팅팅이에게 은혜를 갚고 싶었다.

입가에 검은 사마귀가 한 개 더 생기면 더욱 예뻐질 것이라 생각했다.

그날 밤 팅팅이가 잠이 들자 투구풍뎅이는 사마귀가 없는 팅팅이의 입가로 가만히 기어 올라가 검은 사마귀가 됐다.

이튿날 팅팅이는 얼굴이 못 생겨졌다며 소동을 피웠다.

눈은 여전히 초롱초롱하고 밝았다.

피부도 여전히 희고 얼굴도 여전히 동그랗다.

입술도 여전히 앵두 같이 발그스레햇다.

또 그 할머니께서 한참이나 자세히 살펴보더니 말씀하셨다.

"어머나, 검은 사마귀가 또 생겼네. 그 사마귀가 생겨서 미워진 것이구나."

모두 다가와 보니 과연 그랬다.

거울을 보던 팅팅이는 입가에 검은 색 사마귀가 한 개 더 생겨 미워졌다는 걸 발견했다. 그날 밤 팅팅이는 새로 생겨난 사마귀 때문에 남몰래 한참이나 울었다. 투구풍뎅이들은 팅팅이가 더 예뻐졌으면 하는 마음이었지만 팅팅이는 오히려 더 못 생긴 얼굴이 되었던 것이다.

팅팅이는 울고 또 울었다. 사마귀가 한 개 더 생겨난 후로 팅팅이의 눈에는 눈물이 마를 날이 없었다. 투구풍뎅이는 속상해 하는 팅팅이를 보면서 날아가야겠다고 마음먹었다. 투구풍뎅이는 눈물을 따라 턱까지 미끄러져 내려가서는 몸에 묻은 눈물을 털어버리고 다시 투구풍뎅이로 돌아왔다. 이튿날 아침 거울을 본 팅팅이는 눈물을 깨끗이 닦고 환하게 웃었다. 새로 생겨난 검정 사마귀가 온데간데없이 사라졌기 때문이었다.

등대에 오른 꼬마 생쥐

꼬마 생쥐 한 마리가 있었다. 이 세상에 태어나서부터 날마다 듣는 동요가 있었다. 바로 할머니가 손자 뚱뚱이에게 불러주는 동요였다.

기름 훔쳐 먹으려
등대에 오른
꼬마 생쥐
내려오지 못해
찍찍찍
할머니께 물어보려 하지만
오시지 않자
데굴데굴 굴러 떨어지네!

하지만 꼬마 생쥐는 한 번도 기름을 훔쳐 먹은 적이 없었다.
먼 옛날 가족이었던 먹보 꼬마 생쥐가 한번 기름을 훔쳐 먹었을지도
모른다고 생각했다.
대대로 안고 가야 하는 나쁜 명성이라는 생각이 들었다.
그 후부터 꼬마 생쥐는 할머니를 위해 좋은 일을 많이 해드려야겠다고
다짐했다.
하지만 이를 행동으로 옮기기는 여간 어려운 일이 아니었다.
연 며칠 좋은 방법을 생각하려고 머리를 굴려봤지만 마땅히 할 만한
좋은 일을 찾지 못했다.
어느 날 저녁 할머니께서 또 손자 뚱뚱이를 품에 안고 〈등대에 오른
꼬마 생쥐〉 동요를 불렀다. 화가 난 꼬마 생쥐는 동굴에서 기어 나와 살

그머니 탁자 위로 올라갔다.

꼬마 생쥐가 가는 목소리로 말했다.

"할머니, 의견을 말씀드려도 될까요?"

할머니는 한참을 찾았지만 누가 말을 하고 있는지 발견하지 못하셨다.

할머니께서 물었다.

"말하고 있는 자가 누구요?"

꼬마 생쥐가 큰 소리로 대답했다.

"꼬마 생쥐예요. 여기에 있어요."

그래도 눈이 초롱초롱한 뚱뚱이가 단번에 꼬마 생쥐를 발견했다. 뚱뚱이는 물개박수를 치며 기뻐했다.

"꼬마 생쥐다, 꼬마 생쥐. 신난다."

할머니께서는 돋보기를 찾아 쓰고서야 자신을 쳐다보고 있는 꼬마 생쥐를 발견했다.

할머니께서 웃으며 말씀하셨다.

"조그마한 게, 의견이 있다고, 얘기해 보렴, 할머니가 들어주지."

꼬마 생쥐가 용기를 내서 말했다.

"'기름 훔쳐 먹으려 등대에 오른 꼬마 생쥐 내려오지 못 한다'는 동요를 왜 자꾸 부르시는 거지요? 전 훔친 적이 없는 데요?"

꼬마 생쥐의 갑작스런 질문에 할머니께서는 한참을 생각하고서야 대답하셨다.

"넌 훔쳐 먹은 적이 없겠지만, 혹시 너의 아버지의 아버지가⋯ 훔쳤을지도 모르잖아."

"그건 아니죠."

꼬마 생쥐는 여전히 내키지 않았다.

"전 훔쳐 마신 적이 없으니깐, 착한 생쥐예요."

꼬마 생쥐와 할머니가 주고받는 대화를 뚱뚱이가 줄곧 듣고 있었다.

꼬마 생쥐가 귀엽다고 생각한 뚱뚱이는 고사리 같은 손을 앞으로 내밀었다.

꼬마 생쥐가 손가락을 타고 기어 올라가서는 긴 꼬리를 손가락에 감고 그네를 뛰기 시작했다.

신이 난 뚱뚱이는 깔깔 거리며 웃었다.

뚱뚱이와 할머니께서 재미있다고 웃자 꼬마 생쥐는 좋은 일을 한 것이라고 생각했다.

그날부터 저녁밥을 먹을 때마다 꼬마 생쥐는 뚱뚱이와 함께 놀았다. 뚱뚱이는 "깔깔", 할머니께서는 "껄껄" 모두 즐거워서 웃음꽃을 피웠다.

탁자 아래서 뛰놀던 꼬마 생쥐는 온 바닥에 떨어진 밥알을 발견했다.

할머니께서 물었다.

"꼬마 생쥐야, 뭐하냐?"

꼬마 생쥐가 머리를 들고 대답했다.

"보세요. 뚱뚱이가 밥을 먹으면서 바닥에 온통 밥알을 떨어뜨렸어요. 지금 그걸 청소하고 있어요."

꼬마 생쥐는 쩝쩝 거리며 밥알을 주어서는 아주 맛나게 먹어댔다.

뚱뚱이가 내려다보니 바닥에 떨어진 흰 밥이 한 알도 없었다. 깨끗하게 주어먹은 꼬마 생쥐는 배불뚝이로 돼 버렸다.

꼬마 생쥐는 뚱뚱이가 떨어뜨린 밥알을 주어먹은 것도 좋은 일을 한 것이라고 생각했다.

그 후부터 뚱뚱이와 할머니는 꼬마 생쥐를 더욱 예뻐했다. 꼬마 생쥐가 날마다 찾아와 놀아주기를 바랐다.

저녁식사 시간이 다 됐다. 하지만 아무리 기다려도 꼬마 생쥐가 찾아오지 않았다.

꼬마 생쥐가 보고 싶어진 뚱뚱이가 말했다.

"할머니, 꼬마 생쥐가 왜 아직도 안 나오는가요?"

할머니께서 대답하셨다.

"이젠 밥 먹으면서 밥알도 안 떨어뜨리잖니. 꼬마 생쥐가 청소할 필요가 없으니 안 오는 거야!"

뚱뚱이가 말했다.

"보고 싶어요."

"나오지 않으면 우리로서는 방법이 없단다."

할머니께서 말씀하셨다.

뚱뚱이가 할머니를 졸랐다.

"'등대에 오른 꼬마 생쥐' 동요를 불러주세요. 바로 나올 거예요."

하지만 할머니께서는 절레절레 머리를 흔드셨다.

"꼬마 생쥐는 기름을 훔쳐 마신 적이 없댄다. 근데 왜 그 오래된 동요를 불러야겠느냐!"

뚱뚱이가 또 할머니를 졸라댔다.

"그럼 새 동요를 불러주세요."

할머니께서 눈을 감더니 새 동요를 읊기 시작했다.

꼬마 생쥐야

어서 오너라

뚱뚱이도

할머니도 보고 싶단다

넌 우리의 귀염둥이란다

꼬마 생쥐가 동요를 듣고 쪼르르 달려왔다. 뚱뚱이는 너무 기뻐서 퐁
퐁 뛰면서 깔깔 웃었다.

어찌나 신나게 웃었는지 입 안의 밥알이 또 튕겨나가고 말았다…

붉여우

바람이 윙윙 휘몰아치고 눈이 펑펑 쏟아진다. 사냥을 나갔던 할아버지
께서 돌아오셨다.

할아버지는 집과 가까운 곳에서 보송보송한 동물을 향해 덮치는 큰 검
정 멧돼지를 발견했다.

할아버지는 총으로 멧돼지를 쏴 죽였다.

놀라서 몸을 바들바들 떨고 있는 작은 동물을 안고 보니 갓 난 여우였
다. 붉은 털을 가진 여우는 배가 고픈지 입을 쩍쩍 벌렸다.

여우를 가엾게 여긴 할아버지는 품에 감싸 안은 채 집으로 데리고 왔다. 집으로 돌아온 할아버지는 불을 피우고 여우에게 한 입 한 입 죽을 떠먹이고는 풀로 된 매트에서 자게 했다.

할아버지가 여우를 키운다는 소문을 듣고 사람들이 찾아왔다. 그들은 할아버지에게 갓 난 여우를 도시의 동물원에 팔라고 했다.

팔려갈 수도 있겠다는 생각에 여우는 눈물을 뚝뚝 흘리며 말했다.

"동물원에 가기 싫어요. 할아버지랑 함께 살고 싶어요."

"동물원에는 먹을 것이 많아. 여기 환경보다 훨씬 나을 걸…"

할아버지께서 말씀하셨다.

여우는 할아버지에게로 더욱 바싹 달라붙으며 한 발자국도 떨어지려 하지 않았다.

할아버지께서 또 말씀하셨다.

"네가 커서 난폭해지면 집에서 키우지 못할까봐 걱정하기 때문에 그러는 거란다."

꼬마 여우가 말했다.

"할아버지 말씀 잘 들을게요. 착한 아이가 될 거예요."

할아버지께서는 더 말씀을 하시지 않았다. 어떻게 하면 좋을지 난감했다. 여우가 할아버지에게로 기대며 애걸했다.

"할아버지랑 오래 있었잖아요. 제가 나쁘게 변했나요? 아니잖아요, 저에게는 훌륭한 할아버지가 계시니까요."

할아버지가 웃으며 여우를 품으로 끌어당기시더니 붉은 털을 쓰다듬어주셨다. 어느 날 야심한 밤에 세찬 바람이 몰아쳤다.

창문 틈으로 황소바람이 들어와 등잔불도, 석탄불도 다 꺼졌다. 방안은 춥고 어두웠다.

꼬마 여우는 할아버지에게로 더욱 바싹 붙었다. 할아버지께서 따뜻하게 주무시도록 하기 위해서였다.

한밤중에 할아버지께서 깨어나 보니 방안은 온통 붉은 색으로 물들어 있었다. 꼬마 여우가 불여우로 되어 버렸던 것이다. 불꽃 마냥 반짝반짝 빛이 나는 털로 인해 방은 환하게 비춰지고 더없이 따뜻했다.

언제부터인지 화로에 석탄불이 피어났고 방은 후끈해졌다.

이튿날 아침 할아버지께서 깨어 나보니 여우가 아궁이에 대고 입김을 불어넣고 있었다. 아궁이에서는 불이 활활 타올랐다. 여우가 구수한 밥까지 지어놓고 있었다. 할아버지께서 매우 기뻐하시며 여우를 칭찬했다.

"고맙네, 참으로 일 잘하는 불여우로구나!"

마을 사람들은 꼬마 여우가 불여우가 됐다는 소문을 듣고는 모두 보러왔다. 그 후부터 날씨가 아무리 추워도 불여우 옆에 조금만 앉아있기만 하면 온 몸이 따뜻해졌다.

이곳을 지나다니는 사냥꾼들도 소문을 듣고 늘 할아버지 댁으로 찾아와 몸을 녹이곤 했다. 불여우를 품에 앉고 있기만 하면 온 몸이 따뜻해졌다. 불여우는 손님이 찾아오면 신이 났다. 따뜻함을 많은 사람들에게 나눠줄 수 있었으니까.

도시의 동물원에서도 소문을 듣고 할아버지를 찾아왔다. 불여우를 사가려는 것이었다.

할아버지께서는 연신 안 된다며 손사래를 쳤다.

"섭섭해서 안 된다오."

마을 사람들도 안 된다고 말했다.

"우리도 안 됩니다."

할아버지와 마을 사람들의 얘기를 들은 불여우는 또 눈물을 흘렸다. 그런데 이번에는 기쁨의 눈물이었다.

이상한 지팡이

할아버지께서 많이 연로하셨나?

산을 뒤덮은 나무를 보면 알게 될 것이다.

먼 옛날 나무 한 그루 자라지 않는 민둥산이 있었다. 할아버지가 어린 아이였을 때 산에 첫 나무를 심었다.

그때 심은 첫 나무가 이제는 아흔 살도 훨씬 넘었다.

하지만 나무의 나이가 많다고 한들 할아버지 연세보다는 많지 않았다. 올해로 할아버지는 백세를 바라보고 있다.

산에 빼곡히 자란 나무들은 할아버지를 좋아했다.

할아버지가 산에 오르면 나뭇잎은 박수를 치고 꽃잎은 넘실거리며 춤을 췄다. 곤줄박이도 노래를 부르며 청아한 목소리를 자랑했다.

할아버지도 나무를 사랑하기는 마찬가지였다. 하루라도 산에 오르지 않으면 밥맛이 없어지고 잠도 제대로 주무시지 못했다.

어느 날 할아버지께서 백세 생신을 쇠게 됐다. 사람들은 더는 산에 나무를 심지 말라며 할아버지를 말렸다. 이젠 집에서 편히 쉬라고 했다.

할아버지께서 말씀하셨다.

"아직은 다리에 힘이 있어 산에 오를 수 있다. 팔도 아직은 쓸 만해 나무를 심는 건 전혀 문제없다."

하지만 사람들은 여전히 할아버지를 산에 오르지 못하게 했다. 이제는 백세가 되었으니까!

그러나 할아버지의 고집을 누구도 꺾지 못했다.

하는 수없이 사람들은 할아버지께 지팡이를 준비해 드렸다. 하지만 여전히 마음이 놓이지 않아 옆에서 부축하라고 나까지 보냈다.

할아버지는 다리 힘이 대단하셨다. 산에 오르는 것이 마치 평지를 걷는 것처럼 쉬웠기에 지팡이 짚는 것을 자꾸만 잊어버렸다.

할아버지께 여쭈었다.

"지팡이 짚는 걸 자꾸 잊으세요? 마을 사람들의 마음이잖아요."

할아버지께서 웃으면서 말씀하셨다.

"그래, 그래."

지팡이를 짚으면서 산으로 올라라가셨다.

그런데 이상한 일이 생겼다. 할아버지께서 지팡이로 땅을 짚을 때마다 지팡이에 파릇파릇 새싹이 돋아나는 것이었다.

우리가 산꼭대기까지 올라가자 지팡이는 온통 푸른 잎으로 뒤엎였다.

신기한 지팡이에 할아버지는 기뻐하셨다.

"나무 심기를 좋아하는 걸 알고 너도 살아 있는 나무가 되고 싶은 거지, 그런 거지?"

지팡이도 어린 아이처럼 폴짝폴짝 뛰며 기뻐했다.

신기한 모습에 나도 눈을 동그랗게 떴다.

할아버지께서 지팡이를 산꼭대기에 꽂으셨다. 잠깐 사이에 짙푸른 잎사귀가 우후죽순마냥 자라났다. 이제는 어엿한 꼬마 나무가 되었다.

할아버지랑 산에서 내려왔다. 사람들은 모두 의아해했다. 할아버지께서 지팡이를 짚고 계시지 않았으니까!

할아버지께서 저 멀리 산꼭대기를 가리키며 말씀하셨다.

"산꼭대기에 남겨두고 왔다네."

나는 옆에서 웃기만 했을 뿐 아무 말도 하지 않았다.

큰 산은 좋은 친구

뚱보 곰이 문어귀에서 풍경을 감상하고 있다.

저 멀리 있는 산이 매우 작아보였다. 집보다도 방안의 탁자보다도 더 작았다.

주먹을 꺼내들어 보니 주먹보다도 더 작은 것 같았다.

산이 어마어마하게 크다는 걸 뚱보 곰은 일찍부터 전해 들었었다.

산에 나무가 자라고 나무에 열매가 달릴 뿐만 아니라, 샘물이 있고 샘물에 물고기가 살고 있다고 들었지만, 지금 보이는 산은 왜 이토록 작은지 곰은 의아했다.

뚱보 곰은 산으로 놀러 가기로 했다.

곰은 걸으면서 산을 바라봤다. 산이 점점커지고 있다는 걸 느꼈다.

이제는 산이 물소처럼 커보였다.

앞으로 더 가니 하마처럼 커보였다.

뚱보 곰이 산 아래에 도착했을 때다. 와 산이 마치 우뚝 솟은 큰 괴물과도 같았다.

산이 어마어마하게 컸다. 산 속의 돌도, 나무도 뚱보 곰보다 훨씬 더 컸다.

뚱보 곰은 이제야 진짜 산을 보게 됐다.

뚱보 곰은 산이 아주 깊다는 걸 발견했다.

곰은 산이 어떻게 생겼는지 산 속으로 들어가 보고 싶었다.

뚱보 곰은 산 속으로 들어갈수록 끝이 보이지 않았다. 어머나 괴물의 입으로 들어왔구나!

깜짝 놀란 뚱보 곰은 두려움에 눈물만 뚝뚝 흘렸다.

새가 곰의 울음소리를 듣고 날아왔다.

"곰아 왜 우는 거야?"

뚱보 곰은 눈물을 닦으며 말했다.

"괴물 뱃속으로 들어간 것 같아."

"괴물이 어디 있는데?"

새가 물었다.

"산이 괴물이잖아."

두려움에 뚱보 곰은 주위를 두리번두리번 살폈다. 주위의 높은 산들이 마치 자기를 향해 덮치는 것만 같았다. 곰의 말을 듣고 난 새는 배를 끌어안고 웃어댔다.

"너 바보냐? 산이 어찌 괴물이란 말이야, 우리는 산을 너무 좋아하는데…"

새가 짹짹거리자 많은 친구들이 몰려왔다. 사슴, 양, 회색 토끼, 원숭이, 고슴도치…

모두 산이 괴물이 아니라 재미나는 곳이라고 얘기해줬다.

원숭이는 나무로 기어 올라가 열매를 많이 따왔다.

사슴은 아름다운 꽃을 꺾어왔다.

고슴도치는 앞구르기를 하더니 달콤하고 아삭한 홍장과(紅漿果)를 가시로 찍어왔다.

뚱보 곰은 기뻐서 껄껄 웃어댔다.

그들은 갈대 덩굴에 올라가 그네를 뛰기도 했다.

산들 바람이 귀를 간지럽힌다. 바람은 듣기 좋은 노래를 불렀고 야생 꽃의 향기까지 솔솔 풍겨왔다.

그들은 산 속의 샘물로 뛰어 들어가 수영을 했다. 샘물에는 오색영롱한 물고기들이 헤엄치고 있었다.

물고기들이 뱉은 거품은 눈 깜짝할 사이에 반짝반짝 빛나는 구슬로 변하였다.

그들은 산에서 숨바꼭질을 하느라 여념이 없었다. 뚱보 곰은 나무구멍에 숨었다.

나무 할아버지가 무성한 나뭇잎으로 곰을 막고 있었기 때문에 그 누구도 곰을 찾아내지 못했다. 결국엔 곰이 저절로 나무구멍에서 걸어 나왔다.

그들은 웃고 떠들며 즐겁게 놀았다. 손에 손을 잡고 춤추며 흥얼흥얼 노래도 불렀다.

산에는 친구가 많아
친구가 많으니 정말 신 나네
워워워 워워워

그들이 웃으면 산도 웃고, 그들이 노래하면 산도 함께 노래했다. 산은 친구들과 함께 신나게 놀았다.

어느덧 해가 서산 꼭대기로 높이 올라갔다. 조금만 지나면 해가 서산으로 넘어간다.

뚱보 곰이 집으로 갈 때가 됐다. 그는 산 속의 친구들과 작별인사를 했다. 친구들은 내일 다시 놀러오라고 했다.

뚱보 곰은 너무 신이 났다.

"알았어, 꼭 올께."

뚱보 곰은 산과도 작별인사를 하는 걸 잊지 않았다. 주변의 높은 산을 바라보며 큰 소리로 외쳤다.

"내일 보자."

산이 대답했다.

"그래, 내일 보자."

뚱보 곰은 아쉬운 마음으로 집으로 향했다.

뚱보 곰은 걸으면서 자꾸만 뒤를 돌아봤다. 산이 점점 더 작아지고 있다는 걸 발견했다.

집으로 향하면서 뒤돌아 산을 봤다. 산이 코끼리 만하게 작아졌다.

한참 가다가 뒤로 돌아보니 이제는 산이 하마 만하게 작아졌다.

또 한참 가다가 뒤로 돌아보니 이번에는 산이 물소 만하게 작아졌다.

집 문어귀까지 도착해 산을 보니 주먹보다도 더 작아진 것이 아니겠는가! 뚱보 곰은 또 집 문어귀에서 풍경을 바라봤다.

뚱보 곰은 그제야 산이 괴물이 아니라 좋은 친구라는 걸 깨달았다.

곰은 내일도 산 속으로 놀러 가야겠다고 생각했다.

나무를 볼 때마다 생각한다
뿌리 새(根鳥)는 어디로 날아갔을까?
언제쯤 다시 돌아 올려나?
멀리 내다보며 생각한다
저 멀리에도 이런 나무가 있을 거야

붉은 장미 세 송이

가을이 왔다. 단풍이 곱게 물든 꽃밭에서 바람을 타고 노란색, 붉은색 나뭇잎이 한잎 두잎 떨어졌다. 할아버지와 할머니께서 공원의 걸상에 기대앉아 푸른 하늘을 바라보고 있다. 기러기들이 줄지어 남쪽으로 날아간다. 꼬마 곰 두두(嘟嘟)가 붉은 장미 세 송이를 안고 가로수가 우거진 길에 서있다.

한참 지나자 형님과 누나가 손잡고 걸어왔다.

두두가 앞으로 다가서며 말했다.

"장미 한 송이 사세요."

형님이 웃으면서 장미를 사서 누나에게 선물했다. 누나도 웃었다.

그들의 뒷모습을 바라보는 두두도 마음이 달콤했다.

아직 장미 두 송이가 남은 두두는 계속 그곳에 서 있었다.

이때 아주머니가 아저씨의 팔짱을 끼고 웃고 얘기하면서 걸어오고 있었다.

두두가 다가서며 말했다.

"장미 한 송이 사세요."

아저씨가 웃으면서 장미 한 송이를 사서는 아주머니에게 선물했다.

"당신이 준 열여섯 번째 장미에요. 너무 향기롭네요."

아주머니도 기뻐했다.

그들의 뒷모습을 바라보는 두두도 붉은 장미의 향기가 코를 간지럽히는 것 같았다.

서쪽 하늘에 저녁노을이 빨갛게 물들었다. 공원의 관광객들도 하나 둘 떠나갔다. 두두에게는 아직도 장미 한 송이가 남았다.

마지막 한 송이를 누구한데 팔아야지?

두두는 저 멀리 앉아 있는 할아버지와 할머니를 발견했다.

두두는 할아버지 할머니는 꽃을 사지 않을 것이라고 생각했다.

그때 할아버지께서 두두를 향해 손을 흔드셨다.

두두가 막 뛰어갔다.

할아버지께서 말씀하셨다.

"장미를 사려 하네. 아내한테 선물해 주고 싶군."

할머니는 너무 기뻐서 싱글벙글 웃으셨다.

할머니께서 두두를 당기더니 소곤소곤 얘기하셨다.

"비밀인데, 영감이 준 71번째 장미란다."

마지막 한 송이 장미를 판 두두는 동면하러 삼림 속으로 들어갔다.

그 해 겨울 두두는 아주 달콤하게 잠을 잤다.

꿈속에서 두두가 장미 숲을 걷고 있는데 장미를 샀던 사람들이 모두 친구가 되어 즐겁게 놀았기 때문이다.

달빛 자장가

해가 서산으로 넘어갔다. 날이 채 어두워지기도 전에 휘영청 밝은 달이 두둥실 하늘에 떠올랐다.

갓 걸음마를 탄 흰 쥐가 처음으로 어두운 땅굴에서 뛰쳐나왔다.

흰 쥐는 큰 나무 아래에서 하늘 높이 뜬 달을 바라보았다.

흰 쥐는 구름 타고 온 달이 나무에 내려앉으려 한다고 생각했다.

둥근 달을 보고 싶었던 흰 쥐는 나무줄기를 타고 위로 기어 올라갔다.

흰 쥐는 굵고 높고 곧은 나무줄기가 하늘로 향하는 길이라고 여겼다.

그는 계속 기어오르다 보면 하늘로 올라갈 수 있을 것이라고 믿었다.

한참을 기어오르던 흰 쥐는 갑자기 누군가의 목소리가 들렸다.

"흰 쥐야 안녕!"

나무 위에서 살고 있던 파란 까치가 말했다.

까치는 둥지에서 풍경을 바라보고 있었다.

"까치 아주머니 안녕하세요."

흰 쥐는 까치둥지까지 기어갔다.

"여긴 아주머니 집인가요?"

"그렇단다. 놀러 오거라."

파란 까치가 환영한다고 말했다.

까치둥지로 기어들어간 흰 쥐는 여기저기 두리번거렸다.

"아주머니, 집이 너무 예쁘고 아늑하네요."

흰 쥐는 태어나서부터 땅굴에서 살았다. 거의 땅 위로 올라오지 않았
으니 높은 나무 위에 올라갈 일은 더더욱 없었다.

흰 쥐는 편안하게 까치둥지에 누워 하늘을 바라봤다.

갑자기 나뭇잎 사이로 반짝거리는 별빛이 아른아른 거렸다.

"반짝반짝 빛나는 저것이 뭔가요?"

흰 쥐가 의아해하며 물었다.

"반딧불이란다."

까치가 알려줬다.

"달의 아이인가요?"

흰 쥐가 또 물었다. 반딧불은 빛이 나는 곤충이고 저녁마다 등불을 쥐고 하늘에서 날아다닌단다. 까치 아주머니가 자세하게 설명해 주었다.

그러자 흰 쥐가 또 물었다.

"달에게 길을 비춰주는 건가요?"

이때 달이 천천히 하늘로 떠올라 나무와 더 가까워졌다.

"달이 언제쯤 나무에 떨어지는가요?"

흰 쥐가 물었다. 까치 아주머니가 조용히 얘기했다.

"잠을 자고 있을 때 옆에서 널 지켜준단다."

바람이 솔솔 불어오자 나뭇가지가 바람을 타고 움직였다. 까치둥지도 따라서 흔들거렸다.

까치둥지에 누운 흰 쥐는 마치 요람 속에 누운 것 같았다. 흰 쥐가 천천히 눈을 감더니 곧바로 단잠에 빠졌다.

까치 아주머니는 둥지에서 자고 있는 흰 쥐를 귀엽게 바라봤다.

달이 나뭇가지와 더욱 가까워지자 따스한 달빛이 까치둥지를 감쌌다.

까치 아주머니가 흰 쥐에게 자장가를 불러줬다.

"바람이 솔솔 불어오니

나뭇가지가 한들거리네

달이 나뭇가지에 걸리니

흰 쥐가 잠 들었네…"

자장가가 바람을 타고 흰 쥐의 꿈속으로 날아갔다. 그는 둥근 달을 안고 있는 달콤한 꿈을 꿨다.

흰 말과 검정 망아지

초원에 배불뚝이 흰 말 한 필이 거닐고 있었다. 흰 말이 이제 곧 어미가 된다는 걸 누구나 다 알고 있다.

모두 아주 예쁜 꼬마 흰 말이 태어날 것이라고 말했다. 꼬마 흰 말은 어미말보다 더 희고 빛나는 털을 가질 것이라고 생각했다.

그들은 하루하루 꼬마 흰 말이 태어나기만을 손꼽아 기다렸다.

어느 날 밤 천둥번개가 치더니 큰 비가 내리기 시작했다. 어미 흰 말이 새끼를 낳으려고 했다. 큰 비를 무릅쓰고 보러 온 사람들이 많았다. 물론 뜬 눈으로 지새며 집에서 좋은 소식을 기다리는 사람도 있었다.

근데 어떻게 이런 일이, 세상에나 흰 말이 아닌 검정 망아지가 태어난 것이 아니겠는가.

소식이 퍼지자

"검정말이 태어날 것이라고는 생각지도 못했다"

며 모두들 "후" 하고 한숨을 내쉬었다.

검정 망아지는 야위고 몸집이 아주 작았을 뿐만 아니라 털도 들쑥날쑥한 데다 푸석푸석하기까지 했다. 하지만 어미 말은 검정 망아지를 보배처럼 여겼다. 날마다 혀로 털을 핥아주며 젖을 먹였다.

세상에 태어나서부터 검정 망아지는 매일매일 어미 말의 사랑을 독차지했다. 망아지는 세상에서 가장 훌륭한 어머니의 자식으로 태어나 기쁘기만 했다.

하지만 동네 사람들은 야위고 작고 못생겼다며 검정 망아지를 못난이 취급했다.

어느 날 목동이 흰 말을 타고 양을 치러 갔다. 어머니와 떨어지기 싫었던 검정 망아지도 따라갔다.

어미 말을 따라 초원을 걷던 검정 망아지는 양들이 주고받는 얘기를 들었다.

"저것 봐, 순백의 흰 말은 참 예쁜데 왜 저토록 못난 검정 망아지가 태어났을까, 이상하지 않아!"

검정 망아지도 이상하게 생각되었던지 어머니에게 물었다.

"엄마 저는 왜 검정색이에요, 엄마를 전혀 닮지 않았나 봐요."

어미 말이 말했다.

"검으면 어때, 얼른 커서 힘이 세지면 목동을 도와 양을 잘 치면 돼. 검정색이든 흰색이든 그건 중요하지 않단다."

검정 망아지는 어머니의 말씀을 깊이 새겨들었다. 그는 초원 위를 뛰어다니며 신나게 놀았다.

검정 망아지는 하루하루 몸집이 커졌다. 이젠 목동을 도와 양을 방목

할 수 있게 됐다.

처음을 양을 방목하러 가던 날, 어머니가 신신당부했다.

"애야, 양을 열심히 돌봐야 한단다. 놀이에만 정신 팔지 말고, 양을 잃어버리면 안 돼, 알겠지!"

검정 망아지는 흔쾌히 대답하고 떠났다. 그가 멀리까지 갔는데도 여전히 어머니의 목소리가 들려왔다.

"애야, 남들이 검정색이라고 수군대도 마음에 담아두지 말거라."

드넓은 초원에 도착하니 끝없이 펼쳐진 푸른 풀이 산들바람에 향긋한 향기를 풍겼다.

검정 망아지는 어머니의 말씀대로 양을 열심히 지켰다.

그날 밤 초원의 하늘은 유달리 어두워 별마저도 보이지 않았다. 조금 지나자 바람이 불고 비가 내리기 시작했다. 양들은 서로 몸을 비비며 불안한 모습을 보였다. 검정 망아지는 무서워하는 양들을 둘러싸고 한 바퀴 두 바퀴 열심히 뛰었다. 검정 망아지는 단 한 번도 쉬지 않고 이렇게 온밤을 뛰어다녔다. 이튿날 아침 날씨가 맑게 개었다. 아침 무지개가 초원의 상공에 걸렸다. 붉은 노을빛이 몸을 감싸자 검정 망아지는 밤색 망아지로 변신했다.

그러자 목동들은 모두 망아지를 칭찬했다.

"밤색으로 되니 훨씬 예뻐보이네."

초원의 꽃들도 반기며 망아지를 향해 미소를 지었다.

어느 날 별빛이 반짝반짝 빛날 정도로 초원의 밤하늘이 유달리 맑았다. 양들도 피곤한 듯 조용히 잠들었다. 그런데 갑자기 어디선가 이상한 소리가 들렸다. 망아지가 뛰어 가보니 늑대 한 마리가 그곳에 있었다. 망아지는 "히잉" 소리를 지르며 힘차게 앞발을 들어 늑대를 밟아 죽였다. 그 모습을 보고 있던 밤하늘의 별들은 모두 검정 망아지가 용감하다며 칭찬했다. 망아지를 대단하다고 칭찬하던 별들이 그의 몸에 내려 앉았다. 마치 보석으로 몸을 휘감은 듯 망아지의 몸이 반짝반짝했다.

이를 본 목동들이 또 말했다.

"검정 망아지가 더 예뻐졌네, 몸에서 반짝반짝 빛이 나는구먼."

초원의 양들이 망아지를 에워싸고 "음매 음매" 노래를 불렀다.

또 며칠이 지났다. 방목하는 날도 이젠 거의 끝나간다. 목동들은 붉은 빛이 반짝거리는 망아지의 털을 만지며 말했다.

"넌 이젠 반짝반짝 빛나는 밤색 망아지가 됐어. 이 세상에서 가장 예쁜 말이 되었다고."

이 말을 들은 검정 망아지는 어깨가 으쓱해졌다. 목동은 또 망아지를 칭찬했다.

"너무 예뻐져서 아마 어미 말도 알아보지 못할 걸."

다급해진 검정 망아지가 큰 소리로 말했다.

"그럼 안 돼요. 어머니가 절 알아보지 못한다면 더는 어머니의 아이가 될 수 없잖아요."

이때 꼬마 양이 다가와 말했다.

"괜찮아, 이제 넌 세상에서 가장 예쁜 말이 됐으니깐, 그럼 된 거 아니야?"

"안 돼요, 안 돼요"

검정 망아지는 안달아 났다.

"예뻐지는 건 중요하지 않다고요. 어머니가 날 알아 봐야 돼요, 난 계속 검정 망아지로 살래요." 초조해진 검정 망아지는 펑펑 울었다. 망아지가 괴로워하는 모습을 볼 수 없었던 별들이 그의 몸에서 날아갔다. 같은 마음이었던 노을빛도 조용히 몸에서 떠나갔다.

이제 그는 또다시 검정 망아지로 돌아왔다.

그는 날아갈 듯 신이 났다. 다시 영원히 어머니의 예쁜 아이로 살아갈 수 있게 되었으니 말이다. 어머니의 검정 망아지로 영원히 살아가는 것이 그 무엇보다 중요했으니 말이다.

백정향•자정향

할머니는 백정향[03]을 심고 할아버지는 자정향을 심었다.

해마다 봄이 다가오면 백정향은 흰 꽃이 만발하고, 자정향은 자주색 꽃이 만발하곤 한다.

백정향, 자정향중 누가 더 향기로울까?

이때 흰색 깃털을 가진 새와 자홍색 깃털을 가진 새 두 마리가 날아왔다. 자연히 흰 새는 백정향에게로, 자색 새는 자정향 위에 걸쳐 앉았다.

---

03) 정향(丁香) : 정향은 순수한 우리 말로 수수꽃다리라고 하는데, '꽃이 마치 수수 꽃처럼 피어 있다' 라는 뜻으로 아름다운 나무 이름 뽑기 대회라도 한다면 금상은 떼어 놓은 당상이다. 향신료로 사용하며 강한 향기가 나서 백리향(百里香)이란 별명도 붙어 있다.

흰 새가 말했다.

"백정향이 더 향기로울 걸."

자색 새도 지려하지 않았다.

"자정향이 더 향기로워."

바로 이때 할아버지와 할머니가 서로를 부축하며 걸어왔다.

할아버지가 꽃향기를 맡으며 말했다.

"당신이 심은 백정향이 향기롭군."

할머니도 꽃향기를 맡더니 말했다.

"아니에요. 그래도 당신이 심은 자정향이 더 향기로운 것 같아요."

할아버지와 할머니는 서로를 칭찬했다. 이 말을 들은 흰 새와 자색 새는 왜 자신이 아닌 남을 칭찬하는지 의아해했다.

이때 할아버지가 백정향 위에 걸쳐 앉은 흰 새를 보고는 할머니에게 말했다.

"당신의 백정향에 흰 새가 내려앉으니 훨씬 더 예뻐진 것 같구려."

할머니도 자정향 위에 걸쳐 앉은 자색 새를 보고는 할아버지에게 말했다.

"당신의 자정향에 자색 새가 내려앉으니 한결 더 예뻐진 것 같아요."

이 말을 들은 흰 새와 자색 새는 더는 의아해하지 않았다.

흰 새가 말했다.

"그렇구나, 자색 새가 자정향에 걸쳐 앉으니 더 예쁘네."

자색 새도 말했다.

"정말이네, 흰 새가 백정향에 걸쳐 앉으니 더 예쁜 것 같네."

그 날부터 흰 새와 자색 새는 정향나무에 걸쳐 앉기만 하면 함께 노래
를 불렀다.

"백정향은 할머니가 심고
자정향은 할아버지가 심었네
정향꽃이 피었네
똑같이 향기롭고 하나같이 아름답다네
할머니는 할아버지를 사랑하고
할아버지도 할머니를 사랑한다네
노래를 들은 할아버지와 할머니는 무척 기뻐하셨다."

용 모양 연

 용은 누구나 다 알고 있지만 실제로 본 사람은 없다.
 연축제가 곧 다가온다. 용 할아버지가 용 모양 연 만들기에 바삐 움직
이고 있다.
 용 할아버지는 연을 만들 줄 안다. 연 축제에서 할아버지가 만든 연이
가장 높고도 안정적으로 떴다. 그래서 용 할아버지란 애칭까지 생겼다.
 용 할아버지가 3박3일을 꼬박 새며 결국 다섯 발 되는 용 모양 연을
만들어냈다. 연을 보는 사람마다 감탄을 금치 못했다.
 "어머나, 정말 하늘이 내린 솜씨네요. 용의 눈동자마저 되록되록 잘 굴

러가는 데요."

"용 할아버지 솜씨 대단합니다. 용 발 좀 보세요. 강우를 조절하고 자연을 바꿀 기세인데요."

사람들의 칭찬이 자자했다. 이때 한 어린이가 용 앞으로 다가서더니 말했다.

"가짜라서 너무 아쉬워요."

하지만 이 말을 용 모양 연이 듣고 말았다.

3월 봄바람이 산들산들 불기 시작했다. 벚꽃도 피고 살구꽃도 피자 꽃향기가 코를 간지럽혔다.

기다리던 연축제가 시작됐다. 나비, 지네, 독수리 모양의 연이 총동원됐다.

용 할아버지의 용 모양 연은 맨 나중에 하늘로 날아올랐다.

연은 산들산들 봄바람을 타고 푸른 하늘로 날아올랐다.

나비연이 하늘높이 날아오르자 잇달아 지네연이 뒤쫓아 갔다.

그런데 나비연과 지네연이 약속이라도 한 듯 모두 땅 아래로 곤두박질쳤다. 거의 땅에 떨어지려는 찰나 또다시 하늘로 날아올랐다. 이때 독수리연이 훨훨 하늘높이 날아올랐다.

모두 용 모양 연 때문에 마음을 조이고 있었다. 허공에서 흔들흔들 거리며 날아오르는 것이 무척이나 조마조마해 보였기 때문이다.

용 할아버지도 답답하긴 마찬가지였다.

"이번에 만든 용 모양 연은 어찌된 영문일까? 날 일부러 골탕 먹이려는 건가?"

용 모양 연도 나름 생각이 있었다.

"흥, 날 가짜라고 얘기할 때는 언제고, 천천히 날고 있을 거야. 당신들도 속이 바질바질 타 봐야 해."

하지만 엎치락뒤치락 구름 위로 날아오른 나비 연, 지네연과 독수리 연은 사람들의 박수갈채를 받았다.

유독 용 할아버지의 연만이 허공에서 천천히 날아다니며 다른 연을 구경하고 있었다. 마음이 조급해진 할아버지는 손을 부들부들 떨며 한숨만 쉬었다. 할아버지는 오늘 틀림없이 졌다고 생각했다.

바로 이때 저 멀리서부터 먹구름이 떼로 몰려오더니 비가 억수로 퍼붓고 천둥번개가 쏟아졌다. 광풍 속에서 나비연의 날개가 찢어진 탓에 알록달록한 연 조각으로 되어 하늘에서 흩날렸다.

천둥번개가 쏟아지자 지네연이 토막토막 끊어진 채로 하늘에서 마구 날아다녔다.

한참 허공에서 퍼덕거리던 독수리연도 세 번 곤두박질을 치더니 그대로 땅에 떨어졌다. 이때 하늘에는 용 모양 연만 남았다. 천둥번개가 쏟아지는 하늘에서도 용 모양 연은 폭우를 무릅쓰고 하늘높이 날아올랐다. 우레 소리는 마치 큰 북을 두드리는 것만 같았고 번쩍이는 번개는 하늘을 환하게 비췄다. 광풍이 그에게 힘을 실어주고 폭우가 응원을 해주는 것 같았다. 용 모양 연은 구름을 뚫고 치솟아 더욱 높이 날아올랐다. 이를 지켜본 용 할아버지는 무척 기뻐하셨다. 그는 하늘을 가리키며 격동된 어조로 크게 소리쳤다.

"그래, 그렇지. 내가 만든 용이 살아있구먼, 살아있구려."

모두 이구동성으로 소리를 질렀다.

"살았다, 살았어."

우레 소리도, 빗소리도 사람들의 환호와 외침소리에 묻혀버렸다.

용 할아버지는 껄껄 웃으면서 용 모양 연을 향해 큰소리로 외쳤다.

"날거라, 훨훨 날거라."

할아버지가 손에 쥐고 있던 연 끈을 놓았다.

용 연이 반짝반짝 빛이 나더니 살아 숨 쉬는 진짜 용이 됐다. 진짜 용은 비바람 속에서 몸을 꿈틀거리고 구름 사이를 자유롭게 오갔다.

얼마 지나지 않아 바람이 그치고 비가 멎었다. 푸른 하늘이 펼쳐지고 눈부신 햇빛이 다시 비춰졌다. 용은 더 높은 하늘을 향해 자유 자래로 날아올라갔다.

강아지 방울

예전에 강아지 한 마리가 있었다. 사람들은 강아지를 '딸랑딸랑'이라고 불렀다. 강아지 목에 금빛이 반짝이는 방울이 달려 있어 걸을 때마다 "딸랑딸랑, 딸랑딸랑" 소리가 났기 때문에 붙여진 이름이다.

이제 사람들은 방울소리만 들어도

"강아지가 오네, 반갑다, 반가워!"

라고 말한다. 어딜 가든 환영을 받기 때문에 강아지는 걸을 때조차 우쭐댔다. 강아지는 어딜 가든 방울소리를 더욱 크게 내려고 목에 단 방울을 더 세게 흔들곤 했다. 방울소리를 듣고 사람들이 더욱 반겨줬으면 하는 마음에서였다.

그러던 어느 날 강아지가 방울을 잃어버렸다. 방울소리가 없으니 어딜 가든 조용해졌다.

사람들이 반겨주지 않자 강아지는 의아해했다.

강아지는 머리를 절레절레 흔들어 보기도 했지만 아무 소리도 들리지 않았다. 강아지는 뛰기도 하고 달려보기도 했지만 여전히 아무 소리도 나지 않았다.

강아지는 조급해졌다. 아니 두려워졌다. 혹시나 자신마저 잃어버린 것은 아닌지 걱정됐다. 설마 세상에서 더는 '딸랑딸랑'을 찾아볼 수 없게 된 건 아닐까? 사람들이 더는 날 반겨주지 않는 걸까? 나 자신을 잃어버린 걸까? 이런저런 생각이 든 강아지는 펑펑 눈물을 흘렸다. 얼마나 슬프게 울었는지 눈물이 주룩주룩 흘러내렸다.

청개구리 한 마리가 폴짝폴짝 뛰어오더니 강아지에게 말을 건넸다.

"딸랑딸랑아, 왜 울어"

청개구리가 딸랑딸랑이라고 불러주자 마음 아픈 일들이 또다시 생각한 강아지는 흑흑 울면서 얘기했다.

"몰라, 몰라, 나 자신을 잃어버린 것 같아."

강아지가 그토록 슬프게 울자 청개구리가 강아지를 거울 앞으로 데리고 가서 거울 속의 강아지를 가리키며 말했다.

"똑똑히 봐, 너 맞잖아."

눈을 깜빡거리며 거울을 쳐다보던 강아지는 머리를 흔들었다. 하지만 여전히 '딸랑딸랑'소리를 들을 수 없었다. 강아지는 울면서 큰 소리로 말했다.

"아니라고, 나 아니야. 난 '딸랑딸랑'이야. 이젠 '딸랑딸랑' 소리를 들을 수 없잖아. 날 잃어버렸다고, 엉엉엉… 엉엉엉… "

속수무책이었던 청개구리는 한숨을 쉬며 자리를 떠났다.

청개구리는 멀리서도 강아지가 울면서 고함을 지르는 소리가 들렸다.

"어쩌면 좋아, 내가 날 잃어버렸어, 엉엉엉… 엉엉엉… "

빨간 러닝셔츠를 입은 청개구리

여름이 왔다. 맑디맑은 호수에 울긋불긋 연꽃이 만개했다.

올챙이 한 마리가 어느덧 초록색 청개구리로 자라났다.

청개구리는 어릴 적부터 모기 잡이 재능이 있었다. 연꽃잎에 조용히 앉아있던 청개구리는 모기가 날아오는 순간 가늘고 긴 혀를 냉큼 내밀어 잽싸게 모기를 입안으로 쏙 빨아 들여가곤 했다. 그때마다 물고기들이 물속에서 머리를 쏙 내밀고 대단하다고 칭찬해 주었고 거북이도 잘한다며 박수를 쳐주곤 했다.

잠자리 한 마리가 날아와 연꽃 위에 내려앉았다. 모기를 잡는 청개구리 재능을 따라 배우려는 것이었다.

어느 날 청개구리가 호수 변을 거니는 여자애를 발견했다. 빨간 러닝셔츠를 입은 여자애가 그렇게 예쁠 수가 없었다. 여자애는 만개한 연꽃처

럼 아름답고 눈부셨다. 호수 위에 그녀의 눈부시게 아름다운 모습이 그
대로 비추어졌다.

여자애의 아름다움에 혼이 쏙 빠진 청개구리는 생각에 빠졌다.

"나도 빨간 러닝셔츠를 입으면 여자애처럼 예쁠 거야."

그 날 이후로 청개구리는 날마다 빨간 러닝셔츠를 만들어달라며 어머
니를 졸라댔다.

청개구리 엄마가 말했다.

"애야, 초록색 옷이 얼마나 예쁜데, 왜 빨간 러닝셔츠를 입으려 하는
거야?"

꼬마 붕어가 물속에서 머리를 쏙 내밀며 말했다.

"그래 맞아, 초록색 옷이 너무너무 예뻐."

꼬마 거북이도 물속에서 머리를 빠끔히 내밀고 천천히 말했다.

"바보야, 왜 빨간 러닝셔츠를 입으려는 거야, 하나도 안 예쁜데."

그러더니 다시 물속에서 유유히 헤엄쳐갔다.

이때 푸른 잠자리 한 마리가 날아와 연꽃 위에 내려앉더니 청개구리를 타일렀다.

"왜 빨간 러닝셔츠를 입으려는 거야. 푸른 옷이 얼마나 예쁜데."

그러더니 청개구리에게 보여주려는 듯 날개를 퍼덕거렸다.

하지만 청개구리는 그 누구의 말도 귀에 들어오지 않았다. 빨간 러닝셔츠를 입고 있는 청개구리는 울며 또 어머니를 졸라댔다.

"다른 건 필요 없어요. 빨간 러닝셔츠 입고 싶어요."

뾰족한 수가 없었던 청개구리 엄마는 하는 수 없이 빨간 사탕종이를 주워와 청개구리에게 빨간 러닝셔츠를 만들어줬다.

빨간 러닝셔츠를 입은 청개구리는 자신이 예뻐 보이기만 했다.

매일 아침 해님이 금방 솟아오르기만 하면 빨간 러닝셔츠를 입은 청개구리는 패션쇼 무대에 오른 모델마냥 연꽃 잎 위에 폴짝 뛰어올라서는 이리저리 걸어 다녔다. 호수에서 살고 있는 물고기들도 머리를 내밀고 신나하는 청개구리를 보곤 했다.

꼬마 거북이도 돌 위로 기어 올라가 우쭐대는 청개구리를 바라봤다.

잠자리 몇 마리가 연꽃 위에 내려앉아 그 모습을 쳐다보기도 했다.

언제부터인지 호숫가의 버드나무 가지에 오색영롱한 새들이 걸쳐 앉아 짹짹 노래를 부르며 청개구리를 눈여겨보았다.

호수 변에 할아버지, 할머니, 삼촌, 이모 그리고 어린 친구들도 놀러왔다. 애완견을 끌고 오거나 헝겊 인형을 안고 오거나 풍차를 들고 오는 어린 친구들도 있었다. 모두 빨간 러닝셔츠를 입은 청개구리의 공연을 보러 온 것이었다. 청개구리는 둥근 연꽃잎 위에서 우쭐대며 이리저리 걸어 다녔다. 이때 모기 몇 마리가 날아왔다 모기들은 청개구리 주변을 맴돌며 가늘고 약한 목소리로 말했다.

"와, 빨간 러닝셔츠를 입은 청개구리네, 넌 정말 예쁘구나."

청개구리는 칭찬과 박수소리에 젖어 모기 잡는 것조차 잊어버렸다.

모기들은 활개 치며 청개구리 주변을 맴돌았다. 이제 더는 청개구리에게 잡혀 먹힐까 두려워하지 않아도 되었다.

하루, 이틀이 지나 사흘째 되던 날, 청개구리가 빨간 러닝셔츠를 입고 연꽃 위에서 신이 나서 걸어 다녔지만 물고기들은 못 본체 하고 헤엄쳐 지나가 버렸다. 꼬마 거북이도 유유히 물속으로 헤엄쳐갔고 새들도 전혀 청개구리를 의식하지 않고 날아가 버렸다.

할아버지, 할머니, 삼촌, 이모, 어린 친구들도 와 보고는 모두 가버렸다. 호수 변은 한적하고 쓸쓸하기 그지없었다.

청개구리가 엄마에게 물었다.

"왜 저의 공연을 보지 않는 것일까요? 왜 박수쳐 주질 않는 거죠?"

엄마가 대답했다.

"왜 모두 널 외면하고 있는지 스스로 곰곰이 생각해보려무나."

곰 할머니의 생신

오늘은 곰 할머니의 생신이다.

할머니께 붉은 장미를 선물하고 싶었던 아기 곰은 화원으로 갔다.

아기 곰은 장미꽃을 꺾으면서 입속말로 중얼거렸다.

아기 곰은 장미꽃 한 송이를 꺾어 할머니께 생일선물로 드렸다.

"어머나, 꽃이 너무 예쁘구나."

장미꽃 선물을 받은 곰 할머니께서는 활짝 웃으면서 기뻐하셨다.

곰 할머니는 꽃향기를 맡았다.

"와, 향긋해, 너무 향긋해."

곰 할머니께서는 격동된 어조로 말씀하셨다.

곰 할머니가 너무 기뻐하시자 아기 곰도 즐거웠다. 아기 곰은 곰 할머니를 더욱 기쁘게 해드려야겠다고 생각했다.

그런데 이때 누구도 예상치 못한 일이 벌어졌다. 어디선가 울음소리가 들려왔다. 곰 할머니, 아기 곰, 그리고 손님들은 모두 귀를 기울이고 들었다. 하지만 한참을 들었지만 누구도 울음소리가 어디서 들려온 것인지 알아채지 못했다.

방안은 쥐죽은 듯이 고요해졌다.

이때 울음소리가 또 들려왔다.

이번엔 아기 곰이 똑똑히 들었다. 사실은 그가 꺾은 붉은 장미의 울음소리였던 것이다.

아기 곰이 물었다.

"빨간 장미야, 왜 우는 거야?"

"아니야, 난 울지 않았어."

빨간 장미는 아니라며 머리를 흔들었다.

이때 화심에서 작은 꿀벌 한 마리가 기어 나오더니 울면서 말했다.

"빨간 장미가 아니라 내가 울었어."

곰 할머니께서 다가오시더니 물었다.

"왜 울었는데, 할머니한테 얘기해 줄 수 있겠니."

작은 꿀벌은 흑흑 거리며 말했다.

"꿀을 채집하고 나서 집으로 돌아갈 수 없게 되었어요. 엄마가 보고 싶어요."

아기 곰은 그제야 깨달았다. 방금 전 빨간 장미를 꺾으면서 화심에 숨어있던 작은 꿀벌도 함께 따라왔다는 것을. 곰 할머니께서 말씀하셨다.

"오늘은 할머니 생일이니깐, 여기서 놀다가 아기 곰한테 집까지 데려다 주라고 할게."

하지만 꿀벌은 어머니가 기다릴까봐 빨리 집으로 가고 싶다고 했다.

결국 아기 곰이 길을 안내해 꿀벌을 집까지 데려다주었다.

곰 할머니의 생일파티가 시작되었다.

곰 할머니께서 생일촛불을 끄셨다.

음악이 울려 퍼지자 모두들 신나게 춤을 추었다.

방금 춤을 추고 난 아기 곰은 선포하듯이 말했다.

"장미꽃 선물 외에도 곰 할머니께 드릴 선물이 더 있어요. 할머니께 시 한편을 읊어드릴게요."

모두들 조용히 아기 곰이 시 읊기만을 기다리고 있었다. 아기 곰은 목청을 가다듬고 자세를 똑바로 하더니 시를 읊기 시작했다.

"곰 할머니만을 위한 명절이 있다 네

그 명절은 바로 곰 할머니의 생신 일세"

아기 곰이 시를 제법 잘 읊을 것이라고는 누구도 생각지 못했다.

모두 아기 곰이 시를 계속 읊기를 기다리고 있었다. 하지만 아기 곰은 얼굴이 빨개지면서 더는 읊지 못했다. 모두 조급해 하고 있을 때 갑자기 창 밖에서 누군가 시 읊는 소리가 들렸다.

"우리 모두 곰 할머니를 사랑해요
곰 할머니의 생신은 우리의 명절이기도 하답니다."

방금 전 날아갔던 꿀벌이 다시 찾아온 것이었다.

꿀벌의 아버지, 어머니, 누나, 형님들이 모두 곰 할머니의 생신을 축하하러 왔다. 아기 곰은 얼른 그들을 집으로 들어오라고 했다. 그러더니 꿀벌에게 물었다.

"왜 내가 쓴 시를 읊었어?"

꿀벌이 대답했다.

"방금 꽃을 꺾을 때 시를 읊었잖아, 그때 내가 들었지."

이때 꼬마 꿀벌이 달콤한 꿀 한 통을 선물을 곰 할머니께 드렸다. 그리고는 자세를 단정히 하고 시를 읊기 시작했다.

"우리 식구 달콤한 꿀을 가져 왔다네
곰 할머니의 달콤한 생신을 위하여"

이때 아기 곰도 시를 읊기 시작했다.

"달콤해 달콤해 곰 할머니도, 우리의 마음도 달콤해지네."

아기 곰의 시 읊기 재롱에 곰 할머니께서는 무척 기뻐하셨다. 마음마저 달콤해지는 뜻깊은 생신을 보내게 되었으니까…

파 란 나 비

어린이들이 파란 나비를 쫓고 있다.

이때 파란 나비가 대나무 울타리로 쏙 날아 들어갔다.

대나무 울타리에는 빨간 꽃, 노란 꽃, 흰 꽃이 활짝 피어 있었다. 그런데 이런 오색영롱한 꽃들이 파란 꽃을 에워싸고 슬프게 울고 있는 것이 아니겠는가! 파란 꽃이 많이 아픈 걸까? 머리를 축 드리우고 있는 것이 목숨이 간당간당한 것 같았다.

빨간 꽃은 맏언니 마냥 축 들어진 파란 꽃을 어깨로 부축하고 있었다.

노란 꽃은 잎사귀로 파란 꽃을 살며시 쓰다듬어 주곤 했다.

흰 꽃은 화술에 머금은 이슬을 점차 시들어가고 있는 파란 꽃의 잎사귀에 방울방울 떨궈 주었다.

파란 나비가 다가가 조용히 말했다.

"파란 꽃아, 내가 왔어. 난 파란 나비란다. 눈을 떠보렴, 내가 보여?"

파란 꽃이 힘겹게 눈을 가느스름히 뜨더니 바로 감아버렸다.

천천히 파란 꽃은 온몸의 기운이 쫙 빠져버렸다.

파란 꽃은 결국 죽었다.

모두가 펑펑 울었다.

빨간 꽃이 말했다.

"이제 다시는 파란 꽃을 볼 수 없게 됐어."

노란 꽃이 옆에서 거들었다.

"파란 꽃이 없으니 화원도 예쁘지 않단 말이야."

흰 꽃도 말했다.

"꽃을 심은 할아버지께서 이 사실을 알게 된다면 얼마나 슬퍼하실까."

꽃을 에워싸고 한 바퀴, 두 바퀴 돌던 파란 나비가 말했다.

"그럼 내가 파란 꽃으로 변신하면 어때!"

꽃들은 모두 의아해했다.

"넌 나비잖아, 영원히 날지 않겠단 말이야."

나비는 큰 결심이라도 하 듯 단호하게 말했다. "난 너희들과 영원히 함께 할 거야. 기꺼이 파란 꽃이 되겠어. 할아버지를 기쁘게 해드리고 싶단 말이야."

파란 나비가 꽃자루에 내려앉아 아름다운 파란 꽃으로 변하였다. 나비를 쫓던 어린이들이 이 사실을 전해 듣고는 동요를 지어 하루 종일 부르며 다녔다.

쫓아가자 쫓아가
나비가 날았다 네
저 멀리로 날아가
영원히 사라 졌다 네
대나무 울타리를 넘어

아름다운 꽃으로 되었다 네
파란 나비가 나비 꽃이 되었다 네
우리는 영원히 나비 꽃을 사랑 한다 네

만만의 신나는 낚시놀이

밀짚모자를 쓴 만만(曼曼)이 어깨에 주전자를 메고 손에 밥주머니를 들고 아침 일찍 출발했다.

밥주머니에는 달걀, 오리알, 메추리알 그리고 햄과 소시지, 베이컨이 담겨 있었다. 만만이는 휴대용 의자까지 준비했다.

만만이는 어디로 가는 걸까?

오늘은 낚시하러 가는 날이다.

아버지와 어머니가 만만이를 대문 밖까지 바래다주었다.

만만이가 말했다.

"들어가세요. 신선한 물고기를 낚아올게요."

호수 변에 도착한 만만은 낚싯대를 드리웠다. 그는 눈 하나 깜빡하지 않고 수면 위의 부레를 응시했다.

하지만 점심이 되어도 만만이는 물고기를 한 마리도 낚지 못했다.

배에서 꼬르륵 소리가 나서야 점심 먹을 때가 되었다는 것을 알게 되었다. 밥주머니를 여는 순간 만만이는 갑자기 물고기들이 화가 났을 것이라는 생각이 들었다. 맛 나는 음식을 한가득 사왔지만 물고기들한테 나눠주지 않았기 때문이라고 생각했던 것이다.

그래서 만만이는 달걀, 오리알과 메추리알, 그리고 햄, 소시지와 베이컨을 조그맣게 끊어 호수로 던졌다.

하지만 여전히 물고기 그림자조차 구경하지 못했다.

만만이는 속으로 빌고 또 빌었다.

"물고기들아, 얼른 물려무나. 널 먹으려는 게 아니야. 널 데려다 집에서 키울 거야, 너에게 자유를 줄 거라고. 날마다 버터 빵에 콜라를 줄 거야." 호수 면이 어찌나 잔잔한지 물결조차 느껴지지 않을 정도였다.

만만이가 구걸하듯 말했다.

"물고기들아, 얼른 물 거라. 노래를 불러줄게, 한 번만 봐주라."

만만이가 호수 면을 향해 노래를 부르기 시작했다.

"물고기들아 얼른 낚싯대를 물 거라
난 너희들의 좋은 친구란다
나랑 같이 우리 집으로 가지 않을래
날마다 맛 나는 소고기 먹여줄게."

노래를 부르며 부레를 바라보았다. 하지만 부레는 움직일 기미가 전혀 보이질 않고 여전히 수면 위에 그대로 꽂혀 있었다.

만만이는 물고기가 왜 물지를 않는지 아무리 생각을 굴려 봐도 이해가 되지 않았다.

"설마 진심이 아니라고 생각하는 걸까? 물고기야, 물고기야, 날 보러

강변으로 오기 싫다면 내가 물속으로 너희들을 보러 갈 수도 있단다. 물고기로 변신해 물속으로 헤엄쳐 갈 거야."

그런데 이때 참 이상한 일이 벌어졌다. 만만은 생각만 했을 뿐인데 어느새 천천히 물고기로 변하고 있었던 것이다. 그의 두 발이 물고기 꼬리로 변하는 순간 풍덩 소리와 함께 그는 호수로 헤엄쳐 들어갔다.

만만이 호수에서 헤엄치며 큰 소리로 외쳤다.

"물고기들아, 어서 오너라. 나도 물고기가 되었단다. 두려워하지 말거라, 너희들을 해치지 않는단다."

만만이 호수에서 요리조리 헤엄쳐 다녔다. 호수에서 헤엄치니 너무 신이 났다. 호수 아래에는 오색영롱한 꽃들이 만발하고 수초는 삼림처럼 무성하게 자라 있었다. 만만은 몸이 깃털처럼 가벼워진 듯 했다. 물속에서 헤엄치고 있지만 마치 하늘에서 날아다는 것만 같았다.

호수는 쥐죽은 듯 조용했다.

한참 후 어디선가 물고기 떼들이 헤엄쳐와 만만이와 놀기 시작했다.

물고기 한 마리가 만만에게 물었다.

"물속이 좋아? 아니면 육지가 좋아"

한참을 생각하던 만만이는 물속이 더 좋다고 대답했다.

또 다른 물고기가 얼른 물었다.

"그래, 그러니깐 우리를 낚을 수 없는 거야."

물고기 한 마리가 만만이 옆으로 바싹 붙더니 입을 열었다.

"가지 마, 우리랑 여기서 함께 놀자!"

만만이는 황급히 손사래를 쳤다.

"그건 안 돼, 엄마랑 아빠랑 보고 싶을 거야. 엄마랑 아빠도 날 기다리셔." 만만이가 집으로 가고 싶다고 하자 물고기들은 그에게 물속 구경을 시켜주었다. 물 속의 놀이동산, 삼림공원 그리고 수렵동까지 구경하고 난 만만이는 너무 신난 나머지 집으로 돌아가는 것마저 까맣게 잊고 있었다. 갑자기 그는 연지 색으로 변한 호수를 발견했다. 실은 저녁노을이 예쁘게 수면 위를 비추고 있었던 것이다. 붉게 타오른 저녁노을은 만만에게 집으로 돌아갈 시간이 되었음을 알려주고 있었다. 만만이는 떠나기 못내 아쉬웠지만 결국 물고기들과 작별인사를 했다.

"이젠 집으로 돌아가야 해. 내일 다시 놀러 올게."

물고기들도 만만이를 보내기 아쉬워했다. 그들은 만만이를 강변까지 바래다주었다. 만만이는 강변으로 올라오는 순간 또 다시 개구쟁이 남자애로 변했다. 그 날 이후로 만만이는 날마다 낚시하러 오곤 했다.

실은 낚시하러 온다고 하기 보다는 물고기들이랑 놀러 오는 것이었다. 만만이가 호수에 오기만 하면 물고기가 되어 물속으로 헤엄쳐갔기 때문이다. 하지만 만만이의 아버지와 어머니는 여전히 아들이 물고기를 낚아오기만을 손꼽아 기다렸다.

촛불 속의 나비꼬리 금붕어

나비꼬리는 우리 집 어항에서 3년 생활한 금붕어의 이름이다. 나의 막내 딸 창창(常常)은 나비꼬리와 단짝친구라며 늘 남들에게 자랑하곤 했다. 나비꼬리는 정말 아름다운 물고기이다. 수초 사이로 헤엄쳐 다닐 때 가늘고 유연한 꼬리지느러미가 마치 부드러운 비단 댕기마냥 물속에서 하늘거린다.

사람들은 늘 나비를 하늘에서 나는 꽃에 비유하곤 했다.

나는 금붕어를 물속에서 헤엄치는 꽃이라고 늘 말하곤 했다.

나비꼬리는 늘 몇몇 새끼 물고기를 거느리고 물속에서 이리저리 헤엄 쳤다. 매일 이른 아침, 어항 앞으로 다가간 나와 딸을 본 물고기들은 우리를 향해 헤엄쳐 와서는 한 줄기의 기포를 뿜어낸다. 우리가 먹이를 물속으로 뿌려주면 그들은 맛있게 잘도 먹는다. 그 날도 이른 아침이었다. 잠에서 깨어난 딸은 예전처럼 먼저 금붕어에게 먹이를 주었다. 그런데 나비꼬리가 평소처럼 물 위로 머리를 내밀며 먹이를 **빼앗아** 먹는 것이 아니라 물 밑에 납작 엎드려 꼼짝하지 않는 것이었다.

나는 나비꼬리가 병에 걸렸을 것이라고 짐작했다.

나비꼬리를 제외한 모든 물고기들이 그를 에워싸고 빙빙 돌며 예쁜 꼬리로 물보라를 일으켰다. 하지만 나비꼬리는 여전히 꼼짝하지 않고 물 밑에 엎드려 있었다.

"친구들이 아픈 친구를 돌보고 있어요."

딸이 나를 향해 말했다.

점심이 거의 되었을 무렵, 나비꼬리가 수면 위에 가로 둥둥 떠올라 입을 크게 벌리고 숨을 헐떡거렸다.

그 주변을 에워싸고 있는 물고기들은 마치 마지막 유언이라도 듣고 있는 것 같았다. 그 중 눈물을 흘리고 있는 금붕어 한 마리를 발견했다.

"왜 울어? 혹시 나비꼬리가… "

딸이 물고기에게 물었다.

"네, 나비꼬리가 곧 죽을 것 같아요."

물고기가 말했다.

"날이 어두워진 후 만약 달빛을 보지 못한다면 나비꼬리는 죽을 거예요."

새끼 금붕어가 말했다.

그 말을 들은 딸은 급해진 나머지 엉엉 울기 시작했다.

나는 딸애가 오늘만큼은 우는 것을 원하지 않았다. 오늘은 딸애의 생일이기 때문이었다.

나는 딸애를 위로했다.

"오늘은 보름이라 휘영청 둥근 달이 떠오를 거야. 걱정하지 마."

그 날 해가 서산으로 넘어갈 때었다. 갑자기 먹장구름이 온 하늘을 뒤 엎더니 보슬비가 내리기 시작했다.

달은 얼굴을 내밀 생각이 없는 것 같았다.

하늘은 마치 먹칠이라도 한 듯 까맣다.

"어떻게 하지? 금붕어가 어둠 속에서 죽는 것 손 놓고 보아야 한단 말인가?"

밤빛 속에서 나는 마지막으로 몸부림치는 금붕어의 모습을 어렴풋하게 보았다. 나는 속이 바싹바싹 탔다. 나는 꼭 이 물고기를 살려야 한다고 생각했지만, 어떤 방법도 없었다.

이 때 딸의 생일파티가 시작되었다. 생일 촛불을 밝게 켰다.

"나는 금붕어랑 함께 생일을 쇠고 싶어요."

딸이 요청을 했다. 우리는 흔쾌히 승낙했다.

딸은 촛불을 켠 생일 케익을 어항 앞으로 조심스레 가져갔다.

촛불의 불빛을 느낀 물고기들이 활발하게 움직이기 시작했다. 나비꼬리도 머리를 쳐들더니 천천히 헤엄치기 시작했다. 우리 온 가족이 어항 주위에 도란도란 모여 촛불 옷을 입은 물고기들을 감상했다. 이토록 아름다운 물고기는 처음 보는 것 같았다.

나비꼬리는 여전히 가장 아름다웠다.

촛불 빛이 하느작거리고 물고기 그림자가 어른거렸다. 눈앞의 신기한 모습을 바라보면서 우리는 마치 수정궁에 온 것 같은 느낌이 들었다.

오늘 딸은 유달리 즐거워했다. 생일 촛불이 나비꼬리에게 새로운 생명을 밝게 비춰주었기 때문이다.

연 모양의 새

초등학교 3학년 학생 뎬뎬(点点)이가 나에게 손수 만든 연을 선물했다. 참으로 소중한 선물이다.

그는 할아버지에게서 배운 솜씨로 만들었다며 연의 이름은 '훙궈디(红锅底)'이고 빨간 제비 모양이라고 말했다.

너무 정교하고 예쁘게 만들어져 나는 공예품처럼 객실 벽에 높이 걸어 놓았다. 바람이 세차게 불고 눈꽃이 날리는 겨울이 다가오면 까치 말고는 날아다니는 새를 거의 볼 수 없었다.

창문이 꼭 닫겨 있어 바람이 전혀 들어올 수가 없었다. 연은 조용히 객실에 걸려 있었다.

봄이 왔다. 지붕 위의 눈이 녹아내리면서 "딩동 딩동" 하고 소리를 냈다. 얼마 지나지 않아 다시 찾아온 제비가 우리 집 처마 밑에 둥지를 틀었다. 객실에 걸린 연을 본 제비는 의아한 표정을 지었다. 제비는 늘 격자창에 앉아 방안을 향해 두리번거리곤 했다.

그러던 어느 날, 제비가 연에게 말을 건넸다.

"그 드넓은 어깨가 아깝구나, 넌 한 번도 날아보지 못했으니 말이다."

"나도 날 수 있어"

연은 의아하다는 듯이 말했다.

"지금 난 그냥 벽에 걸려 있는 감상품일 뿐이야."

더 얘기하고 싶지 않았던 제비는 두 마디 짹짹하더니 날개를 활짝 펴고 하늘로 날아올랐다. 연이 창문유리로 밖을 바라보았다. 연이 푸르른 하늘에서 다양한 동작을 하며 날고 있었다. 연은 제비의 아름다운 몸짓이 부럽기만 했다.

연도 날아보고 싶었다.

산들산들 봄바람이 집안으로 들어왔다. 벽에 걸려있던 연이 봄바람의 속삭임에 따라 살랑살랑 날개를 흔들었다.

그는 겨울 내내 뒤집어쓰고 있던 먼지를 훌훌 털어버리고 나니 온 몸이 편안해진 것만 같았다.

햇살이 따스한 어느 봄날 아침 연의 목소리가 들렸다.

"나도 날고 싶어요."

나는 연이 이런 요구를 할 것이라고는 전혀 생각지 못했다.

"넌 감상만 하는 공예품이란다."

내가 말했다.

"난 연이예요. 날개도 있고 제비처럼 하늘을 날고 싶어요."

이때 지붕 아래에 자리를 잡고 집안을 향해 기웃거리고 있는 제비를 발견했다.

나는 연이 하늘에서 나는 것을 원하지 않았다.

"넌 한 번도 날아본 적이 없잖아. 날개가 부러질까 걱정이란다."

그러자 연이 뾰로통해서 말했다.

"도와주지 않으면 혼자서라도 날아갈 거예요."

"난 그럴 시간이 없단다."

나는 대충 둘러댔다. 연은 아무 말도 하지 않았다. 나는 연이 날기를 포기했다고 안심했다.

푸른 하늘이 펼쳐지고 햇빛이 찬란한 어느 날 아침, 나는 창문을 열고 따스한 봄바람을 느끼면서 푸르른 하늘을 바라보고 있었다.

제비가 하늘을 나는 것이 마치 비행공연을 하는 것만 같았다. 객실에 걸린 연이 이 모습을 보더니 날개를 퍼덕이기 시작했다. 갑자기 연이 벽에 걸려있던 줄에서 탈출해 창밖으로 날아가 버렸다.

막을 겨를도 없이 어느새 연은 하늘높이 날아올라갔다.

제비가 앞장서고 그 뒤를 따라 날고 있는 연은 제비의 비행자세를 그대로 따라 배우고 있었다.

연이 내 말을 듣지 않아 처음에는 무척 화가 났다. 하지만 이내 신기하다는 생각이 들었다. 그 누구도 끌어주지 않는데 하늘높이 훨훨 날고 있었으니까…

나는 나도 모르게 어느새 연이 훨훨 나는 모습을 감상하고 있었다. 연이 제비와 독수리 그리고 많은 연 사이에서 요리조리 날고 있는 것이 참 대견스러웠다. 더욱 신기한 일이 벌어졌다. 하늘에서 날던 수많은 연들이 모두 줄을 벗어나 홍궈디 연을 따라 자유롭게 하늘을 날고 있는 것이 아닌가! 하지만 뒤이어 더 신기한 일이 일어났다. 한참 하늘을 날던 연이 다시 저절로 집으로 날아 들어와 조용히 객실 벽에서 휴식을 취하고 있었던 것이다. 그때부터 나는 매일 아침마다 창문을 열고 연이 하늘로 훨훨 날아오르게 했다. 연이 창밖으로 날아가도 전혀 걱정할 필요가 없었다. 날이 어두워지기 전에 연이 다시 집으로 돌아왔기 때문이다.

이제는 세상에 둘도 없는 연 모양의 새가 되었다.

민들레 할아버지 저랑 함께 놀아요

지금도 여전히 이해가 되지 않는다. 어릴 적에 왜 민들레를 "할아버지"라고 불렀는지 그 이유를 몰랐다. 다 익은 과실에서 자라난 흰색 털이 할아버지 흰 수염이나 흰 머리카락과 같아서였을까.

그때 바람을 타고 하늘거리는 민들레를 보기만 하면 우리는 두 팔을 벌리고 폴짝폴짝 뛰면서 노래를 불렀다.

"할미꽃 할미꽃 내려오세요!
할미꽃 할미꽃 내려오세요!"

세월이 흘러 그때 민들레를 쫓아다니며 "할아버지"라고 불렀던 어린아이가 이젠 백발 할아버지로 되었다.

그 할아버지가 바로 나다.

어느 가을날의 점심 산 속을 걸어가고 있을 때였다. 햇빛이 유난히 밝았고 따스하게 느껴졌다. 푸르고 맑은 가을을 보노라니 저도 모르게 기분이 좋아졌다. 특히 하늘에서 하늘거리는 민들레를 볼 때마다 나이도 잊어버린 채 어린애처럼 즐겁게 소리를 지르기도 했다.

할아버지 할아버지 내려오세요!
할아버지 할아버지 내려오세요!

믿기지 않겠지만 이 노래를 부르면 민들레가 사뿐히 손바닥 위로 내려앉곤 했다.

"할아버지, 무슨 일이세요?"

민들레가 물었다.

참 신기했다. 흰 수염, 흰 머리는 물론 발그스레하면서도 흰색을 띠는 민들레의 얼굴색은 흡사 할아버지의 모습과 비슷했다.

민들레의 물음에 대답하는 것마저 깜빡 잊고 오히려 물음을 제기했다.

"언제부터 이런 모습이었어요?"

민들레가 웃더니(민들레가 웃으니 흰 수염, 흰 머리카락이 마치 흰 솜털 꽃 마냥 흩날렸다) 의기양양해 했다.

"잊어버리셨나요? 할아버지가 어릴 적에 '할아버지, 할아버지 내려오세요.'란 노래를 늘 부르셨잖아요."

나는 대뜸 고개를 끄덕였다.

"아이들의 꿈을 이뤄주려고 할아버지 모습으로 되었답니다."

나는 너무 신나 연신 머리를 끄덕이며 박수를 쳤다.

"하지만…"

민들레가 실망한 듯 말했다.

"하지만 우리가 '할아버지'가 되니 당신이 진짜 할아버지가 됐을 줄 누가 생각이나 했겠어요."

민들레가 너무 슬퍼하자 나는 괜찮다고 위로했다.

"슬퍼하지 마세요. 흰 수염이 자란 백말 노인이 됐지만 여전히 그 시절의 어린애처럼 당신을 사랑한답니다."

민들레는 웃음을 짓긴 했지만 얼굴에는 실망스러운 표정이 역력했다. 나는 또다시 위로했다.

"어린애처럼 당신을 좋아할 뿐만 아니라 어릴 때 부르던 동요를 지금도 기억하고 있어요." 말이 떨어지기 바쁘게 나는 열심히 노래를 부르기 시작했다. 하지만 목소리가 잘 나오지 않아 어린 시절에 불렀을 때처럼 청아하고 듣기 좋게 들리지 않았다.

"목소리가 듣기 좋게 들리지 않을 수도 있어요. 하지만 마음만은 어린 시절 그대로예요." 나는 진심을 담아 말했다.

"나에게 소원 하나가 있는데… "

얼굴이 화끈화끈해지고 부끄러워 더는 말을 잇지 못했다.

"얼른 얘기하세요. 듣고 있어요!"

민들레가 재촉했다.

"이제는 나도 할아버지가 되고 나니 민들레가 되어 함께 날아보고 싶어졌어요." 그 말을 들은 민들레가 웃으면서 말했다.

"하하하, 어릴 적에는 우리를 '할아버지'라고 부르더니 이제 할아버지가 되니 민들레가 되고 싶어졌다고요. 좋아요. 소원 들어드릴게요."

민들레는 나에게 눈을 감고 있다가 '하나, 둘, 셋' 하면 눈을 뜨라고 했다. 민들레가 시키는 대로 했더니 과연 한 송이 민들레가 되었다. 나는 많은 민들레와 함께 바람을 타고 하늘에서 하늘거리며 날아다녔다. 어린이들이 부르는 노래가 들렸다.

"할아버지, 할아버지 내려오세요!
할아버지, 할아버지, 내려오세요!"

나무뿌리 새

삼림 속으로 걸어 들어갔다.

예전에 이곳에는 곧고 커다란 나무들이 빼곡히 들어 차 있었다. 하지만 이제 이곳 나무들은 모조리 채벌됐다. 채벌된 수많은 나무들이 차례로 산 아래로 운송되었다. 엉망진창이 된 삼림을 보노라니 마음이 너무 아팠다. 어린 시절에 영영 단짝친구와 만날 수 없을 때 슬펐던 것처럼 말이다.

땅에서 파낸 나무뿌리가 황무지에 가로세로 되는 대로 누워있다.

나는 나무뿌리 사이를 조심스레 걸어 다녔다. 버려진 나무뿌리로 조각품을 만들어 채벌된 삼림을 기념하고 싶었다.

이제야 마음이 조금은 가벼워진 것 같았다.

나무뿌리마다 자세하게 관찰했다. 예술품을 조각하기에 적합한 재료를 찾기 위해서였다. 서로 휘감기고 줄기가 뒤얽힌 나무뿌리를 발견했다. 이런 나무뿌리로는 하늘로 날아오르는 용을 조각하기에 적합하겠다는 생각이 들었다. 또 풍만하고 두터운 나무뿌리도 발견했다. 이 나무뿌리를 보고 있으니 얼굴에 천진난만함이 가득한 팬다가 보이는 것만 같았다. 나는 나무뿌리로 삼림 속의 새들과 짐승들을 조각품으로 만들 수 있을 것 같은 느낌이 들었다. 나무뿌리들이 나무와 한 마음이 되어 나무들도 그들을 뇌리에 꼭 기억하고 있는 듯 했다. 그래서 이런 나무뿌리들도 그들만의 형태가 생겨난 것 같다. 이런 생각을 하고 있을 무렵, 나는 갑자기 날개를 펼치고 곧 하늘로 날아오르는 새를 방불케 하는 나무뿌리를 발견했다.

나는 그 나무뿌리에게 다가가 발걸음을 멈추고 자세히 관찰했다. 오래 뚫어지게 쳐다보았더니 마치 생명이 꿈틀거리는 것만 같았다. 밝은 눈에서 눈물이 반짝이고 날개를 펄럭이는 모습도 보였다.

당연히 이는 나의 환상이었다. 이 시각 나무뿌리들은 여전히 황폐된 이곳에 되는 대로 버려져 있다. 그러나 나는 곧 조각품으로 탄생될 새의 모양을 보았다.

나는 이 나무뿌리를 집으로 가져가려고 마음먹었다. 그 날부터 나는 나무뿌리 조각에 열을 올렸다. 나는 새 조각품을 만들어 채벌된 이 삼림을 기념하고 싶었다. 3일 간의 노력 끝에 내 손에서 조각품이 탄생되었다. 아마 누구도 보지 못했던 새일 것이다. 신기하게도 방금 조각되었지만 새가 날개를 펄럭이면서 목을 높이 쳐들고 울음소리도 낼 줄 알았다. 이튿날 더 신기한 일이 벌어졌다. 조각 새의 몸 전체에 파란 잎이 뒤덮혀 있는 것이 아니겠는가! 가지런히 배열된 나뭇잎은 마치 새의 깃털과 흡사했다. 햇빛 아래에서 오색영롱한 빛을 뿌렸다. 이토록 신기한 나뭇잎도, 이토록 아름다운 깃털도 처음 본다. 당연히 이렇게 생긴 새도 본 적이 없었다.

나는 이 새를 '뿌리 새'라 불렀다.

그 후로 먼 동네에서도, 가까운 동네에서도 모두 나에게 나무뿌리로 조각한 새가 있다는 사실을 알게 되었다. 뿌리조각 애호가가 가장 먼저 찾아왔다. 그는 나에게 나무뿌리 재료 선택 비결을 물었다.

나는 뭐라 대답할 수 없었다. 사실 비결이 없었기 때문이다.

두 번째로 신문사 기자가 찾아왔다. 뿌리조각 구상에서 느낀 점을 물었다. 이 물음에는 더 대답할 수가 없었다. 내가 나무뿌리를 새로 조각했다고 하기 보다는 나무뿌리가 스스로 새로 변하였다고 말하는 것이 더 낫기 때문이다. 세 번째로 예술품 소장가가 찾아왔다. 그는 높은 가격으로 나의 뿌리 새를 구입할 의향이 있다고 했다.

나는 단호히 거절했다. 이미 뿌리 새와 감정이 생겨 팔고 싶지 않았기 때문이다.

그 후로 매일 아침 날이 밝기만 하면 창문을 열어젖히고 뿌리 새가 자유롭게 날아옐 수 있게 했다. 뿌리 새가 즐거워하니 나도 기뻤다.

훗날 나는 창문을 계속 열어놓았다. 창문을 따라 바람이 솔솔 불어 들어오고 새도 구애를 받지 않고 자유롭게 날아다녔다. 새의 깃털이 더 풍만해졌다.

그 날 창밖으로 날아간 새가 아주 오래 지나도 다시 돌아오지 않았다. 나는 마음이 조급해졌다. 남의 사냥물이 되었을까 너무 걱정되었던 것이다. 나는 여기저기 뿌리 새를 찾아다녔다. 그러나 아무리 찾아도 그림 자조차 찾아볼 수 없었다. 뿌리 새가 다시는 돌아올 수 없을 것이라고 생각했다. 나는 마음이 찢어질 듯 아팠다. 나는 채벌된 그 삼림 속으로 가고 싶었다. 홀로 조용히 있으면서 마음을 가라앉히고자 했던 것이다.

이곳은 뿌리 새의 탄생지이다. 나는 여기저기 널 부러진 나무 그루터기에 올라앉았다. "이제부터 뿌리 새는 자유를 얻었어. 더 잘 살 거야." 나는 스스로를 위안했다. 이렇게 생각하니 마음이 훨씬 가벼워지는 것 같았다. 전처럼 그토록 슬프지도 않았다. 나는 훌훌 털어버리고 황폐한 빈 터 사이를 걸어 다녔다. 마치 예전에 살던 곳을 다시 찾아오는 것처럼 말이다. 한참 걷다가 나무 웅덩이 옆까지 갔을 때였다. 바로 이곳에서 나무뿌리를 얻었던 일이 떠올랐다. 그 나무뿌리가 훗날 나의 뿌리 새로 변신한 것이다. 갑자기 그곳에 자라난 자그마한 나무 여러 개를 발견했다. 나무들마다 나뭇잎이 하나뿐이었다. 햇빛 아래에서 그 나뭇잎들은 오색영롱한 빛을 발했다. 마치 뿌리 새의 깃털을 방불케 했다.

그 날 집으로 돌아온 나는 비록 뿌리 새를 잃어버려 마음이 텅 빈 것 같았지만 그 나무들을 떠올리니 한 편으로는 위안이 되고 심지어 기쁘기까지 했다.

"그 나무들을 누구 심었을까? 나뭇잎들이 왜 뿌리 새의 깃털과 그토록 흡사할까?"

그 날 밤, 나는 밤늦게까지 잠을 이루지 못했다. 뿌리 새를 잃어버려 아쉬운 마음 때문이기도 하지만, 삼림 속 빈터에 작은 나무가 자나라 이상한 생각이 들어서이기도 했다.

거의 동틀 무렵 창밖으로부터 "짹짹" 소리가 들려왔다.

나는 숨을 죽이고 그 소리에 귀를 기울였다. 아, 뿌리 새가 돌아온 것이었다! 나는 창문을 활짝 열어 젖혔다. 틀림없이 뿌리 새였다! 다만 깃털이 많이 적어져 얼룩덜룩해졌고 많이 피곤해 보였다.

나는 뿌리 새를 집안으로 맞이했다. 그에게 쌀알과 물을 가져다주었다. 쌀알 몇 개를 쪼아 먹고 물 몇 모금 마시더니 그대로 후루루 창밖으로 날아가 버렸다. 이번에는 뿌리 새가 우리 집 창밖의 빈터에 내려앉는 모습을 똑똑히 보았다. 뿌리 새는 몸의 깃털 한 가닥을 쪼아 흙 속에 심었다. 그렇게 한참을 반복했다. 세어보니 총 10가닥을 심었다.

뿌리 새가 몸의 깃털을 몽땅 쪼아내 우리 집 빈터에 심었던 것이다.

뿌리 새가 나를 힐끔 쳐다보더니 날개를 살랑살랑 흔들면서 날아가 버렸다. 그 후로 뿌리 새는 다시 돌아오지 않았다.

지금 우리 집 창 밖에는 자그마한 나무숲이 생겼다. 나뭇잎마다 마치 뿌리 새의 깃털마냥 오색찬란한 빛을 반짝이었다.

지금도 나는 늘 채벌된 그 삼림으로 홀로 가곤 한다. 그곳에는 이미 울창한 나무숲이 형성되었다. 나뭇잎들은 마치 뿌리 새의 깃털을 방불케 했다. 그 나무을 볼 때마다 나는 생각에 빠졌다. "나의 뿌리 새는 어디로 간 것일까? 언제면 다시 돌아올 수 있을까?" 먼 곳을 바라보며 나는 다시금 생각에 잠겼다. "먼 곳에도 이런 나무가 자라났겠지."

면장갑 한 켤레

겨울의 서북풍은 매섭다. 얼굴을 스치니 마치 칼로 에이는 듯 너무 아팠다. 엄마 다람쥐가 곧 아기 다람쥐를 낳는다. 그러나 엄마 다람쥐가 아직 바람을 피할 곳도 찾지 못했다.

아빠 다람쥐는 마음이 급해졌다. 그는 나뭇가지 위로 폴짝폴짝 뛰어다녔다. 매서운 바람을 막아 줄 따스한 나무동굴을 찾고 싶어서였다.

한참 찾고 나서야 겨우 크고 둥근 나무동굴 하나를 찾았다. 그가 동굴 안으로 들여다보는 순간 거친 목소리가 들렸다.

"미안, 내가 이미 살고 있수다."

아빠 다람쥐는 그 목소리를 듣고 검은 곰이라는 것을 금방 알아차렸다. 그는 재빨리 자리를 피했다.

한참 찾다가 이번에는 작고 둥근 나무동굴을 찾아냈다. 동굴 안으로 들여다보는 순간 앙칼진 목소리가 들렸다.

"미안해요, 내가 이미 살고 있어요."

목소리를 듣고 아빠 다람쥐는 고슴도치라는 것을 알아냈다. 이번에도 아빠 다람쥐는 재빨리 자리를 떠났다.

하늘에서 눈송이까지 날리며 바람이 더욱 세차게 불어쳤다.

온 몸을 움츠린 엄마 다람쥐는 불룩하게 나온 배를 감싸 안고 나뭇가지 위에 쪼그리고 앉아 있었다. 아직 바람을 피할 곳을 찾지 못한 엄마 다람쥐는 걱정되어 눈물이 날 것만 같았다.

한숨을 쉬던 아빠 다람쥐가 나무 아래로 뛰어내려 또다시 애기 다람쥐를 낳을만한 자리를 찾아 나섰다. 아빠 다람쥐는 눈 위를 걸어 다니며 이리 찾고 저리 찾았다. 그러나 둥우리조차 찾을 수 없었다. 추위에 발이 얼어서 감각이 없어져도 아빠 다람쥐는 여전히 엄마 다람쥐가 아기를 무사하게 낳을 수 있는 보금자리를 찾기 위해 동분서주했다.

한참을 걷다가 갑자기 그는 보들보들한 물건을 밟았다. 긴 꼬리로 위에 덮힌 눈을 쓸었다. 와, 면장갑 하나가 보였다.

꼬마친구가 부주의로 이곳에 잃어버린 장갑이라는 것을 그는 알아챘다. 그러나 아빠 다람쥐는 다른 생각을 할 겨를이 없었다. 그는 황급히 엄마 다람쥐보고 면장갑 속으로 들어가라고 했다. 얼마 지나지 않아 과연 엄마 다람쥐가 새끼 다람쥐 다섯 마리를 낳았다.

방금 태어난 다람쥐 다섯 마리는 개구쟁이처럼 여기저기로 기어들어가거나 이리저리 파헤쳤다. 다람쥐 다섯 마리가 면장갑의 다섯 손가락에 기어들어갔다. 마침 집 한 채에 다람쥐 한 마리가 살게 되었다.

새끼 다람쥐들은 쿨쿨 단잠에 빠졌다. 아이들을 지키고 있는 엄마 다람쥐도 그 옆에서 잠이 들었다. 아빠 다람쥐도 따스한 면장갑 속으로 들어가고 싶었다. 그러나 안이 너무 비좁아 다시 밖으로 나왔다. 장갑 옆에 몸을 움츠리고 엎드린 아빠 다람쥐는 풍성한 큰 꼬리를 꽁꽁 언 몸 위에 덮었다.

바람이 점점 더 매섭게 불어오고 함박눈이 펑펑 쏟아졌다. 엄마 옆에 기대여 있는 새끼 다람쥐 다섯 마리는 춥다고 앵앵거렸다. 아빠 다람쥐는 큰 꼬리로 면장갑 어귀를 막아 그들을 위해 눈바람을 막아주었다.

면장갑 밖에서 온몸으로 비바람을 막고 있는 아빠 다람쥐는 몸이 얼어서 경직되었지만 한 걸음도 떠나지 않았다. 갑자기 아빠 다람쥐는 먼 곳으로부터 뿌드득 뿌드득 발걸음소리가 들려왔다. 발걸음소리가 점점 더 뚜렷하게 들리더니 커다란 눈신발이 눈앞에 보였다. 그는 고개를 들고 쳐다보았다. 한 남자애가 그 앞에 서 있었고 한 손에만 면장갑을 끼고 있었다. 아빠 다람쥐는 바로 알아차렸다. 바로 이 남자애가 면장갑을 잃어버린 것이었다는 것을… 그는 잃어버린 면장갑을 찾으러 왔던 것이다.

그가 쭈리고 앉으면서 손을 내밀어 면장갑을 쥐려 할 때였다. 아빠 다람쥐가 말했다.

"면장갑 고마워."

그러나 남자애가 말했다.

"고맙다는 말은 제가 해야지요. 저를 도와 장갑을 잘 보관했으니까요."

"아니야,"

아빠 다람쥐가 말했다.

"고마워, 봐, 우리 아이들과 엄마가 그 면장갑 속에 있어. 면장갑이 없었더라면 아마 얼어 죽었을 거야."

"근데 아빠 다람쥐는 왜 안 들어가요?"

남자애가 물었다.

"안이 너무 좁아. 밖에서 눈바람을 막아주고 있었어."

아빠 다람쥐는 자랑스러운 표정으로 말했다.

이때 남자애는 아빠 다람쥐가 온통 흰 눈에 뒤덮여 있다는 것을 발견했다. 그는 끼고 있던 다른 면장갑 하나를 서슴없이 벗어 살며시 땅위에 놓았다. 그러고는 아무 말도 하지 않고 돌아서 가버렸다.

엄마 다람쥐와 다섯 마리 새끼 다람쥐들이 고맙다는 인사를 하려고 머리를 면장갑 밖으로 내밀었다. 그러나 남자애는 이미 뿌드득 뿌드득 두터운 눈을 밟으며 멀리 가버렸다.

아빠 다람쥐가 말했다.

"면장갑 한 켤레를 꼭 잘 보관했다가 내년 봄 날씨가 따스해지면 꼭 그에게 돌려주도록 합시다." 새끼 다람쥐 다섯 마리는 멀리 간 남자애의 뒷모습을 바라보며 함께 외쳤다.

"우리가 크면 엄마, 아빠랑 함께 갈게."

빨간색 구두 타박이

하늘에 둥근 보름달이 휘영청 걸려 있다.

꼬마 뚱보를 등에 업고 달빛이 비추는 길에서 걷고 있는 뚱보 엄마가 노래를 불렀다.

"달빛이 비추는 길
은빛 세상으로 변했네
우리 모자 가는 길 훤히 밝혀주네"

엄마의 등에 업혀 노래를 들으며 가던 꼬마 뚱보는 그새 단잠에 빠졌다. 툭! 꼬마 뚱보가 신고 있던 빨간 구두 한 짝이 발에서 벗겨져 떨어졌다. 꼬마 뚱보도, 뚱보 엄마도 신이 떨어진 걸 전혀 눈치 채지 못했다.

길에 떨어진 빨간 구두 타박이는 큰 소리로 외쳤다.

"여보세요, 날 좀 기다려줘요! 여보세요, 날 좀 기다려주세요!"

빨간 구두의 애타는 부름소리를 듣지 못한 꼬마 뚱보와 뚱보 엄마는 멀리 가버렸다. 빨간 구두가 그 뒤를 쫓아갔다. 한참 동안 열심히 쫓아갔지만 결국 따라잡지 못했다.

빨간 구두가 길옆에 앉아 울기 시작했다.

"흑흑, 흑흑"

이때 마침 수염도, 눈썹도 하얀 백발 할아버지가 이곳을 지나가고 있었다.

할아버지께서 물었다.

"빨간 구두야, 왜 우는 거냐?"

빨간 구두가 대답했다.

"꼬마 뚱보가 날 길에 떨어뜨렸어요. 다시는 단짝친구를 만날 수 없게 되었어요."

할아버지께서 또 물었다.

"단짝친구가 누군데?"

빨간 구두가 대답했다.

"다른 한 짝의 빨간 구두가 제 친구에요! 우리는 함께 길을 걷고 잠을 자며 그림자처럼 붙어 다녀요. 그런데 지금은 저도 혼자이고 그 친구도 혼자에요."

"흑흑, 흑흑"하며 빨간 구두는 또다시 울음을 터뜨렸다.

할아버지께서 그를 다급히 위로했다.

"울지 말거라, 너와 함께 쫓아가줄게, 따라잡을 수 있을지도 모르잖아!"

빨간 구두는 할아버지를 따라 타박타박 앞으로 걸어갔다. 그렇게 한참을 걸었지만 여전히 따라잡지 못했다. 빨간 구두는 길옆에 앉아 꼬마 뚱보를 기다리고 싶었다. 할아버지는 걱정되셨다.

"그러다가 누군가가 널 주어가면 어떻게 하려고 그래. 먼저 우리 집으로 가자, 내일 다시 찾아보자꾸나."

빨간 구두는 할아버지를 따라 타박타박 집으로 갔다.

할아버지 댁에 도착한 빨간 구두는 한밤중이 되어서도 잠을 이루지 못했다. 울고 싶어도 큰 소리로 울지 못했다. 할아버지께서 울음소리를 듣고 깨실까봐 걱정이 되어서였다.

바로 이때 꼬마 쥐 한 마리가 침대 밑에서 후르륵 뛰쳐나왔다.

"빨간 구두야, 왜 울고 있어?"

꼬마 쥐가 물었다.

"단짝친구를 잃어버렸어."

꼬마 쥐가 그를 위로했다.

"괜찮아, 슬퍼하지 마. 오늘은 내가 친구해줄게, 내일 너의 단짝친구를 같이 찾아보자."

빨간 구두는 미안한 표정으로 말했다.

"날이 어두워서 무서워."

꼬마 쥐가 말했다.

"괜찮아, 내가 너의 친구가 되어줄테니까."

꼬마 쥐는 바로 빨간 구두 속으로 쏙 기어들어 갔다. 얼마 지나지 않아 꼬마 쥐와 빨간 구두는 따뜻하게 잠들었다. 이튿날 날이 밝기도 전에 꼬마 쥐가 잠에서 깨어났다. 그들은 함께 할아버지를 깨우러 갔다. 꼬마 쥐가 열정적으로 빨간 구두를 도와주는 모습을 본 할아버지께서는 꼬마 쥐를 연신 칭찬하셨다. 빨간 구두의 단짝친구를 찾아주기 위해 그들은 함께 집 문을 나섰다.

빨간 구두가 타박타박하며 맨 앞에 서고 그 뒤에 할아버지, 마지막에 꼬마 쥐가 따라왔다.

정원에 있던 꼬마 얼룩 고양이 한 마리가 그들이 빨간 구두를 도와 친구를 찾아 나섰다는 얘기를 듣고 꼬마 쥐와 싸우지도 않고 그 뒤에 따라나섰다. 타박타박 정원을 나서 골목에 들어섰다.

골목의 담장 모퉁이에 꼬마 발바리 한 마리가 엎드려 있었다. 그들이 빨간 구두를 도와 친구를 찾아다닌다는 얘기를 듣고 꼬마 얼룩 고양이와 싸우지도 않고 그 뒤에 따라나섰다. 타박타박 골목을 나서 큰 길에 도착했다. 큰 길에는 유치원으로 가는 꼬마 친구들이 엄청 많았다. 빨간 구두를 도와 친구 찾기에 나섰다는 얘기를 들은 꼬마 친구들은 꼬마 발바리 뒤에 줄지어 타박타박 걸어갔다.

학교 가는 형님, 누나들도 그 뒤에 줄을 섰다.

출근하는 아저씨, 아주머니들도 그 뒤를 따라나섰다.

길거리의 수많은 사람들이 모두 빨간 구두를 따라 타박타박 앞으로 걸어갔다. 교통경찰 아저씨가 그 모습을 보게 되었다. 시위 대오로 착각한 교통경찰 아저씨가 호루라기를 불었다. 그런데 다시 보니 맨 앞에 빨간 구두가 아니겠는가!

교통경찰 아저씨는 빨간 구두 앞으로 다가가 차렷하고 경례를 했다.

"빨간 구두야, 뭐 하러 가는 거냐?"

"우리는 단짝친구 찾으러 가요!"

그들이 이구동성으로 대답했다.

그 말을 들은 교통경찰 아저씨는 바로 호루라기를 불며 가라고 했다.

빨간 구두는 또 그들과 함께 타박타박 앞으로 걸어가면서 노래를 불렀다.

"한 켤레의 빨간 구두

한 쌍의 단짝 친구

단짝 친구 단짝 친구

우리는 영원히 갈라지지 않는 다네

헤어지지 않아 헤어지지 않아
얼른 친구 찾으러 가자!"

그들이 노래를 부르며 걷고 있는데 갑자기 먼 곳에서 누군가 부르는 노
랫소리가 들려왔다.

"헤어지지 않아 헤어지지 않아
얼른 친구 찾으러 가자!"

맞은편에서도 한 대오가 타박타박 걸어오고 있었다. 와, 맨 앞에서 리
드하고 있는 팀장이 바로 다른 한 짝의 빨간 구두가 아니겠는가! 그의
뒤에는 꼬마 뚱보, 뚱보 엄마, 꼬마 쥐, 꼬마 얼룩 고양이, 꼬마 발바리,
꼬마 인형, 초등학생, 아저씨, 아주머니… 많은 사람들이 걸어오고 있었
다. 그들도 빨간 구두의 단짝친구를 찾고 있었던 것이다.

두 대오가 거리 복판의 화원에서 마침내 만났다. 한 켤레의 빨간 구두
가 너무 기뻐 서로를 와락 끌어안았다. 빨간 구두를 도와 친구를 찾아
나섰던 할아버지, 꼬마 뚱보, 뚱보 엄마, 꼬마 쥐, 꼬마 고양이, 꼬마 발
바리… 그들도 서로 끌어안았다.

그들은 함께 노래를 부르기 시작했다.

"단짝친구, 단짝친구
우린 영원히 헤어지지 않을 거라네!"

파란 새가 나무 주변을 한 바퀴, 두 바퀴 핑핑 돌고 있다
나중에는 나뭇가지에 올라앉아 다른 새에게 상냥하게 말했다
"설마 내가 꽃이랑 나뭇잎만 좋아하는 건 아니겠지,
아니야, 난 나의 존재 자체를 사랑하는 거야"

나의 목소리

숲의 합창단이 노래 연습에 한창이다.

"찍찍찍, 찍찍찍
숲속에 쥐 한 마리가 찾아 왔어요
쥐가 나무를 뜯고 있어요
뜯고 또 뜯고 이를 갈고 있군요
찍찍찍, 찍찍찍…"

동물들은 박자에 맞춰 신나게 노래를 부르고 있었다. 그러나 유독 쥐만이 자주 박자를 놓쳐 버리곤 했다. 쥐 때문에 합창을 지휘하던 싱싱(猩猩)이가 폭발하고야 말았다.
"쥐야, 똑바로 하라고, 왜 자꾸 박자를 놓쳐."
싱싱이는 추궁하듯 물었다.
미안한 마음이 든 쥐는 머리를 푹 수그렸다.
"미안해요. 미안해요 왜 그러는지 나도 모르겠어요."
"설마 쥐가 나무 뜯는 노래라서 일부러 그러는 거야."
싱싱이가 큰 소리로 쥐를 나무랐다.
"아니에요, 절대 아닙니다. 저도 부른다고 불렀는데…"
쥐는 기어들어가는 소리로 대답했다.
"쥐가 나무 뜯기 좋아하는 걸 저도 알고 있어요."

"하하하" 쥐가 이렇게 얘기하자 모두 배를 끌어안고 웃었다.

"웃지 마, 자 계속 연습해야지!"

싱싱이가 리듬을 타고 지휘봉을 더욱 격하게 흔들어 댔다.

"찍찍찍, 찍찍찍

  삼림에 쥐 한 마리가 찾아 왔어요."

쥐는 여전히 박자를 놓쳐 버렸다. 아뿔싸, 이번에는 음정까지 틀리는 것이 아니겠는가!

지휘관 싱싱이가 큰 소리로 화를 냈다.

"쥐야, 넌 이제 아웃이야, 당장 꺼져."

쥐는 울면서 자리를 떠났다.

쥐는 집에도 돌아가고 싶지 않았다. 아버지와 어머니가 이 사실을 알게 되면 "바보 멍청이"라고 욕할 것 같았기 때문이었다.

쥐는 삼림을 벗어나 드넓은 벌판을 정처 없이 걸었다.

벌판에 새하얀 눈이 수북이 쌓여 있었다. 쥐는 눈 위를 터벅터벅 걸어가고 있었다.

벌판은 쥐죽은 듯이 고요했다. "찍찍찍, 찍찍찍" 오로지 쥐의 발자국소리만 유난히 크게 들려왔다.

쥐는 발걸음소리가 마치 방금 전 부르던 노랫소리처럼 들렸다.

쥐는 듣기 좋게 들려오는 발걸음소리에 맞춰 저도 모르게 노래를 부르기 시작했다.

'찍찍찍, 찍찍찍

숲속에 쥐 한 마리가 찾아 왔어요."

쥐는 신나게 노래를 불렀다. 싱싱이의 꾸중을 들을까 더는 걱정하지 않아도 되었던 쥐는 마음 놓고 자유롭게 노래를 불렀다.

쥐는 목청껏 노래를 불렀다. 우렁차고 청아한 목소리가 바람을 타고 멀리멀리 삼림에까지 전해졌다.

먼 곳에서 들려오는 노랫소리에 싱싱이는 연습을 멈추고 모두들 조용히 하라고 얘기했다.

귀를 기울이고 듣던 싱싱가 연신 감탄했다.

"너희들도 들었지. 정말 잘 부르는데. 노래가 너무 자연스럽고 편안해."

싱싱이는 노래를 찬양해야 할 마땅한 단어가 떠오르질 않았다.

이때 또 쥐의 노랫소리가 들려왔다.

"찍찍찍, 찍찍찍

숲속에 쥐 한 마리가 찾아 왔어요."

애기우산 꽃이 만발한 아름다운 곳

외할머니와 자주 놀러가는 잔디밭에는 '애기우산'이라고 불리는 꽃이 만발해 있었다. 담홍색 꽃송이가 마치 우산처럼 생겨서 얻어진 이름이다. 외할머니가 어릴 적 얘기를 들려준 적이 있었다. 외할머니가 어릴 적에 산나물을 캐러 갔을 때 많은 토끼들이 모두 '애기우산꽃'을 들고 있는 모습을 보았다고 했다. 그때 외할머니는 나무 위에 몸을 숨기고 그들이 춤추고 노래 부르는 모습을 지켜보았다고 하셨다.

나도 그들이 춤추고 노래 부르는 모습을 보고 싶었다. 하지만 운수가 나빠서인지 한 번도 이런 일을 겪어보지는 못했다.

맑고 푸른 하늘이 펼쳐진 화창한 날이었다. 신이 난 나는 외할머니께서 가르쳐 주신 노래를 흥얼거리며 걸어갔다.

"귀염둥이 토끼야
  문 열어 줄래…"

노랫소리가 흥겹게 들렸는지 멀리에서도 '애기우산꽃'들이 하늘거리는 모습이 보였다.

외할머니께서 나의 손을 끌어당겨 나무 뒤에 몸을 숨기게 했다. 외할머니께서 나지막한 소리로 말씀하셨다.

"오늘은 토끼들이 이곳에서 춤추고 노래 부를지도 모른단다."

한참이 지나자 신기한 일이 벌어졌다. 한 무리의 고산토끼들이 찾아온 것이다. 그들은 '애기우산꽃'을 꺾어 머리 위로 올리더니 덩실덩실 강강술래 춤을 추기 시작했다. 덩실덩실 춤을 추면서 노래도 불렀다. 그런데 신기하게도 토끼들이 부르는 노래가 외할머니가 가르쳐준 그 노래였던 것이다.

"귀염둥이 토끼야

문 열어 줄래…

토끼들의 신난 모습에, 덩달아 신이 난 나는 외할머니의 당부도 까맣게 잊어버린 채 저도 모르게 나무 뒤에서 뛰쳐나갔다.

순식간에 벌어진 일이라 외할머니께서도 나를 붙잡지 못하고 나를 뒤따라 나오고 말았다.

할머니께서도 나랑 춤을 추며 "귀염둥이 토끼야" 노래를 함께 불렀다.

우리의 모습을 본 고산토끼들이 처음에는 놀란 표정을 짓더니 "귀염둥이 토끼야" 노래를 부르자 함께 놀기 시작했다.

그날 외할머니랑 나는 '애기우산꽃'을 들고 정말 신나게 놀았다. 외할머니께서 맨 앞에, 내가 맨 뒤에, 그리고 중간에는 고산토끼들이 줄지어 서 있었다. 고산토끼들은 사람 흉내를 내며 앞다리를 들고 춤추고 노래를 불렀다.

외할머니께서는 연세가 있으셔서 3바퀴를 돌고 나니 숨을 헐떡거리며 더는 못 추겠다면서 손사래를 쳤다.

외할머니께서 잔디밭에 앉아 휴식을 취하자 고산토끼들이 쪼르르 달려와 옆으로 빙 둘러앉았다. 우리를 쳐다보며 배시시 웃고 있는 토끼들은 귀여우면서도 익살스러워보였다. 수다쟁이 고산토끼 한 마리가 외할머니 옆으로 바싹 다가오더니 말했다.

"저의 고조할머니가 외할머니를 아신다고 했어요. 어릴 적에 '귀염둥이 토끼야' 노래를 부르신 적이 있다면서요. 그때 고조할머니가 배우셨고 대대손손 전해져 내려오게 됐어요. 이 노래는 우리 '토끼왕국'의 국가나 다름없어요."

지난 이야기를 전해들은 외할머니는 머릿속에서 어릴 적의 재미있는 일들이 주마등처럼 스쳐지나갔다.

"어느 한 번은 고산토끼 한 마리가 '애기우산꽃'을 들고 내 뒤를 졸졸 따라다니면서 집까지 온 적이 있단다. 그날 마침 중추절이라 월병 반 조각을 줬었지."

귀를 쫑긋 세우고 이야기를 듣고 있던 고산토끼들은 입맛을 다시며 너도나도 물었다.

"중추절이 언제예요?"

그날 우리는 중추절에 꼭 달빛파티를 열고 친구들과 고산토끼를 초청해 '애기우산' 춤을 추기로 약속했단다. 그리고 TV방송국 촬영 작가를 초청해 파티를 생중계하여 온 세상에 '토끼우산꽃'이 핀 곳을 알리기로 했다. 신나는 일들만 생각하고 나니 벌써 해가 서산으로 넘어가기 시작했다. 그제야 모두 집으로 돌아가야겠다는 생각을 하였다.

떠날 즈음 고산토끼 한 마리가 갑자기 큰 소리로 말했다.

"중요한 일을 절대 잊으면 안 돼요."

우리는 발걸음을 멈추고 한 고산토끼가 '중요한 일'을 얘기하기를 기다렸다. 그는 부끄러운지 우물쭈물하며 입을 열었다.

"월병 가져오는 걸 잊지 마세요. 전 아직 먹어보지 못했단 말이에요."

"저도 먹어보지 못했어요."

"저도요."

여기저기서 못 먹어봤다며 야단법석이었다.

"그래, 알았어. 꼭 가져올게, 약속해."

외할머니께서 말씀하셨다.

그 날부터 나와 외할머니는 자주 잔디밭에서 고산토끼들과 춤추고 노래하며 함께 즐겁게 놀았다.

외할머니께서는 어린 시절로 돌아간 것 같다며 즐거워하셨다.

나는 영원히 어린이고 싶다. 그러면 귀여운 고산토끼들과 평생 친구하며 놀 수 있으니까 말이다.

나비산

1

햇빛이 찬란한 어느 해 여름, 화원에서 나비 한 마리를 붙잡았다.

나비가 나의 손바닥보다 훨씬 더 컸다. 나비 날개의 꽃무늬는 신기할 정도로 예뻤다. 더욱 신기하게도 나의 속마음이 그대로 나비 날개에 나타나는 것이었다. 참으로 신기한 일이었다. 내가 산을 생각하면 산이 나타나고 푸른 나무가 무성한 산에는 새들의 지저귐 소리마저 들려오는 것이었다. 마음속으로 바다 생각을 하면 파도가 출렁이는 정경이 펼쳐지고 '찰싹찰싹' 바닷물소리까지 들리곤 했다.

신비한 나비를 잡은 나는 너무 기뻤다. 그래서 나비를 보배처럼 소중히 여겼다. 하지만 소중한 나비를 간직할만한 곳이 없었다. 고민하던 끝에 시집에 끼워두기로 했다.

나비는 죽었지만 본연의 아름다움을 영원히 간직하는 만큼 아름다운 나비표본이 될 것이라 생각했던 것이다.

2

어느덧 1년이 흘렀다. 나는 시집에 고이 간직했던 그 나비의 존재를 까맣게 잊고 있었다.

어느 날 책장에서 우연히 시집을 꺼내들었다. 그런데 신기하게도 책을 펼치기도 전에 누군가 시 읊는 소리가 들리는 것이었다. 그 소리가 저 멀리 산 속에서 들려오는 것 같기도 하고 구름 사이로 들려오는 것 같기도 했다. 하지만 귀를 기울이니 그 소리가 바로 귀 옆에서 들리는 것 같았다. 조용히 귀를 기울이니 은은한 시 낭독 소리가 들렸다.

"산 저편에
아름다운 화원이 있다네.
그곳은 나의 집
나는 늘 그곳을 그리워한다네."

그런데 시가 너무 귀에 익었다. 그때 갑자기 시집에 적었던 단막 시였다는 생각이 떠올랐다. 더 자세히 들어보니 그 소리가 시집에서 들려오는 것이었다. 급히 시집을 펼쳐보니 신비한 나비가 살아 있는 것이 아니겠는가! 나비가 자리에서 일어나더니 아름다운 날개를 휘날리며 또 시를 읊는 것이었다.

"그곳의 잔디가 그립고
 그곳의 새가 그립고
 한 송이 두 송이 만발한 튤립도 그리워라
 그곳이 바로 나의 따뜻한 보금자리라네."

눈앞에 펼쳐진 놀라운 모습에 나는 숨소리조차 죽였다. 혹여 숨소리 때문에 다시 살아난 나비가 깜짝 놀라 날아가 버릴까봐 두려워서였다.

그런데 이상하게도 나비는 날아가 버리기는 커녕 오히려 종이 위에서 한 바퀴 돌더니 나를 향해 인사를 하는 것이었다. 나는 신나서 저도 모르게 박수를 쳤다. 나비는 부드럽고도 나지막한 소리로 말했다.

"고마워. 1년 동안 시를 읽을 수 있게 해주어서. 시가 너무 아름다워."

나비가 칭찬하자 오히려 너무 부끄러워서 얼굴이 화끈화끈 달아오르는 것 같았다.

3

나비가 살아있고, 시를 그토록 풍부한 감정으로 읊으니 나비의 생활을 다시 계획해야겠다는 생각이 들었다.

"나비야, 이제는 널 나비시인이라 불러야겠구나. 계속 여기서 살면 안 될까? 화원에는 꽃이 있고 잔디가 있고 이슬도 있단다. 난 네가 더 편안하고 자유롭게 살았으면 좋겠구나."

나비가 날개를 펄럭이더니 시처럼 우아한 어조로 말했다.

"너의 화원이 아무리 커도 난 비좁다는 생각이 들어. 난 산을 넘고 바다를 날아 여러 나라를 가보고 싶단다."

나비의 말을 들은 나는 더욱 조급해졌다.

"난 네가 가지 않았으면 좋겠구나. 진심이야, 너에게 매일 새로운 시를 지어줄게."

"날 생각해주는 마음은 고맙지만 너의 시만 읊을 수는 없어, 이제부터는 나도 시를 쓸 거야."

"우리 집에서 시를 써도 되잖아!"

나는 나비가 가지 않기를 간절히 바랐다.

"베란다에서 시를 써도 돼. 거기에는 스킨답서스가 있고 월계화도 있어. 그리고 너처럼 아름다운 팔레놉시스도 있단다."

이제는 애걸복걸하며 부탁했다.

"안 돼, 안 돼. 난 베란다에 갇혀 시 쓰기 싫어. 난 하늘을 자유롭게 날고 싶어. 내가 쓴 시를 산과 나무에게 읊어주고 싶어. 그리고 꽃송이, 나비에게도 들려주고 싶어." 나는 펄떡거리는 나비의 날개를 바라보았다. 날개 위에는 봄날의 산과 들에 햇볕이 따스하게 내리쬐고 아름다운 꽃들이 만발한 모습이 나타났다. 나는 베란다의 방충망을 들고 나비를 내보냈다. 나비가 창문 밖으로 나가더니 몇 바퀴 빙빙 돌았다. 마치 나랑 작별인사를 하는 것 같았다. 나비가 아주 먼 곳까지 날아갔지만 그의 시낭송 소리가 여전히 들렸다.

"먼 곳의 잔디가 그립고 새가 그립고
 송이송이 튤립이 그립다네
 그곳이 바로 나의 보금자리라네."

이때 갑자기 방방곡곡에서 수많은 채색 나비가 날아와 나비시인을 따라 날아예는 정경을 보게 되었다. 나비들이 점점 더 하늘로 날아올라가더니 천천히 채색 구름이 되어 먼 곳으로 두둥실 떠갔다.

나도 수염 할아버지

그날은 이유 없이 기분이 우울했다.

무성하고 한적한 깊은 삼림 속에서 맑게 개인 아침을 맞이했다.

기분이 우울한 탓인지 삼림 속의 들꽃에 눈길이 가지 않았다. 하물며 새하얗고 크게 자란 버섯을 보고도 따고 싶다는 생각이 들지 않았다.

그냥 머리를 숙인 채 목표 없이 터벅터벅 걸었을 뿐이다.

갑자기 새 한 마리가 앞으로 다가오더니 날개를 퍼덕이며 공중에 멈춘 채 말을 건넸다.

"우리의 수염 할아버지랑 비슷한 모습인데요."

내가 발걸음을 멈추자 새가 나뭇가지에 걸쳐 앉아 계속 종알거렸다.

"아쉽게도 수염 할아버지는 다시 올 수 없게 됐어요."

그 말을 하던 새는 마음이 아픈 듯 울먹였다.

새의 말에 불현듯 호기심이 생겼다.

"수염 할아버지가 누구니?"

"훌륭한 할아버지셨어요. 할아버지처럼 수염이 아주 많았거든요."

새는 기분이 좋아졌는지 계속 말을 이었다.

"수염이 많아지고 길어지고 녹색으로 되면 수염에서 보금자리를 틀라고 수염 할아버지께서 말씀하셨단 말이에요."

새의 말을 들은 나는 점점 신기하고 재미있다는 생각이 들었다.

"거참, 재미있겠네! 녹색 수염에서 보금자리를 틀면 따뜻하고 안전할 거야. 그렇지."

"그럼요. 하지만… "

새의 목소리가 갑자기 낮아졌다.

"아쉽게도 수염 할아버지께서 다른 세상으로 가셨어요. 영원히 돌아올 수 없게 됐어요."

새가 너무 슬퍼하자 나는 바로 말꼬리를 돌렸다.

"넌 어디 살아?"

"저는 새 학교에서 살고 있어요. 새 학교를 모르셨어요?"

그렇다고 대답은 했지만 너무 미안했다.

"우리의 새 학교가 바로 숲속 깊은 곳에 자리하고 있어요."

새가 계속해서 설명했다.

"그곳에 삼림에서 가장 크고 오래된 회화나무가 있어요. 그 나무가 바로 우리 학교예요."

새의 말을 들을수록 더욱 호기심이 생겼다.

"그럼 학교에서 수업을 하는 거야? 선생님은?"

"사실 수업은 인간의 말배우기 한 과목뿐이에요. 당연히 수염 할아버지께서 가르쳐주셨지요."

"어떤 수준까지 배웠는데?"

부쩍 호기심이 동한 나는 계속해서 질문했다.

"오늘 할아버지랑 한 말들은 모두 수염 할아버지가 가르쳐 주신 거예요. 제가 한 얘기가 괜찮았어요?"

"괜찮아, 괜찮아. 곧 졸업하겠네?"

새를 칭찬해주고 싶었다.

"아니에요. 수염 할아버지께서 아직 멀었다고 하셨어요. 우리에게 중국의 전통극, 한자 익히기와 시 쓰기를 가르치겠다고 하셨어요. 하지만 아쉽게도… "

새는 또다시 슬픔에 잠겼다.

새를 위로하기 위해 나는 재빨리 나섰다.

"새 학교를 구경하고 싶은데, 안내해 줄 수 있겠니?"

새는 아주 기뻐하며 흔쾌히 길을 안내했다.

새를 따라가는 나의 발걸음은 아침보다 훨씬 가벼워졌다.

걸으면서 저도 모르게 콧노래까지 불렀다.

새가 날개를 펄럭이며 앞에 똑바로 멈춰서더니 말했다.

"할아버지께서 우리의 선생님이 되셨으면 좋겠어요. 방금 부른 노래가 너무 듣기 좋아요. 그리고 할아버지가 수염 할아버지랑 많이 닮으셨거든요. 수염이 조금 짧긴 하지만 기르면 되니깐 괜찮아요."

한참 날아가더니 또다시 멈춰 서서는 마음이 놓이지 않는지 물었다.

"근데 할아버지 수염도 녹색으로 변할까요?"

하지만 이를 한 번도 생각해 본 적이 없는 나는 사실대로 말하는 수밖에 없었다.

"모르겠는 걸."

새와 이야기를 나누다 보니 어느덧 회화나무 앞에 도착했다.

각양각색의 새가 나무 위에서 지저귀고 있었다. 마치 나뭇가지에 만발한 오색영롱한 꽃송이를 방불케 했다.

새들이 나를 보자 모두 환호했다.

"수염 할아버지께서 돌아오셨네. 환영합니다, 환영합니다."

새들의 모습에 나는 흠칫 놀랐다. 하지만 새들이 나를 수염 할아버지로 오해하고 있다는 걸 알고 있었다.

새들에게 어떻게 이 상황을 설명해야 할지 전혀 방법이 떠오르지 않아 안절부절 못하고 있을 때 방금 전 길을 안내하던 새가 조용히 말했다.

"빨리 좋다고 하세요. 이제부터는 할아버지가 수염할아버지에요."

더 생각할 겨를도 없이 나는 시키는 대로 머리를 끄덕이며 말했다.

"그래, 그래, 내가 수염 할아버지란다. 내가 돌아왔어."

새들은 기뻐서 쨱쨱거리며 폴짝폴짝 뛰기도 했다. 그러자 큰 회화나무도 따라서 나뭇가지를 살랑살랑 흔들거렸다.

나는 새들의 열정에 깊은 감동을 받았다.

"우리들에게 전통극을 가르치시고 시 쓰는 방법도 가르쳐 주실거야."

이 말을 듣자 새들은 또다시 좋다며 환호했다.

새들이 기뻐하자 나도 감격스런 마음을 금치 못했다.

"너희들에게 약속할게. 수염에서 보금자리를 틀 수 있게 앞으로 수염을 아주 길게 기르고 녹색으로 변하게 할 거야. 그리고 너희들과 함께 여행도 다닐 거란다."

이때 많은 새들이 나의 어깨에 내려앉아 날개로 수염을 어루만졌다.

나도 나도 모르게 수염을 쓸어내렸다. 그런데 신기한 일이 벌어졌다. 잠깐 사이에 수염이 아주 길게 자란 것이다.

그리고 마음속으로 수염이 녹색으로 변하기를 간절히 빌었다.

그 날은 참으로 기쁜 날이었다.

꼬마 다람쥐와 붉은 나뭇잎

크나큰 나무의 동굴에 꼬마 다람쥐 한 마리가 살고 있었다.

햇볕이 따스한 봄날 아침 꼬마 다람쥐가 방금 잠자리에서 일어나 부스스 눈을 떴다. 동굴 밖의 나뭇가지에 자라난 파란 새싹을 발견했다.

꼬마 다람쥐가 물었다.

"넌 먹을 수 있는 콩콩이(묘묘)야?"

파란 새싹은 머리를 절레절레 흔들었다.

"난 콩콩이가 아니라 새싹이야. 앞으로는 파란 나뭇잎으로 자랄 수 있단다."

날씨가 점점 따뜻해지자 파란 새싹이 기지개를 펴더니 파릇파릇한 작은 나뭇잎으로 자라났다.

어느 날 갑자기 바람이 불고 비가 내렸다. 꼬마 다람쥐가 재빨리 동굴 어귀로 달려가 나뭇잎을 향해 물었다.

"야들야들한 몸으로 비바람을 견딜 수 있겠어?"

하지만 작은 나뭇잎은 비바람을 두려워 하기는 커녕 오히려 비바람 속에서 더욱 기지개를 펴는 것이었다.

비가 멈추고 하늘이 활짝 개였다. 꼬마 다람쥐가 또 동굴어귀 밖으로 달려 나가 나뭇잎에게로 다가갔다.

"넌 정말 대단한 아이구나. 내 동생 할래? 내가 오빠 해줄게. 우리 집에 와서 함께 살면 안 될까?"

이 말을 들은 작은 나뭇잎은 생글생글 웃었다.

"난 나뭇가지를 떠나서 살 수 없어. 나뭇가지를 떠나면 얼마 지나지 않아 말라 죽을 거야."

꼬마 다람쥐가 말했다.

"그럼 얼른 커서 나랑 함께 놀자."

여름이 다가왔다. 찜통더위가 지속되고 귀뚜라미가 귀찮을 정도로 귀뚤귀뚤 울어댔다. 꼬마 다람쥐는 작은 나뭇잎이랑 놀고 싶어 찾아갔다. 그는 파란 나뭇잎 아래에 들어가니 마치 녹색 텐트 속으로 들어간 것처럼 너무 시원했다. 하지만 이제 꼬마 다람쥐도 몸집이 커져 보송보송한 큰 꼬리를 나뭇잎 속으로 다 넣지를 못했다.

여름이 지나가고 가을이 찾아왔다. 찬 가을바람에 나뭇잎이 녹색에서 붉은 색으로 변했다.

꼬마 다람쥐는 이상하게 생각되었다.

"한 송이 붉은 꽃으로 되려는 거야?"

붉은 나뭇잎이 몸을 동굴어귀로 기웃하더니 말했다.

"몰랐어? 날씨가 추워지면 난 붉은 솜옷을 입곤 해."

꼬마 다람쥐는 붉은 나뭇잎이 너무 아름다워 보였다.

"너 신부가 되는 거야?"

이 말을 들은 붉은 나뭇잎은 부끄러운지 얼굴이 빨개지면서 아무 말도 하지 않았다. 그저 머리만 설레설레 흔들어 댔다.

날씨가 점점 더 추워졌지만 매일 아침 날이 밝을 때마다 붉은 나뭇잎은 동굴어귀를 향해 큰 소리로 외치곤 했다.

"꼬마 다람쥐야, 좋은 아침."

매일 아침, 꼬마 다람쥐의 나무동굴에는 부드러운 붉은 빛이 반짝거렸다. 햇빛이 붉은 나뭇잎을 비춰 생긴 붉은 빛이라는 걸 꼬마 다람쥐는 알고 있었다. 꼬마 다람쥐가 동굴에서 기어 나와 붉은 나뭇잎을 집으로 초청했다. 꼬마 다람쥐는 너무 기뻐서 붉은 나뭇잎을 향해 말했다.

"큰 나무의 동쪽에 산이 있어. 그리고 산에는 새들이 있는데, 새들이 노래를 정말 잘 부르거든. 함께 들어볼까?"

꼬마 다람쥐는 점점 더 신이 났지만 붉은 나뭇잎은 오히려 나지막한 소리로 말했다.

"너 또 잊은 거야. 난 나뭇잎이야, 나무를 떠나면 살 수가 없어."

이 말을 들은 꼬마 다람쥐는 좋았던 기분이 사그라졌지만 날마다 붉은 나뭇잎이랑 친구를 할 수 있어 기뻤다. 이제는 붉은 나뭇잎이랑 가장 친한 친구가 되었으니까. 어느 날 첫 가을 비가 내렸다. 붉은 나뭇잎이 꼬마 다람쥐의 동굴어귀로 몸을 바짝 밀착하고 비바람을 막아줬다. 밖에는 비가 내리고 바람이 휘몰아쳤지만 꼬마 다람쥐의 집은 여전히 따뜻했다.

비가 그치자 꼬마 다람쥐는 재빨리 나무 동굴에서 달려 나왔다. 비에 흠뻑 젖은 붉은 나뭇잎에서 물방울이 방울방울 떨어지는 것이 보였다. 꼬마 다람쥐는 보송보송한 큰 꼬리로 붉은 나뭇잎의 빗물을 닦아주었다. 너무 따뜻하여 붉은 나뭇잎은 계속 꼬마 다람쥐의 큰 꼬리에 기대고 있었다. 붉은 나뭇잎의 색깔이 더욱 짙어졌다. 햇빛이 비추니 꽃보다 더 빨갛고 예뻤다. 붉은 나뭇잎의 아름다운 모습에 꼬마 다람쥐는 부끄럽지만 용기를 내 말했다.

"넌 꽃보다 더 아름다워. 나랑 결혼해 줄래?"

붉은 나뭇잎이 꼬마 다람쥐가 이런 생각을 할 것이라고는 전혀 생각지 못했다. 마냥 우습다고만 생각한 붉은 나뭇잎은 전혀 부끄러움 없이 평온하게 말했다.

"또 잊어버린 거야. 난 나뭇잎이야, 어떻게 다람쥐와 결혼할 수 있어?"

다람쥐가 말했다.

"하지만 넌 나를 무척 좋아하잖아. 나랑 말동무도 해주고 비바람도 막아주고 넌 나의 최고의 친구잖아."

"그럼 우리 좋은 친구로 지내자."

붉은 나뭇잎이 말했다.

꼬마 다람쥐는 너무 신이 나서 큰 꼬리를 흔들거리며 소리높이 외쳤다.

"그래, 좋아, 좋은 친구하자. 영원히 서로를 떠나지 않는 좋은 친구."

날씨가 점점 추워지자 나뭇잎이 바람에 떨어지기 시작했다. 꼬마 다람쥐는 붉은 나뭇잎도 바람이 날려 가버릴까 봐 걱정이 돼, 매일 아침 동굴어귀로 달려가 나뭇잎이 나뭇가지에 있는지를 확인하곤 했다.

날씨가 더 추워지자 붉은 나뭇잎은 추위에 몸을 바들바들 떨었다. 꼬마 다람쥐가 달려가 큰 꼬리로 붉은 나뭇잎을 감싸 안고 가을날의 찬바람과 비를 막아줬다. 밤에도 꼬마 다람쥐는 나무동굴로 잠을 자러 돌아가지 않았다. 큰 꼬리로 붉은 나뭇잎을 감싸주기 위해서였다.

어느 날 붉은 나뭇잎이 말했다.

"고마워, 꼬마 다람쥐야. 나무에 나 혼자만 남았어. 다 네 덕분이야."

잠깐 멈칫하더니 계속 말을 이었다.

"그런데 나도 이제 곧 떨어질 거야. 넌 빨리 집으로 돌아가. 날씨가 너무 추워."

하지만 꼬마 다람쥐는 붉은 나뭇잎을 떠나기 싫었다.

"난 영원히 널 보호할거야. 네가 나무에서 떨어져도 내 품에 떨어지게 할 거야. 절대 바람에 날려가게 하지 않을 거라고."

어느 날 붉은 나뭇잎이 마침내 나뭇가지에서 떨어졌다. 하지만 바람에 흩날려 가지 않고 꼬마 다람쥐의 고불고불하고 보송보송하고 따뜻한 큰 꼬리 위에 떨어졌다.

꼬마 다람쥐는 붉은 나뭇잎을 가슴에 안고 나무동굴에 돌아와 동굴어귀에 걸어놓았다.

매일 아침 햇빛이 나무에 비출 때마다 멀리서 바라보면 꼬마 다람쥐의 동굴어귀에는 마치 한 송이 붉은 꽃을 달아놓은 것처럼 아름다웠다.

"꼬마 다람쥐야, 집에 경사 났어? 걸어놓은 꽃이 너무 예쁘네."

파란 까치가 날아와 짹짹거리며 물었다.

꼬마 다람쥐가 미처 대답도 하지 못했는데 또 꼬마 참새 한 마리가 날아와 물었다.

"꼬마 다람쥐야, 집이 너무 예뻐, 정말 부러워."

꼬마 다람쥐는 어떻게 대답해야 할지 고민되었지만 자부심을 느꼈다. 친구 덕분에 매일 경사 난 집처럼 보이고 집도 더 아름다워졌으니까…

그는 붉은 나뭇잎을 바라보니 마음마저 따스해지는 것만 같았다. 꼬마 다람쥐의 집에서 붉은 나뭇잎이 더욱 빨개졌다. 이제 꼬마 다람쥐와 붉은 나뭇잎은 영원히 한 집에서 알콩달콩 살아갈 수 있게 되었다.

벤치 강아지와 노란 꽃 한 송이

벤치 강아지는 눈이 오나 비가 오나 1년 사계절 하루도 빠짐없이 바람 쐬러 가는 곳이 있었다. 바로 교외에 있는 호숫가였다.

어느 가을날의 아침 그는 호숫가에서 한 떼기의 노란 꽃을 발견했다. 허리를 숙이니 싱그러운 꽃향기가 코를 간지럽혔다.

이튿날 그는 또 호숫가로 갔다. 하지만 노란 꽃들이 온데간데없이 사라졌다.

"꽃이 어디 갔을까?"

그는 혼잣말로 중얼거렸다.

이때 어디선가 가느다란 목소리가 들렸다.

"어린이들이 꽃을 몽땅 꺾어버렸단다."

벤치 강아지가 허리를 숙이고 꼼꼼히 찾아보았다. 노란 꽃이 만발했던 곳에 아직 남아있는 조그마한 노란 꽃 한 송이를 발견했다.

"넌 왜 여기 있는데?"

"너무 작아서 보지 못했나봐. 아예 내가 눈에 들어오지도 않았을걸."

그날 불안함을 느낀 벤치 강아지는 밤늦게까지 잠을 이루지 못했다.

사흘째 되던 날, 또 다시 호숫가를 찾았다. 노란 꽃 가까이에 다가서는 순간, 노란 꽃이 웃으며 말을 걸었다.

"안녕, 벤치 강아지야. 나 좀 큰 것 같지 않아?"

벤치 강아지가 자세히 살펴보았지만 그 어떤 변화도 발견하지 못했다. 하지만 노란 꽃을 응원해주고 싶었다.

"그래, 못 본 사이에 좀 큰 것 같구나."

신이 난 노란 꽃은 아름다운 꽃송이를 흔들거리며 춤을 췄다.

하지만 노란 꽃은 이내 걱정스러운 표정을 지었다.

"내가 더 크면 누가 꺾어 가면 어쩌지?"

벤츠 강아지도 덩달아 걱정이 됐다. 그날 벤치 강아지는 줄곧 노란 꽃을 지켰다. 밤하늘에 반짝거리는 별빛이 모습을 드러내서야 벤치 강아지는 아쉬운 마음으로 노란 꽃과 작별인사를 했다.

다음날 아침 벤치 강아지가 다시 호숫가를 찾았을 때 노란 꽃은 이미 훌쩍 커버렸다.

"와, 노란 꽃 너 엄청 컸구나. 널 잘 지켜줄게, 남들이 널 꺾지 못하게 할 거야."

감동받은 노란 꽃은 벤치 강아지를 "벤치 강아지 오빠"라고 불렀다.

"정말 날 보호해줄 수 있겠어?"

노란 꽃이 눈을 반짝이며 물었다.

벤치 강아지는 머리를 끄덕이면서 노란 꽃 옆에 조용히 엎드려 그를 보호해줬다.

"넌 왜 벤치 강아지라고 불리는 거지?"

노란 꽃이 신기한 듯이 물었다.

"벤치처럼 생겨서 그래?"

벤치 강아지는 어떻게 대답해야 할지 몰랐다. 그는 노란 꽃 옆에 쭈그리고 앉아 감상하듯 노란 꽃을 바라보았다. 이 때문에 노란 꽃은 얼굴이 벌겋게 달아올랐다.

노란 꽃을 유심히 바라보던 벤치 강아지가 갑자기 물었다.

"네 몸에 가시가 있으면 좋겠는데… 꺾으려는 사람들을 모두 찌를 수 있을 테니 말이야."

"내가 왜 남을 찔러야 해?"

노란 꽃은 갑작스런 벤치 강아지의 말을 이상하게 느껴졌다.

"남들이 날 감상만 했으면 좋겠어. 날 다치게 하지 말고, 너처럼."

노란 꽃의 말을 들은 벤치 강아지는 방금 말했던 바보 같은 생각에 미안한 마음까지 들었다.

이때 나무숲에서 토끼 한 마리가 뛰어왔다. 토끼는 부드러운 노란 꽃을 맛보고 싶었는지 손을 내밀었다.

벤치 강아지가 큰 소리로 외쳤다.

"토끼야, 너 혹시 꽃을 꺾으려는 거야?"

벤치 강아지를 본 토끼는 사지를 바들바들 떨면서 말했다.

"아니야, 아니야."

그러더니 다시 오던 방향으로 줄행랑을 쳤다.

그날도 벤치 강아지는 날이 어두워질 때까지 노란 꽃 옆을 지켰다.

그날 이후로 벤치 강아지는 노란 꽃을 지키기 위해 해를 안고 나가고 달을 지고 집으로 돌아오곤 했다.

어느 날 할아버지와 할머니 한 분이 오셨다. 하지만 눈이 잘 보이지 않는 것 같았다.

할아버지가 할머니에게 물었다.

"저기 있는게 노란 꽃인가요?"

할머니께서 대답하셨다.

"나도 잘 보이지 않아요. 저쪽에 벤치가 있는데 함께 앉아서 자세히 보려오?"

그렇게 말한 후 할아버지와 할머니는 벤치 강아지 위에 걸쳐 앉았다.

"어머나, 정말 노란 꽃이었네."

할아버지께서 기뻐하며 말씀하셨다.

"당신, 꽃을 꺾으면 안 된다는 것 알지요."

할머니가 부탁하듯 말씀하셨다.

할아버지와 할머니는 노란 꽃을 자세히 관찰만 하고 있을 뿐 모두 잠자코 있었다.

"아니, 벤치가 너무 부드럽군 그래. 마치 소파 같네 그려."

할머니가 벤치 강아지를 칭찬하셨다.

할아버지께서도 칭찬하셨다.

"그렇군, 벤치에 앉아 있으니 갈수록 따뜻해지는 것 같지 않소."

벤치 강아지가 참다못해 말했다.

"전 벤치 아니라 벤치 강아지에요."

할아버지와 할머니가 다급히 벤치에서 일어서며 사과했다.

벤치 강아지가 말했다.

"괜찮아요. 앉으세요. 할아버지와 할머니께서 제 몸 위에 앉아 계속 노란 꽃을 감상하면 좋겠어요."

그들은 이처럼 마음씨 착한 강아지를 처음 봤다고 했다. 그 후부터 할아버지와 할머니는 매일 뼈다귀 한 개, 햄 2개 그리고 빵 3개를 벤츠 강아지에게 가져다주곤 했다. 그날부터 벤치 강아지는 매일 할아버지와 할머니가 편하게 노란 꽃을 감상할 수 있게 몸을 빌려드렸다.

날씨가 점점 추워지자 이제 노란 꽃도 시들어 떨어질 때가 됐다. 노란 꽃이 말했다.

"그동안 예뻐해 주셔서 고맙습니다. 꽃잎이 시들어 떨어지면 여러분들에게 드릴 선물이 있어요."

가을이 왔다. 노란 꽃은 시들어 떨어졌지만 할아버지와 할머니는 매일 노란 꽃을 보러 오셨고 벤치 강아지도 시들어버린 꽃을 여전히 지키러 왔다. 시간이 흐르자 노란 꽃에 보송보송한 종자가 자라났다.

할아버지께서 말씀하셨다.

"노란 꽃이 우리에게 주는 선물이로구나."

그날, 할아버지께서 노란 꽃 종자를 조심스레 채집해서 두 봉지로 나눴다. 한 봉지는 벤치 강아지에게 주고 나머지 한 봉지는 집으로 가져가셨다. 할머니께서 벤치 강아지에게 친근하게 말씀하셨다.

"우리 내년에 함께 이곳으로 꽃을 심으러 오자꾸나."

파란 새와 아름드리나무

파란 새 한 마리가 씨앗 한 알을 입에 물고 맑은 하늘을 날고 있었다.

그때 갑자기 나지막한 소리가 들려왔다.

"날 먹지 말고 살려줘, 제발. 난 나무 씨앗이야, 대신 땅에 심어주면 고맙겠어."

파란 새가 민둥산에 내려앉았다. 그는 씨앗에게 물었다.

"여기다 심으면 어때? 여길 봐, 아직 나무가 한 그루도 없잖아."

씨앗은 신이 났다. 파란 새가 뾰족한 부리로 흙을 탁탁 쳐내고는 나무 씨앗을 민둥산에 심었다.

봄이 왔다.

씨앗에서 새싹이 돋아났다.

파릇파릇 새싹이 작은 나무로 자랐다.

나무에 꽃이 피자 파란 새가 찾아왔다.

"아직도 날 기억하고 있니?"

파란 새가 나무에게 물었다.

"그럼, 당연히 기억하고 있지."

작은 나무는 너무 기뻤다.

"네가 날 이곳에 심었잖아."

파란 새는 나무를 에워싸고 한 바퀴, 두 바퀴 빙빙 돌면서 나무를 연신 칭찬했다.

"꽃이 정말 예쁘구나."

칭찬을 받은 나무는 날아갈 듯이 기뻤다. 나무의 꽃이 더 아름답게 피고 더욱 향기로워졌다. 파란 새가 노래를 불렀다.

너의 꽃송이가 눈부시게 아름답구나

널 위해 아름다운 노래를 불러줄게.

"꽃송이가 만발하면 생기가 넘치고

생기가 넘치면 행복과 즐거움을 가져다준단다."

파란 새가 노래를 부르고 나서 다시 나무를 에워싸고 한 바퀴 돌더니 날아가 버렸다.

여름이 되었다.

꽃송이가 떨어졌다.

나무에는 푸른 잎만 남았다.

파란 새가 이번에도 또 나무를 찾아왔다.

이번에는 나무가 슬픈 목소리로 먼저 말을 걸었다.

"얘, 꽃송이가 다 시들어 떨어져버렸어, 그래도 날 사랑할 거야?"

파란 새가 나무를 에워싸고 한 바퀴, 두 바퀴 돌면서 나무를 또 칭찬했다.

"나뭇잎이 정말 아름답구나."

파란 새의 칭찬에 나무는 너무나 기뻤다. 나무는 푸른 나뭇잎으로 파란 새를 감싸 안았다.

파란 새가 이번에도 나무에게 노래를 불러줬다.

푸른 나뭇잎이 정말 예쁘구나

널 위해 아름다운 노래를 불러줄게.

"짙푸른 나뭇잎은 생명이고

 생명은 사람에게 즐거움을 가져다주지."

노래를 부르고 난 파란 새는 나무를 에워싸고 한 바퀴 빙빙 돌더니 또 날아가 버렸다.

가을이 왔다.

찬바람이 불어왔다.

한 장 한 장의 나뭇잎이 바람에 흩날리고 있었다.

파란 새가 이번에도 어김없이 나무를 찾아왔다.

파란 새가 말을 하기도 전에 나무가 엉엉 울면서 말했다.

"흑흑, 나뭇잎이 몽땅 떨어졌어, 그래도 날 사랑할 거야?"

파란 새가 나무를 에워싸고 한 바퀴, 두 바퀴 빙빙 돌더니 나뭇가지에 올라앉아 말했다.

"설마 내가 꽃과 나뭇잎만 사랑한다고 생각했던 거야, 아니야, 난 너 자체를 사랑했어."

그날 차디찬 가을바람을 무릅쓰고 파란 새가 또 노래 한 수를 불렀다.

"생명은 추위를 이겨낼 수 있고,
 나뭇잎이 자라고 꽃송이도 피어낼 수 있지."

노래를 부르고 난 파란 새는 또 다시 나무를 에워싸고 한 바퀴 돌더니 날아가 버렸다.

겨울이 왔다.

눈꽃이 나뭇가지에 수북이 내려앉았다.

대지는 하얀 옷을 갈아입었다.

새들이 거의 모두 남방으로 겨울나기를 떠났다.

나무는 추운 겨울날 파란 새도 따뜻한 남방으로 떠나 더는 찾아오지 않을 것이라고 생각했다.

하지만 펑펑 함박눈이 눈이 쏟아지는 날 파란 새가 또다시 나무를 찾아왔다. 눈꽃 옷을 입은 파란 새는 추워서 바들바들 떨었다. 나뭇가지에 내려앉은 파란 새는 입에 물고 있던 마른 풀 한 가닥을 나뭇가지에 걸쳐 놓았다. 이번에는 나무보다 파란 새가 먼저 말을 걸었다.

"나무야, 내가 여기에 내 보금자리를 지어줄게."

나무는 파란 새의 말에 큰 감동을 받았다. 할 말조차 잃은 나무는 기쁜 나머지 눈물을 흘렸다. 그날부터 나무에게 보금자리를 만들기 위해 파란 새는 눈이 오던, 바람이 불던 하루도 빠짐없이 나뭇가지와 풀잎, 그리고 깃털을 물어 왔다. 대지가 꽁꽁 얼어붙는 추운 겨울에도 나무는 매일 파란 새의 노랫소리를 들을 수 있게 되었다.

파란 새 덕분에 나무는 봄날을 느낄 수 있었다.

영원한 집

콩 애벌레의 이름은 러우러우(柔柔)이다. 그는 늙은 홰나무의 부드러운 나뭇잎을 먹고 하루하루 커갔다.

어릴 적의 일이다. 큰 바람이 불던 날 바람에 휘말려 땅에 떨어지려는 위험한 순간에 다행히 나무에 걸린 거미줄 덕분에 무사했다고 한다.

큰 비가 억수로 퍼붓는 날에는 나뭇잎이 비를 막아줘 무사하게 밤을 보낼 수 있었다고 한다. 시간이 흐르자 콩 애벌레는 번데기로 자라고 점차 노란 나비로 거듭 낳다. 노란 나비는 어딜 가든 늘 예쁘다는 칭찬을 들었다. 봉황꼬리 나비가 말했다.

"노란 나비야, 넌 몸에서 금빛이 나는구나. 마치 금을 온몸에 두른 것 같아. 모든 꽃들이 널 환영할거야."

이 말을 들은 노란 나비는 고맙다는 인사를 하고 계속 앞으로 날아갔다. 노란 나비는 늙은 홰나무를 찾아가려 했다. 그곳이 바로 그의 집이었기에…

노란 나비가 새하얀 민들레를 만났다. 민들레가 말했다.

"나랑 같이 날지 않을래, 조금만 더 가면 아름다운 정원이 있단다. 만약 그곳을 보금자리로 정한다면 넌 평생 행복할거야."

하지만 노란 나비는 "고마워"라는 말만 남기고 날아갔다. 늙은 홰나무를 찾아가야 했기 때문이었다.

노란 나비는 날고 날아 산언덕에 도착했다. 노란 나비는 산언덕에서 늙은 홰나무를 한눈에 알아보았다.

늙은 홰나무에 흰 괴화가 만발해 은은한 꽃향기가 풍겨나왔다.

노란 나비는 익숙한 꽃향기, 그리고 친절한 느낌에 마치 집으로 돌아온 것 같아 눈시울이 붉어졌다.

"나 집으로 돌아왔어!"

노란 나비가 혼잣말로 중얼거렸다.

늙은 홰나무도, 괴화도 모두 이 말을 들었다.

"어서 와, 노란 나비야."

그 후부터 노란 나비는 늙은 홰나무에 자리를 잡고 살았다. 노란 나비는 매일 나뭇가지에 옮겨 앉으며 기쁘게 생활했다. 노란 나비는 나뭇잎한 잎 한 잎을 보면서 마치 책을 읽는 것만 같았고 괴화를 볼 때마다 마치 친자매와 마음을 나누는 것 같기도 했다.

"설마 평생 늙은 홰나무에서 살려고?"

까치가 물었다.

노란 나비가 대답했다.

"이곳은 나의 집이야, 평생 여기서 살 거야."

까치는 노란 나비의 말을 채 듣지도 않고 짹짹거리며 날아가 버렸다.

괴화가 천천히 시들어 떨어지니 수많은 열매가 자라났다. 노란 나비는 몇 알이나 자랐는지 헤어보고 싶었지만 너무 많아 헤아릴 수가 없었다. 하지만 노란 나비는 여전히 늙은 홰나무를 에워싸고 돌며 열매 세기에 열을 올렸다. 어느 여름날 밤 노란 나비가 늙은 홰나무 나뭇가지 끝에 살며시 앉아 하늘의 별을 세었다. 노란 나비는 밤하늘의 반짝반짝 빛나는 별이 몇 개인지 셀 수가 없었다. 하지만 높은 나뭇가지의 끝에 앉았으니 밤하늘의 별과 아주 가까이 있다는 생각이 들었다.

추석이 되던 날 밤 늙은 홰나무의 가장 높은 나뭇가지에 앉아 둥근 달님이 솟아오르는 모습을 볼 수 있어 노란 나비는 더없이 기뻤다.

은은한 달빛이 늙은 홰나무를 감싸 안았다. 산들바람에 나뭇잎이 하늘거리고 은빛이 반짝거리는 것이 마치 꿈속의 동화세계마냥 아름답고 몽환적이었다.

하지만 날씨가 점점 추워지고 가을바람에 나뭇잎도 어느새 노란색 옷으로 갈아입었다.

그때 만났던 까치가 또 찾아와서 말했다.

"너 빨리 다른 곳으로 옮겨, 여긴 너무 추워서 안 돼, 따뜻한 보금자리를 다시 찾으려무나."

노란 나비는 점차 노란색으로 변하는 나뭇잎이 전보다 훨씬 아름답다고 생각되었다. 특히 햇빛 아래서 나뭇잎은 저마다 황금빛이 번쩍이었다. 노란 나비는 노란색 옷을 갈아입은 홰나무가 더욱 친밀하게만 느껴졌다. 노란 나뭇잎이 가을바람을 타고 하나 둘 떨어졌다.

하지만 노란 나비는 노란 나뭇잎이 마치 하늘을 날아예는 노란 나비처럼 보였다. 이날 노란 나비도 가을바람을 타고 노란 나뭇잎과 함께 늙은 홰나무가지에서 내려왔다.

검은 참나무

태양이 "툭"하는 소리와 함께 산 뒤에 떨어졌다고 생각하는 사람들이 있다. 날이 점점 어두워졌다. 하늘의 별들이 "딩딩당당"하는 소리와 함께 밤하늘에 나타난다고 생각하기도 했다.

밤은 이렇게 아주 쉽게 찾아왔다.

별빛 아래에 늙은 참나무의 검은 그림자가 또다시 높은 산꼭대기에 나타났다. 늙은 참나무는 마치 오려낸 그림자처럼 별빛이 가득한 하늘에 붙여진 듯했다. 저녁 내내 말 한 마디도 하지 않았다. 달콤한 잠에 빠진 새들을 깨우지 않기 위해서였다.

매일 어둠이 깃들기 시작하면 백학, 밤 꾀꼬리, 피리새, 그리고 갈 곳 없는 새들이 모두 늙은 홰나무를 찾아왔다. 둥근 달님이 하늘 높이 떠올랐다. 달님의 은빛이 산과 들판 그리고 호수에 은은하게 비춰졌다.

"달빛을 더 비춰드릴게요."

달님이 늙은 참나무 가지에 걸쳐 앉으며 말했다.

늙은 참나무는 잠깐 생각에 잠긴 듯 천천히 말했다.

"고마워, 지금도 충분해."

달님이 말했다.

"은빛이 반짝거리는 나무로 만들어 드리고 싶어요. 멀리 있는 사람도 가까이 있는 사람들처럼 밤에도 볼 수 있게 하고 싶어요."

늙은 참나무는 한참동안 아무 말도 하지 않았다. 사실은 달님에게 어떻게 대답해야 할지 몰라서였다. 매일 저녁 옆에서 달콤한 잠에 빠진 새들을 조용히 지켜주는 것만으로도 아주 행복하다고 생각했기 때문이다. 늙은 참나무는 달빛을 온몸에 휘감으며 자신을 꾸미고 싶지 않았다. 달님이 조용히 밤하늘에 떠올랐다.

어둠이 깃들면 집집마다의 창문에는 은은하고 밝은 등불이 반짝였다. 가끔 반짝이는 창문으로 듣기 좋은 노랫소리가 들리기도 했다.

그 노랫소리가 어둠을 타고 저 멀리 하늘의 별에게까지 전해졌다. 별이 고개를 숙이고 기웃거리다가 산꼭대기에 있는 검은 참나무를 발견했다.

천사의 날개를 단 꼬마별이 검은 참나무에 내려앉았다. 꼬마별은 나지막한 소리로 말했다.

"집집마다 창문에서는 은은한 등불 빛이 반짝거리네. 등불 빛이 없는 밤은 얼마나 외로울까? 우리 꼬마 별들이 보석처럼 나뭇잎을 반짝이게 해줄게요."

꼬마별의 말이 채 끝나기도 전에 하늘에서 수많은 꼬마별이 날아 내려와 검은 참나무 나뭇가지에 내려앉았다. 새들도 갑작스레 찾아온 별빛이 놀라 짹짹거리며 어쩔 바를 몰라 했다.

"애들아, 애들아, 새들이 놀라 깨어났구나."

검은 참나무는 놀란 새들을 조용히 토닥거렸다.

"난 새들을 보호해 주고 싶어."

검은 참나무는 굳은 표정으로 말했다.

꼬마 별들은 두려움에 떨고 있는 새들을 보고는 다시 하늘로 날아올라갔다. 그날 밤 이후로 더는 검은 참나무를 찾아오지 않았다. 칠흑처럼 어두운 밤과 달콤한 잠에 빠진 새들만 검은 참나무와 함께 보냈다.

어느 날 밤 반짝이는 반딧불이 여기저기서 날아와 검은 참나무를 둘러싸고 빙빙 돌았다. 반딧불은 주황색, 남색, 옅은 녹색 빛을 은은하게 뿜었다. 검은 참나무는 아주 어렸을 때 저녁마다 반딧불이 찾아와 나뭇

151

잎 사이를 오가며 자신이 잠 들 때까지 지켜주곤 했던 오래 전의 일이 떠올랐다. 검은 참나무는 다시 찾아와 준 반딧불이 너무 고마웠다. 검은 참나무는 반딧불이 예전처럼 잠들 때까지 지켜줬으며 좋겠다고 생각했다. 반딧불이 검은 참나무를 에워싸고 춤을 추었다. 나무에 보금자리를 튼 새들도 모두 날개를 펄떡거리며 반딧불과 함께 춤을 췄다. 그들은 즐겁고 신나는 밤을 함께 보냈다.

날이 어두워져 더는 앞이 보이지 않자 검은 참나무는 잠 잘 시간이 됐다며 새들을 불렀다.

반딧불이 날아갔다. 새들은 또다시 참나무에서 달콤한 잠에 빠졌다.

산꼭대기에는 여전히 그 검은 참나무가 꿋꿋이 자리를 지키고 있었다.

흰색 울타리

주인은 흰색을 특히 좋아한다. 대지가 푸른 옷을 갈아입는 여름이 다가올 때면 주인은 문밖에 흰색 울타리를 둘러놓곤 했다. 그때면 나팔꽃, 유승초와 송라, 댕댕이덩굴, 능소화나무 등 녹색식물이 흰색 울타리를 타고 기어 올라간다.

흰색 울타리는 꽃과 푸른 잎에 모습이 가려졌다.

주인집에 놀러오는 손님들은 울타리를 타고 올라 간 덩굴식물에 감탄했다.

"너무 예뻐요."

흰색 울타리도 기뻤다. 매일 푸른 잎과 꽃송이랑 친구처럼 함께 지낼 수 있기 때문이다.

가끔은 푸른 잎과 코를 간지럽히는 꽃향기의 유혹에 꿀벌과 나비마저 날아와 이야기를 나누고 노래를 부르기도 한다.

하루는 까치 한 마리가 날아왔다.

"안녕, 흰색 울타리야, 내가 휴식하고 싶은데 너희 어깨를 잠깐만 빌려 줄 수 있겠니?"

흰색 울타리는 새로운 친구가 찾아오니 무척 기뻤다.

"그럼, 당연히 빌려줄 수 있지. 푸른 덩굴, 빨간 꽃, 그리고 새와 함께 있을 수 있는 것만으로도 너무 행복하단다."

흰색 울타리는 허리를 더 곧게 펴며 말했다.

시간이 하루하루 지나갔다. 울타리는 하루하루 흥미롭고 새로운 이야 기와 노래를 들었다. 올해의 봄과 여름은 평생 잊지 못할 추억으로 간직 하게 될 것이다. 가을이 곧 다가온다. 나뭇잎이 노란색 옷을 갈아입었고 흰색 울타리의 푸른 덩굴도 이제는 시들었다.

살랑살랑 가을바람이 불어오자 시들어 누렇게 된 나뭇잎이 하나둘 떨 어지기 시작하더니 얼마 지나지 않아 몽땅 떨어져 버렸다.

이제는 흰색 울타리만 남았다. 홀로 남은 흰색 울타리는 더는 예전처 럼 깨끗하고 아름다워 보이지 않았다. 심지어 상처가 많은 것 같았다.

어느덧 겨울이 다가왔다.

올해는 여느 해보다 눈이 빨리 내리고 더 많이 내렸다. 첫 눈이 내리자 흰색 울타리는 바로 눈에 모습을 감춰버렸다. 이젠 시든 나뭇가지조차 볼 수 없게 되었다.

사람들은 이곳에 흰색 울타리가 있었던지 조차 기억하지 못했다. 오로지 눈으로 된 벽이 새롭게 생겨났다고만 생각했다. 흰색 울타리도 자신의 존재를 잊은 듯 했다. 그는 푸른 덩굴과 꽃송이 그리고 말하기 좋아하는 까치만 기억하고 있었다.

"어머, 올해는 너무 추워."

흰색 울타리가 기억하고 있는 그 까치가 틀림없었다.

"너무 춥고 배도 고파."

까치는 울타리 위를 요리조리 옮겨 앉으며 쉴 새 없이 말했다.

흰색 울타리가 아무 말도 하지 않자 까치가 또 말했다.

"넌 얼마나 좋겠어. 배고픈 줄도 모르고 목마른 줄도 모르니까."

흰색 울타리가 말했다.

"나도 마음 아픈 일이 있어."

까치는 날개로 울타리 위에 쌓인 눈을 쓸어내렸다. 흰색 울타리가 조금이나마 편안해질까 하고 생각했던 것이다. 까치는 흰색 울타리의 말에 조용히 귀를 기울였다.

"나도 슬프단다."

흰색 울타리가 말했다.

까치는 흰색 울타리가 계속 말하기를 기다렸지만 흰색 울타리는 더는 아무 말도 하지 않았다.

그 후부터 까치는 날마다 울타리를 찾아오곤 했다. 말은 몇 마디 하지 않지만 함께 있으면 서로 든든해지는 것 같았다.

눈이 내릴 때마다 까치는 작은 날개로 흰색 울타리 위에 쌓인 눈을 쓸어내려 주곤 했다.

그때마다 흰색 울타리는 말했다.

"괜찮아, 봄이 오면 다 녹을 거야."

하지만 까치는 꾸준히 눈을 쓸어내렸다.

"사람들이 이곳에 흰색 울타리가 있다는 걸 알려주고 싶어."

그 해 겨울 큰 눈이 대 여섯 번 내렸다. 그때마다 까치가 흰색 울타리에 쌓인 눈을 깨끗이 쓸어내려 주곤 했다.

그 해 겨울 흰색 울타리는 까치의 고운 마음씨에 깊은 감동을 받았다.

봄이 왔다. 꽁꽁 얼어붙었던 대지가 활기를 띠기 시작하자 눈이 녹고 새싹이 뾰족뾰족 돋아났다. 까치가 또 날아왔다. 까치는 흰색 울타리 위에서 깡충깡충 뛰며 노래를 불렀다. 노래를 부르던 까치는 깜짝 놀란 목소리로 소리쳤다.

"어머, 흰색 울타리야, 너도 싹이 돋아났네."

흰색 울타리는 까치의 말이 믿기지 않았다. 까치가 뾰족한 부리로 몇 번 쪼자 흰색 울타리는 몸이 간지러워졌다. 흰색 울타리 사이로 머리를 내민 새싹에 반짝이는 물방울이 맺혀 있었다.

그 해 봄은 여느 해보다 꼬마 나무가 더 많이 자랐다.

까치는 매일 마다 꼬마 나무를 찾아왔다. 그들은 매일 같이 웃고 떠들고 얘기하며 사이좋게 지냈다. 그들은 늘 겨울날 흰색 울타리의 모습을 되새기며 얘기하곤 했다.

튤립과 파란 나비

튤립 유화 한 폭이 동쪽 벽에 걸려 있다.

파란 나비 표본은 서쪽 벽에 걸려 있다.

튤립 유화와 파란 나비 표본은 서로를 조용히 바라보고 있다.

파란 나비 표본은 예쁜 튤립이 너무 친절하게 느껴졌다. 파란 나비 표본은 갑자기 예전 시절이 생각났다. 그 해 봄 파란 나비가 천천히 꽃 숲을 날아 지나다가 그 꽃을 알게 됐다. 그리고 활짝 핀 꽃 심에 내려앉아 많은 얘기를 했던 것도 생각났다.

유화 속의 튤립도 파란 나비 표본이 아름답고 친절하게만 느껴졌다. 튤립도 생각났다. 그해 봄, 꽃봉오리가 방금 활짝 피었을 때 파란 나비가 꽃 심에 내려앉아 많은 얘기를 했던 그때의 기억이 되살아난 것이다.

하지만 그때 즐겁던 시절을 더는 누릴 수 없게 됐다. 더욱이 예전처럼 씩씩하고 즐겁게 함께 놀 수도 없게 됐다.

그들은 아무 말도 하지 못하고 서로를 바라보면서 예전에 함께 겪었던 나날을 떠올리곤 했다.

튤립은 그때의 기억이 지금도 생생하게 떠오른다. 어느 날 아트 백을 멘 누나가 튤립을 향해 성큼성큼 다가왔다. 오래도록 유심히 관찰하더니 한 획 한 획 정성을 다해 캔저스에 그렸다. 누나가 웃었다. 방금 그린 그림이 마음이 들었나 보다. 누나 주변에는 그림을 보려고 많은 사람들이 모였다. 그들은 누나가 그린 튤립이 살아 숨 쉬는 것처럼 생생하게 그려졌다며 엄지손가락을 내밀었다.

파란 나비 표본은 기억하고 있다. 바로 그 날 그림 그리던 누나의 남동생이 곤충채집망을 들고 꽃 숲을 뛰어다니며 잠자리와 파란 나비를 쫓았다. 파란 나비가 튤립과 작별인사를 나누고 잔디밭에 내려앉는 순간 남동생에게 잡혔던 것이다. 사람들은 남동생이 세상에서 가장 예쁜 파란 나비를 붙잡았다며 표본을 만들어 벽에 걸어놓으면 좋다고 말했다.

그때의 기억을 떠올리니 저도 모르게 친근하게 느껴졌다.

그림 속의 튤립이 말했다.

"파란 나비야, 꽃심으로 다시 날아오면 안 될까? 네가 해주는 귓속말이 너무 듣고 싶어."

파란 나비 표본이 말했다.

"튤립아, 코를 간지럽히는 달콤한 향기를 풍길 수 있어? 은은한 꽃향기가 너무 좋은 걸."

하지만 그림 속의 튤립이 더는 예전 날처럼 그윽한 향기를 풍기지 못했다. 파란 나비 표본도 더는 날개를 움직일 수 없게 됐다.

튤립과 파란 나비는 서로를 바라보면서 함께 할 수 있다면 얼마나 좋을까 하고 늘 생각했다.

하지만 참 신기했다. 이런 생각을 할 때마다 산들산들 봄바람이 불어오고 밝은 햇볕이 그들을 따뜻하게 비춰주곤 했다. 더욱이 그럴 때마다 그들은 저도 모르게 마음속으로 노래를 흥얼흥얼 불렀던 것이다.

산들산들 봄바람, 따스한 햇볕 그리고 흥겨운 노래 속에서 튤립은 새싹이 돋아나고 푸른 잎이 자라났다. 시간이 흐르자 아름다운 꽃잎에서 은은하고 그윽한 향기가 풍겼다. 튤립이 다시 생명을 얻고 활기를 되찾

앉다. 파란 나비 표본도 은은한 꽃향기에 날개를 퍼덕이며 몸에 쌓인 먼지를 털어냈다. 파란 나비 표본은 힘을 얻어 다시 살아난 튤립을 향해 날아갔다. 파란 나비와 튤립은 봄날로 돌아간 듯 다시 함께 놀 수 있게 되었다. 이 세상에 튤립 한 송이와 파란 나비 한 마리가 더 많아졌다. 참으로 아름다운 세상이다.

목어의 소리

강변의 산에 위치한 사원에서 목어(木魚) 치는 소리가 자주 들려오곤 한다. 목어 소리는 달리는 말발굽 소리 같기도 하고, 어떤 때는 개굴개굴 청개구리가 우는 소리 같기도 하고, 또 어떤 때는 귀뚜라미가 우는 소리 같기도 했다.

고요한 물 속 세계에서 물고기들이 조용히 살아가고 있다.

목어 치는 소리를 좋아하는 물고기 한 마리가 강물에서 살고 있었다. 물고기는 수면 위로 머리를 빠끔히 내밀고 어디에서 들려오는 목어 치는 소리인지 귀담아 들었다.

어느 날, 꼬마 물고기가 엄마 물고기에게 물었다.

"엄마, 울음소리가 들려요?"

엄마가 말했다.

"애야, 그건 목어 치는 소리란다."

꼬마 물고기가 또 물었다.

"목어는 어떻게 생겼나요?"

"둥근 물고기처럼 생겼단다."

엄마가 대답했다. 꼬마 물고기는 알고 싶은 것이 더 많아졌다.

"왜 소리를 내는 건가요?"

"엄마도 알아들을 수 없단다. 그곳은 우리와는 또 다른 세계니까."

엄마는 쉴새없이 튀어나오는 꼬마 물고기의 물음에 제대로 대답하지 못했다.

먼 산의 사원에서 매일 목어 치는 소리가 들려왔다.

어느 날 천천히 강변으로 헤엄쳐 간 꼬마 물고기가 머리를 수면 위로 내밀고 목어 소리에 귀를 기울였다. 꼬마 물고기는 자신과 같은 이름을 가진 목어가 더욱 알고 싶어졌다. 꼬마 물고기는 엄마한테 작별인사도 하지 않고 혼자 힘으로 강변까지 기어 올라갔다.

꼬마 물고기는 신선한 공기를 마음껏 들이마셨다. 갑자기 새로운 힘을 얻은 것 같았다. 꼬마 물고기는 바깥세상이 물 속 세계보다 더욱 아름답고 다채롭게 느껴졌다. 꼬마 물고기는 꿈틀거리며 계속 앞으로 기어갔다. 한참을 기어 그는 높고 커다란 나무 앞에 도착했다.

먼 산을 바라보던 꼬마 물고기는 끝내 보고 싶었던 사원을 보게 됐다. 금빛 지붕, 웅장한 불당 그리고 모락모락 피어오르는 연기가 보였다. 목어 치는 소리도 더욱 생생하게 들렸다.

꼬마 물고기는 나무 아래에 자리를 잡았다. 그는 거기서 매일 목어 치는 소리를 들었다. 목어 소리와 함께 불경을 낭독하는 소리도 은은하게 들려왔다. 물 속 세계를 떠난 꼬마 물고기는 나무에 오를 수 있으니 파란 나뭇잎, 꽃송이와 열매로 될 수 있을 것이라 생각했다.

꼬마 물고기는 새가 되어 하늘을 날아올랐다. 사원에서 같은 이름을 가진 목어를 찾을 수 있을 것이라 생각했던 것이다.

그 후부터 꼬마 물고기는 더는 물을 그리워하지 않았다.

달빛 그림자

부엉이가 조용히 밤을 지키고 있다.

하늘에 걸린 휘영청 둥근 달을 바라보던 부엉이가 머리를 수그리고 한쪽 눈을 감았다.

달빛이 수많은 나뭇가지 사이를 뚫고 지면에 군데군데 달빛 그림자를 만들었다. 부엉이가 두 눈을 크게 뜨고 달빛 그림자가 땅에 쓴 이야기를 읽고 있다. 한들거리는 나뭇잎 사이로 부엉이는 또 다른 신기한 세계를 발견했다. 저녁 늦게 돌아온 피리새가 부엉이 옆에 조용히 내려앉았다. 눈 하나 깜짝하지 않고 땅을 바라보는 부엉이의 모습에 피리새는 의아하게 생각되었다.

"부엉이야, 뭘 보고 있어?"

부엉이는 조용히 대답했다.

"너도 마음으로 읽어보렴."

한참이나 달빛 그림자를 쳐다봤지만 별다른 걸 발견하지 못한 피리새는 막 짜증이 났다.

부엉이가 하는 수없이 피리새에게 들려줬다.

"자세히 보렴, 달빛 그림자가 한 폭의 그림 같잖아. 웅장한 산이 있고 조잘조잘 흐르는 물이 있고, 아슬아슬한 외다리 나무도 있단다."

새로운 걸 발견했는지 피리새도 기뻐하며 맞장구를 쳤다.

"외나무다리에 나무꾼 아저씨가 걸어오고 있어. 지게에 나무를 많이 지고 있네."

"나무꾼 아저씨 뒤에 강아지 한 마리가 따라오고 있잖아. 너도 보이지"

부엉이가 물었다.

"그래, 봤어, 봤어. 검정 강아지잖아."

피리새가 격동된 어조로 말했다.

이때 구름이 달님을 가로막았다. 하늘은 칠흑처럼 까매졌다. 산이랑, 강이랑, 외나무다리랑, 나무꾼과 검정 강아지가 순식간에 모두 사라졌다. 부엉이와 피리새는 아름다운 그림을 볼 수 없어 못내 아쉬웠다.

그들은 달빛 그림자가 다시 나타나기를 기다리는지, 아니면 다른 생각을 하고 있는지 아무 말도 하지 않았다.

잠시 후 달님이 구름을 뚫고 다시 나타났다. 달빛이 대지를 비추자 또다시 달빛 그림자가 군데군데 그려졌다.

하지만 방금 전에 봤던 산과 강, 외나무다리와 나무꾼, 검정 강아지는 온데간데없이 모두 사려졌다.

부엉이와 피리새는 여전히 달빛 그림자를 바라보느라 여념이 없었다.

이번에는 피리새가 그림 한 폭을 발견했다.

"그림을 봤어, 이곳은 무성한 삼림이야."

부엉이도 한 마디 했다.

"삼림에 사냥꾼이 걸어가고 있어."

피리새가 말했다.

"사냥꾼이 엽총을 메고 있어."

부엉이가 말했다.

"엽총에 사냥한 토키 두 마리가 걸려 있어."

피리새가 계속 말했다.

"그건 토끼 두 마리야."

이때 부엉이가 아연질색하며 소리를 질렀다.

"피리새야 저길 봐, 너무 무서워."

피리새가 더 소리높이 외쳤다.

"어머나, 사냥꾼이 엽총을 들고 이쪽을 향해 총을 쏘고 있잖아."

놀라서 허둥지둥 대는 부엉이와 피리새의 고함소리가 더욱 커졌다. 달빛이 점차 어두워지고 먼동이 트기 시작했다. 나무 아래의 달빛 그림자에서 읽은 재미난 이야기도 오늘은 여기까지다.

바람을 탄 삶을 살고 싶어요

카나리아 한 마리가 금실로 엮은 금빛우리에 살고 있었다. 금빛우리는 금빛이 번쩍이는 가옥에 걸려 있다.

금빛 가옥은 아주 따뜻하고 조용하다.

들리는 소리라곤 카나리아의 울림소리뿐이다. 주인과 손님들이 카나리아의 울림소리를 감상하고 있다. 이제는 카나리아도 자신의 울음소리를 감상하고 있다.

창밖에 꽃나무 한 그루가 땅에 뿌리를 내리고 자라나고 있다.

봄이 왔다. 새싹이 돋아나더니 얼마 지나지 않아 꽃봉오리가 자라나고 꽃이 피었다. 여름이 되자 새들이 떼로 몰려와 나무에서 신나게 놀았다.

가을이 되자 황금빛 옷을 갈아입은 나뭇잎이 하나 둘씩 떨어졌다. 그 모습은 마치 금빛나비가 춤을 추는 것만 같았다.

추운 겨울이 되자 꽃나무의 꽃과 나뭇잎이 몽땅 떨어져 나뭇가지만 앙상하게 남았다.

하지만 춘하추동 계절이 바뀌어도 꽃나무는 지칠 줄 모르고 나뭇가지는 하늘하늘 거렸다.

카나리아는 이해가 되지 않았다. 꽃나무가 왜 평생토록 움직일 수 있는지 말이다. 춘하추동, 사계절이 꾸준히 바뀌고 시간이 흐르면서 창밖의 꽃나무는 점점 몸집이 커져갔다. 카나리아는 계속 금빛우리에 갇혀 있었다.

금빛 가옥은 봄날처럼 따뜻하다.

주인과 손님들이 카나리아를 칭찬하는 대화 외에는 오래된 시계 초침이 똑딱거리는 소리만 방안에 울려 퍼졌다. 방안의 상록수와 곤돌라와 같은 많은 식물들은 꼼짝도 하지 않고 있다.

어느 해 여름 갑자기 폭우가 내리고 주먹만 한 우박이 쏟아졌다. 유리 창문이 깨지고 세찬 바람이 집으로 불어 들어왔다.

바람에 새우리가 흔들거렸다.

바람에 꽃과 나무가 몸을 웅크리고 있었다.

윙윙 바람소리에 똑딱이는 초침 소리마저 들리지 않았다.

카나리아가 이 모든 걸 지켜보고 있었다.

방안은 예전의 조용함이란 전혀 찾아볼 수 없었고 새로운 활력으로 차 넘쳤다.

카나리아도 태어나서 처음 바람을 느껴보게 되었다.

바람은 소리이자 힘이기도 하다.

"생명이 바람을 타고 살았으면 좋겠어."

카나리아가 생각했다. 카나리아는 순식간에 모든 걸 깨달았다. 창밖의 꽃나무도 바람 덕분에 활력을 얻었을 뿐만 아니라 꽃이 피고 질 수 있었다는 것을… 바람이 불어야 코를 간지럽히는 은은한 꽃향기가 풍긴다. 바람이 불어야 짹짹거리는 새들의 지저귐 소리가 듣기 좋게 들려온다. 바람이 대지를 삼킬 듯한 기세로 세차게 불지언정 쥐죽은 듯한 고요함보다는 활력이 있다.

금빛 우리가 바람을 타고 쉴 새 없이 흔들거린다. 그러더니 "팡" 소리와 함께 땅에 떨어져 그만 깨지고 말았다.

카나리아가 금빛 우리에서 탈출했다. 그는 세찬 바람을 안고 저 멀리 날아가 버렸다.

카나리아는 날면서 생각했다.

"영원히 바람을 타고 살았으면 좋겠구나."

백조의 깃털

백조 한 마리가 겨울을 나기 위해 천리 만리를 날아 남방으로 갔다.

백조의 깃털 하나가 큰 소리로 외쳤다.

"이젠 그만 날면 안 돼, 너무 힘들어."

백조가 날개를 퍼덕이며 말했다.

"안 돼, 남방으로 겨울을 나러 가야 해."

백조는 찬 가을바람을 가르며 계속 앞으로 날아갔다.

화가 난 깃털은 크게 소리를 질렀다.

"나 안 날거야, 날지 않을 거라고. 땅으로 내려갈 거야."

말이 끝나기 바쁘게 깃털은 백조의 몸에서 떨어져 천천히 그리고 유유히 바람을 타고 날았다.

백조는 떨어져 내려간 깃털이 보이지 않아서 계속 남방을 향해 날아갔다. 깃털은 하늘을 날고 또 날아 삼림 속에 떨어졌다. 숲은 온통 가을 단풍으로 뒤덮혀 있었다.

"넌 누구니? 어디서 왔어?"

나뭇잎이 물었다.

"날 모른다고?"

깃털은 목을 길게 빼며 대답했다.

"난 하늘을 나는 백조의 깃털이란다."

나뭇잎이 말했다.

"그렇구나, 넌 깃털이었구나. 근데 왜 땅에 떨어졌어?"

깃털은 끝을 살짝 올려들며 우쭐거렸다.

"너희들이 하늘을 나는 것이 얼마나 힘든 일인지 알기나 해. 천리 만리를 날고 나니 너무 힘들어졌어. 그래서 쉬고 싶었을 뿐이야."

그러더니 깃털은 땅에 그대로 누워 잠들어 버렸다.

이날 이후 깃털은 삼림에서 3박 3일 동안을 꼬박 잠만 잤다.

잠에서 깨어난 깃털은 온몸에 힘이 솟구치는 것만 같았다. 깃털은 허리를 곧게 펴더니 나뭇잎을 향해 말했다.

"지금 이대로는 더 이상 살 수 없어. 설마 너희들은 평생 이곳에 누워만 있을 거냐?"

나뭇잎이 말했다.

"우리는 내년 봄에 새로운 나뭇잎이 자라나기를 기다리고 있어."

깃털이 물었다.

"너희들은 가보고 싶은 곳이 없단 말이냐?"

땅에 수북이 쌓인 단풍잎은 서로를 쳐다만 볼 뿐 어떻게 대답해야 할지를 몰랐다. 어디론가 가보고 싶다는 생각을 한 번도 해보지 않았기 때문이었다.

단풍잎이 아무 대답도 하지 않자 깃털이 또 말을 이었다.

"됐어, 됐어. 더는 이곳에 머물 수 없어. 난 하늘을 날아 여러 곳으로 갈 거야."

이때 바람이 솔솔 불어왔다. 깃털은 바람을 타고 하늘로 날아올랐다.

바람에 몸을 맡기고 자유롭게 날던 깃털이 멀지않은 해변 모래사장에 천천히 내려앉았다. 썰물이 빠져나간 지 얼마 되지 않은 지라 모래사장은 백지장처럼 깨끗하고 평평했다. 깃털은 먼 옛날 시인들이 깃털 붓으로 시를 썼다는 사실이 떠올랐다. 그래서 깃털은 평평한 모래사장에 시를 쓰면 좋겠다고 생각했다.

잠깐 생각에 잠겨있던 깃털은 바로 시를 써 내려갔다.

"아

나는 하늘을 나는

백조의 흰 깃털이다.

아…"

바로 이때 가재 한 마리가 바다에서 기어 나왔다. 모래사장에 가로세로 줄이 가득 그려져 있는 걸 본 가재는 아무리 봐도 무얼 그렸는지 알 수가 없었다. 그래서 예를 갖춰 깃털에게 물었다.

"뭘 그렸어요?"

"시를 썼어. 알아보겠니?"

깃털이 대답했다.

"어떤 시인가요?"

꼬마 가재가 물었다.

"시는 두 세 마디로 뭐라고 설명하기 어렵단다."

깃털은 잠깐 멈칫하고 생각하더니 계속 말을 이었다.

"시란 무엇인지 알아듣게 얘기해줄게. 마음속에서 감정이 북받쳐 올라온 뭔가를 쓰고 싶을 때가 있어. 그걸 쓰고 나면 마음이 후련해지지. 이런 걸 시라고 한단다. 알겠니?"

꼬마 가재가 알아들었는지 다급히 맞장구를 쳤다.

"맞아요. 맞아요. 저도 그럴 때가 있거든요. 그때마다 모래사장을 기어다니며 가로세로 줄을 많이 그었어요. 그때 시를 쓰고 있었던 거군요."

그렇게 말하고 난 꼬마 가재는 모래사장에 남겨진 발자국을 뒤돌아보았다. 깃털은 꼬마 가재의 발자국을 힐끔 쳐다보고는 심각한 표정을 지었다.

"시 쓰는 게 어디 그렇게 쉬운 줄 아니. 깃털 붓으로만 진정한 의미의 시를 쓸 수 있는 거애. 알겠어?"

깃털에게 면박을 당한 꼬마 가재는 소리 없이 조용히 자리를 떠났다.

모래사장에는 깃털과 그가 쓴 시만이 덩그러니 남았다.

푸른 하늘과 푸른 바닷물. 텅 빈 주위에는 출렁이는 파도소리만 들렸다. 깃털은 자신이 쓴 시를 누군가 와서 읽어주기를 간절히 바랐다.

그는 갑자기 남방으로 겨울나기를 떠난 백조가 생각났다. 백조가 시를 읽었으면 하는 바람이었다. 그것은 백조의 깃털을 주제로 쓴 시였으니까. 하지만 텅 빈 모래사장에는 아무도 없었다. 자연히 깃털이 열심히 쓴 시를 누구도 읽어주지 않았다. 깃털은 너무 외로웠다. 깃털은 또 뭔가를 쓰고 싶어졌다. 그래서 또 시 한편을 멋지게 지었다.

"아!
난 하늘을 날고 싶은
백조의 흰 깃털이란다
아!"

깃털은 방금 쓴 시가 좀 전에 썼던 시보다 "싶다"란 단어만 추가됐을 뿐인데 훨씬 멋지다는 느낌이 들었다.

이때 바다의 밀물이 들어왔다. 하얀 파도가 모래사장을 조용히 적시며 꽃무늬를 만들어냈다. 깃털은 너무 기뻐 환호했다.

"어서 와, 어서 오렴. 방금 쓴 시를 읊어줄게."

말이 채 끝나기도 전에 파도가 모래사장을 덮쳐 시가 순식간에 사라졌다. 파도에 깃털이 둥둥 뜨더니 바다로 휩쓸려 들어갔다.

백조의 깃털이 바닷물 위를 둥둥 떠내려가고 있었다.

파란 하늘, 푸른 바닷물. 깃털은 바다 위에 누워 하늘을 바라보고 있다. 깃털은 다시 파란 하늘로 날아올라간 듯한 느낌이 들었다.

토마토 등불과 상사초

1

할머니께서 토마토나무 한 그루를 심으셨다.

해마다 가을철에 토마토가 무르익으면 할머니는 손녀 팅팅(婷婷)을 시켜 토마토를 따서는 이웃들에게 나눠주곤 했다.

올해 중추절을 하루 앞두고 할머니께서 몸져누웠다. 할머니께서는 병상에서도 팅팅에게 당부하셨다.

"내일이 추석이다. 이웃들에게 토마토를 나눠주는 걸 잊지 말거라."

팅팅은 토마토를 따러 갔다. 그는 가장 큰 토마토를 따지 않고 남겨뒀다. 팅팅은 토마토에게 말했다.

"할머니 병이 나으면 드리려고 해. 지금은 널 따지 않을 거야."

할머니께서 처마 밑에 상사조 한 마리를 키우고 계셨다. 할머니께서는 상사조를 아주 아끼셨다.

어느 날 아침 할머니께서는 잠에서 깨자마자 팅팅에게 당부했다.

"하늘을 자유롭게 날게 상사조를 풀어 주거라. 이제 더는 돌볼 힘이 없구나."

팅팅은 할머니 말씀대로 상사조를 풀어주러 갔다. 팅팅은 상사조를 떠나보내기가 매우 아쉬웠다. 하지만 할머니의 마음을 잘 알고 있는 팅팅은 할머니의 말씀대로 상사조를 풀어주려고 했다. 팅팅은 상사조에게 말했다.

"우리 곁을 떠나도 할머니와 날 잊지 않을 거지?"

팅팅은 새 초롱을 열었다. 상사조는 잠깐 멈칫하더니 초롱에서 나왔다. 하지만 바로 하늘로 날아오르지 않고 창문 쪽으로 가서 할머니를 향해 짹짹거리더니 날아갔다.

2

찬 가을바람이 불기 시작하자 토마토의 나뭇잎이 거의 다 떨어졌다.

나뭇가지에 남겨놓았던 토마토는 탐스럽게 익은 채 그대로 달려 있었다. 팅팅은 매일 몇 번씩 토마토를 보러 가곤 했다. 그때마다 팅팅은 할머니께 말씀을 드렸다. "토마토가 나무에서 잘 자라고 있어요. 할머니 병이 나으셔서 토마토를 맛있게 드실 있으면 따다 드릴게요."

할머니께서는 마치 달콤한 토마토를 이미 맛본 것처럼 달콤하게 웃으셨다. 팅팅은 토마토를 보러 갈 때마다 상사조가 생각나곤 했다. 설마 우리를 잊지는 않았겠지, 나랑 할머니를 보러 와줬으면 얼마나 좋을까!

사실 상사조는 할머니 곁을 떠나던 그날 저녁 이미 다시 돌아와 있었다. 상사조는 빨갛고 크게 자란 토마토에 기댄 채 노래를 불렀다.

"쑥쑥 자라거라.

얼른 크고 달콤한 토마토로 자라렴.

그러면 할머니 병이 나으면 드릴 거야."

팅팅이 가장 먼저 상사조가 부르는 노래를 들었다. 팅팅이가 할머니께 이 사실을 알려 드렸다. 할머니도 그 노래를 듣게 됐다.

할머니는 마음이 따뜻해 지는 것 같았다. 할머니를 두고 떠날 수 없었던 상사조가 다시 날아왔기 때문이었다. 할머니는 상사조의 노래를 들으시며 잠이 드셨다.

3

가을바람이 살랑살랑 불어왔다. 날이 점점 더 추워졌다.

할머니의 건강이 더 나빠졌다. 할머니는 늘 눈을 감고 창밖의 상사조가 부르는 노래를 들었다. 할머니는 노래를 듣고 있으면 나뭇가지에 걸려있는 빨갛고 큰 토마토를 다시 보는 것만 같았다.

팅팅은 몇 번이고 그 토마토를 따서 할머니께 드리고 싶었지만 할머니는 늘 사양했다. 가을바람에 토마토가 떨어지지 않을지 팅팅은 늘 걱정이었다. 그는 할머니께서 빨리 건강을 되찾아 토마토를 드실 수 있기를 간절히 바랐다. 어느 날 팅팅은 상사조가 토마토 나무에 튼 둥지를 발견했다. 그 둥지는 바로 토마토 아래에 있어 마치 묵직한 토마토를 받치고 있는 그릇 같았다.

"상사조야, 정말 고마워."

<h1 style="text-align:center">4</h1>

그러나 할머니께서는 하루가 다르게 건강이 나빠졌다. 숨을 가쁘게 내쉬며 하루 종일 주무시기만 했다.

하지만 할머니께서는 여전히 상사조가 부르는 노래를 들었다.

"쑥쑥 자라 거라 큰 토마토야
  빨갛게 무르익으렴
  바람도 추위도 두려워하지 말고
  어둠을 밝게 비춰주는 등불이 되어 주렴."

과연 기적 같은 일이 일어났다. 어느 늦가을의 밤, 팅팅은 나무에 걸린 토마토 등불을 보았다. 토마토 등불은 붉은 비취마냥 우아하고 부드러운 빛을 은은하게 뿜었다.

할머니께서 힘겹게 눈을 뜨시더니 창밖의 토마토 등불을 내다보셨다. 은은한 토마토 등불이 방안을 따스하게 비추었다.

따스한 등불이 감싼 방에서 할머니는 온화하게 이 세상을 떠나셨다.
바로 그날 저녁 할머니는 상사조의 울음 섞인 노랫소리를 들었다.

"토마토 등불이 조용한 저녁하늘을 밝게 비추었다네
 할머니에게 길을 비춰준다네
 할머니 잘 가세요."

그날 밤 팅팅은 토마토 등불이 나무를 떠나 저녁 하늘을 향해 유유히
떠나가는 것을 본 듯 했다.
이튿날 팅팅은 놀랍게도 토마토나무에 돋아난 새싹을 발견했다.

맹인 소년과 그의 그림자

오래 전에 맹인 소년이 살고 있었다.
그의 세계는 빛도 색채도 없는 어두컴컴한 밤이다.
그는 다른 꼬마 친구들과 함께 놀 수가 없었다. 늘 구석에 조용히 앉
아 그들의 웃고 떠들며 노는 것을 듣기만 했다.
그는 날이 밝을 무렵 새들의 지저귀는 소리나 봄바람이 귀를 스쳐 지
나는 소리, 그리고 꿀벌이 날개를 퍼덕이는 소리마저도 너무 좋아했다.
그는 하루하루를 외롭게 보냈다.
"누구랑 놀까?"

그는 늘 입버릇처럼 중얼거렸다.

"나랑 같이 놀자."

어느 날, 갑자기 누군가 귓가에서 조용히 말했다.

"넌 누구니?"

그는 놀란 듯 머리를 돌리며 물었다.

"난 너의 그림자란다."

그 소리가 아주 다정하고도 친절하게 들렸다.

맹인 소년은 그림자를 한 번도 본적이 없다. 그러니 그림자의 모습을 상상조차 하지 못했던 것이다.

그림자가 말했다.

"평생 네 곁에 있을 거야. 네가 어딜 가든 널 따라 다닐 거야."

"넌 어떻게 생겼니"

맹인 소년이 또 물었다.

"너랑 똑같이 생겼어."

그림자가 기쁜 마음으로 대답했다. 그림자는 부족하다고 생각했는지 한 마디 더 했다.

"난 어두운 밤처럼 까맣단다. 한 쌍의 검은 눈동자도 갖고 있어."

제대로 얘기하지 못했을까 걱정이 된 그림자는 계속 말을 이었다.

"검은 색은 알아?"

맹인 소년이 바로 대답했다.

"알지, 알아. 매일 마다 검은 색 밖에 보이지 않거든."

그때부터 그림자는 늘 맹인 소년의 손을 잡고 함께 목장으로 가서 소와 양의 울음소리를 듣곤 했다. 가끔은 산꼭대기로 기어올라 산나물과 들꽃을 채집하고 나무다리 위에서 조잘조잘 흐르는 시냇물 소리를 듣기도 했다. 맹인 소년은 마치 햇빛을 느끼고 색채를 본 것만 같았다. 그는 매일매일 즐겁게 보냈다.

어느 날, 맹인 소년이 그림자에게 물었다.

"넌 어디에서 왔니?"

그림자가 대답했다.

"햇빛이나 달빛이나 등불이 있으면 난 어김없이 생긴단다."

"그럼 빛이 있어야 네가 있단 말이야?"

맹인 소년은 신기하면서도 흥분되었다.

"그래, 맞아. 햇빛이 나의 어머니라고 할 수 있어. 어머니가 날 네 곁으로 보냈어."

그림자는 지금 이 순간이 그 어느 때보다도 더 행복했다.

맹인 소년은 크게 감동을 받았다. 그는 그림자의 말들에서 따뜻함과 인간의 정을 느끼게 되었다.

맹인 소년은 예전에 느껴보지 못한 즐거움을 만끽하며 하루하루를 즐겁게 보냈다.

맹인 소년과 그림자가 어딜 가든 사람들은 모두 똑같이 말했다.

"어머, 정말 훌륭한 그림자가 있구나!"

사람들이 그림자를 칭찬할 때마다 맹인 소년은 늘

"나의 그림자뿐이 아니라 친구이기도 해요."

라고 말했다. 햇빛이 비추는 낮에도, 달빛이 비추는 밤에도 사람들은 늘 맹인 소년과 그림자가 친구 처럼 웃고 떠드는 모습을 볼 수 있었다. 햇빛도 없고 달빛도 없는 밤이면 맹인 소년은 등불을 켜고 있곤 했다. 불빛이 있으면 그림자가 찾아와 이야기를 해주고 노래를 불러주기도 했다. 어느 여름날 밤, 날씨가 흐린 탓에 달빛이라곤 찾아볼 수 없었다. 맹인 소년이 등불을 켜들자 그림자가 여지없이 찾아왔다.

맹인 소년은 그림자와 함께 집 문을 나서 조용한 공원으로 바람을 쐬러 갔다. 산들바람에 꽃향기가 코를 간지럽혔다. 하지만 저녁이라 새들의 지저귐 소리는 들리지 않았다. 그림자는 달빛이 없는 밤이지만 하늘에 밝은 별이 아주 많다고 알려주었다.

이때 인근 숲속에서 반딧불이 날아왔다. 요리조리 날아다니는 반딧불은 은은한 초록빛을 내뿜었다. 반딧불은 맹인 소년에게로 날아가 그의 눈앞에서 천천히 날았다.

"눈앞에서 뭔가 날고 있는 것 같은데?"

맹인 소년이 발걸음을 멈추고 귀를 기울였다.

"날개를 퍼덕이는 소리 같아."

아주 작은 반딧불 한 마리가 날고 있다고 그림자가 얘기해 주었다.

맹인 소년은 반딧불을 본 적이 한 번도 없다.

"반딧불이라고? 아주 뜨거운 작은 불 꽃 같아?"

맹인 소년이 신기한 듯 물었다.

그러자 그림자가 상세하게 알려주었다.

"아니야, 아니야. 반딧불은 아주 아름답고 빛을 내뿜는 작은 벌레야. 만져도 전혀 손이 데지 않아."

맹인 소년이 하늘을 올려다봤다. 하지만 아무것도 보이지 않는 맹인 소년은 망연하게 머리를 절레절레 흔들었다.

그림자가 손을 내밀었다. 아름다운 반딧불은 두 손에 받쳐 들고 싶었기 때문이다.

이때 반딧불이 진짜로 그림자의 손에 내려앉았다.

"와, 반딧불이 손바닥에 내려앉았어."

그림자가 기뻐하며 맹인 소년에게 말했다.

"너한테 보내줄게. 전혀 뜨겁지 않아."

맹인 소년이 한 손을 내밀어 반딧불을 건네받았다. 그는 손바닥이 간질간질해졌다. 작은 벌레 한 마리가 꿈틀거리며 기고 있었기 때문이었다. 그는 저도 모르게 손바닥을 눈 가까이로 가져갔다. 자세히 관찰하며 끊임없이 눈을 깜빡거렸다. 그는 빛을 내뿜는 반딧불을 너무나 보고 싶었다. 그는 바라볼 수 있는 칠흑 세계는 마치 끝이 보이지 않는 검은 동굴과도 같았다.

갑자기 그는 '검은 동굴'에서 처음으로 은은한 빛이 손바닥에서 움직이는 것을 보았다. 손바닥이 여전히 간질간질한 채였다.

그 빛은 점점 더 밝아졌다. 그는 이처럼 아름다운 빛을 단 한 번도 본 적이 없었다. 그는 파란색 빛인지 초록색 빛인지 구별이 되지 않았다. 다만 평생 살아가야 한다고 생각했던 어둠 속의 세계에 아주 작은 빛이 나타났다는 것만 알고 있었다.

지금까지 계속됐던 어둠이 이 순간부터 없어졌다.

"와, 봤어. 봤어. 아주 작은 반딧불을 봤어. 아주 작은 등불 같아."

맹인 소년이 큰 소리로 외쳤다. 그는 그 어느 때보다 즐겁고 행복했다. 그림자도 같이 기뻐하며 웃었다.

그날 밤 반딧불이 그들과 친구하며 오래오래 함께 놀았다. 그들을 장미꽃이 있는 곳으로 안내하기도 하고, 그들의 손바닥에 내려앉아 은은하게 빛을 발하기도 했다.

밤이 깊어지자 반딧불은 그들과 작별인사를 나누고 조용한 숲으로 날아갔다. 맹인 소년이 등불을 켜들자 그림자가 또다시 찾아와 그의 친구가 돼주었다. 집으로 돌아가는 맹인 소년은 날듯이 기뻤다. 오늘 반딧불의 빛을 보았기 때문이다. 그 빛이 희미하고 아주 작지만 태어나서 처음 본 빛이었던 것이다.

귀를 스쳐 지나는 바람소리가 갈수록 세차게 들려왔다. 손에 든 등불은 찬바람을 타고 흔들거렸다.

그림자가 말했다.

"비가 오려나 봐, 빨리 가자."

말이 끝나기 바쁘게 번개가 치고 우레가 울더니 윙윙 하는 바람소리와 함께 비가 퍼붓기 시작했다.

맹인 소년이 들고 있던 등불이 갑자기 꺼졌다. 뒤이어 그림자도 사라졌다. 맹인 소년이 혼자 외롭게 드넓은 들판에 서 있었다.

그는 그림자를 애타게 불렀지만 들리는 건 오직 바람소리와 비 내리는 소리뿐이었다. 그는 비틀거리고 엎어지며 집으로 향했다. 얼마 걷지 못하고 그는 물웅덩이에 빠지고 말았다.

그는 비바람을 맞으면서 바람이 멎고 비가 그친 후 해님이 얼굴을 환히 드러낼 때에야 그림자가 찾아올 것이라 생각했다.

오랜 시간이 지나자 바람이 점차 잦아지고 빗줄기도 훨씬 약해졌다. 그는 또다시 날개를 퍼덕이는 소리를 들은 것만 같았다. 그 소리는 점점 더 커져갔다.

"혹시 반딧불 너야?"

맹인 소년이 밤하늘을 향해 큰 소리로 물었다.

"그래 나야."

반딧불이 대답했다.

"그래 우리도 함께 왔어."

몇몇 반딧불이 함께 대답했다.

"반딧불이 떼를 지어 찾아왔어."

아주 많은 반딧불들이 이구동성으로 대답했다.

보슬비가 내리고 바람이 살랑살랑 부는 여름날의 밤, 수많은 반딧불이 한데 모여 가끔은 은은한 초록색을, 가끔은 은은한 파란색을 내뿜기도 했다. 아름답고 밝은 등불 덕분에 그림자도 다시 찾아왔다.

맹인 소년이 그림자를 바라보며 기뻐했다.

"와, 그림자 너 맞지. 널 본 것 같아. 그래, 그래, 널 본 게 확실해."

그는 두 손을 내밀어 검은 색의 친구를 끌어당겼다. 그들은 오래도록 꼭 껴안고 있었다.

맹인 소년 옆에는 반딧불이 한데 모여 생긴 불빛과 그의 그림자가 함께 있었다.

그들은 진흙투성인 벌판을 지나고 작은 골목을 건너 한 걸음 한 걸음

집으로 걸어갔다.

바람이 멎고 비가 그치자 하늘이 개었다.

달님이 두둥실 떠올랐다. 오늘의 달님은 그 어느 때보다 밝았다.

한참 지나자 해님이 얼굴을 내밀었다. 오늘은 해님이 유달리 일찍 인사하러 온 것 같았다.

달님과 해님이 사이좋게 하늘에 모습을 드러냈다.

그리고 반딧불들로 이뤄진 등불도 함께 나타났다.

이 세상의 온갖 빛이 함께 맹인 소년과 그림자를 비춰줬다.

그가 여태까지 봤던 암흑세계에 점차 은은한 빛이 나타나기 시작했다. 마치 은빛 안개가 주위의 모든 걸 감싸 안고 있는 것 같았다. 얼마 지나지 않아 안개도 걷혔다.

그는 주변의 모든 것을 보았다.

그는 신기한 눈빛으로 낯설고도 아름다운 세계를 바라보았다. 그는 해님, 달님 그리고 수많은 반딧불로 이뤄진 등불을 보았다.

또 하늘에 걸린 아름다운 무지개와 오색영롱한 꽃송이, 그리고 파란 빛과 풀잎에 맺힌 이슬도 보게 되었다.

그림자가 바로 옆에서 그와 함께 손에 손을 잡고 있었다.

그는 친절하게 친구를 바라봤고, 그림자도 웃으며 맹인 소년을 바라보았다. 그는 그림자의 검은 색이 천천히 사라지고 아름다운 옷을 입은 아이로 변했다는 걸 발견했다. 그 아이는 발그스레한 둥근 얼굴형에 광택이 나는 검은 머리와 머루 알 처럼 까맣고 동그란 눈을 갖고 있었다.

사람들은 그들을 쌍둥이 형제라 불렀다.

그들은 스스로 광명을 찾은 아이들이라고 말하곤 했다.

연지(胭脂) 호숫가의 따뜻한 돌

몇 해 전 먼 산 속의 채석장에서 거대한 포 소리와 함께 수많은 돌이 큰 산의 품을 떠났다. 이런 돌들은 다리를 놓고 길을 닦는데 뿐만 아니라 심지어 고층빌딩을 세우는데도 사용되었다. 수많은 돌중의 하나가 호수 변에 자리를 틀었다. 그 후부터 돌은 넘쳐 나오는 호수 물을 막고 사람들의 레저를 즐길 수 있는 곳으로 되었다.

매일 아침마다 늘 호숫가 찾아오는 노 할머니 한 분이 계셨다. 노 할머니는 파란 꽃 천으로 만든 면 방석을 돌 위에 깔고, 그 위에 앉아 햇빛이 솟아오르는 장면을 바라보곤 했다.

세월이 한참 흐르자 노 할머니가 돌 위에 앉을 때마다 산골짜기에서 소리가 들려오는 것만 같았다.

"노 할머니, 안녕하세요!"

애초에 노 할머니는 그 소리가 어디에서 왔는지 몰랐다. 하지만 시간이 지나면서 할머니는 그 소리가 바로 방석 밑에 있는 돌에서 들린다는 걸 발견했다. 노 할머니는 아직도 생생하게 기억하고 있었다. 젊은 시절 노 할머니가 남자친구랑 자주 이곳에서 데이트를 즐겼다. 그들은 해가 지고 파도가 출렁이는 모습을 바라보곤 했다. 그때 남자친구는 호수를 가리키며 자주 하던 말이 있었다.

"저기 좀 봐, 호수 물이 예쁜 네 얼굴처럼 연지를 바른 것 같아."

그 후부터 그들은 호수를 '연지 호수'라고 불렀다.

세월이 흘러 예전의 젊은이가 백발노인이 됐고, 이제는 노 할머니만 홀로 이 세상에 남았다. 하지만 노 할머니는 여전히 혼자서 호숫가의 돌 위에 앉아 연지 호수를 바라보며 젊은 시절을 떠올리곤 했다. 방석 밑의 돌도 바로 이때부터 노 할머니에게 인사를 하기 시작했다.

"처음 여기로 왔을 때는 아마 이른 봄이었을 거야."

노 할머니는 혼잣말을 하는 것 같기도 하고 돌에게 말하는 것 같기도 했다.

"3월 12일이에요."

돌이 말했다.

"제 기억으로는 그날부터 호수를 '연지 호수'라고 부른 것 같아요."

노 할머니는 머리를 끄덕이셨다. 그러더니 손을 돌 위에 얹어 돌의 따뜻한 온기를 느끼셨다. 얼마나 따뜻한지 마치 어릴 적에 자던 온돌 같았다. 아직은 추위가 완전히 가시지 않은 이른 봄이라 호숫가의 버들은 방금 파란 싹이 돋아났고 꿀벌이 여전히 벌집에서 살고 있으며 나비도 부화되기 전이었다.

하지만 노 할머니는 따뜻한 돌 위에서 빨간색 꼬마 투구풍뎅이 한 마리를 발견했다. 꼬마 투구풍뎅이가 돌 위의 무늬를 따라 엉금엉금 기어가고 있었다. 노 할머니는 귀여운 투구풍뎅이를 보다가 저도 모르게 웃음을 지었다. 아주 어릴 적의 일이 생각났던 것이다. 꼬마 투구풍뎅이를 보다가 밥 먹으러 집으로 가야 하는 것마저 잊어버린 적이 있었다.

언제 왔는지 어린 여자애가 살며시 노 할머니 곁으로 다가왔다.

그는 돌 위에 기대며 말했다.

"노 할머니, 돌이 너무 따뜻해요. 외할머니의 더운 물 주머니 같아요."

여자애가 얼굴을 돌 위에 살며시 댔다. 갑자기 빨간색 꼬마 투구풍뎅이를 발견한 여자애의 크고 까만 눈동자가 반짝이었다.

"돌이 꼬마 투구풍뎅이의 집인가요?"

노 할머니께서 말씀하셨다.

"돌은 이 할머니 집이란다."

노 할머니의 말에 여자애는 의아해졌다.

"설마 돌 속에 집이 있는 가요?"

여자애의 질문에 노 할머니는 어찌 대답해야 할지 망설였다. 오히려 돌이 "껄껄"거리며 웃었다.

여자애는 노 할머니께서 웃으시는 줄로 착각하고 할머니를 쳐다봤지만 할머니께서는 웃지 않았다. 오히려 할머니는 꼬마 투구풍뎅이를 자세히 관찰하고 있었다.

"들었어, 돌이 네가 웃긴다고 웃고 있네."

노 할머니께서 말씀하셨다.

"아니에요. 돌은 웃을 수가 없어요."

이때 돌이 말했다.

"나도 웃어, 기쁘면 웃는단다."

돌은 웃으면서 아름다운 무늬를 우리에게 보여줬다. 푸른 산, 맑은 물, 작은 다리 그리고 초가집이 나타났다.

꼬마 투구풍뎅이가 엉기적거리며 초가집을 향해 기어가고 있었다.

"꼬마 투구풍뎅이가 초가집에서 살고 있는 거예요?"

여자애가 노 할머니께 물었다.

"아마 밤이 되면 초가집에서 잠을 잘 거야."

노 할머니께서는 아주 진지하게 대답하셨다.

노 할머니와 여자애는 즐거운 마음으로 돌 위의 꽃무늬와 꼬마 투구 풍뎅이를 감상했다. 돌은 그들을 기쁘게 해주려고 꾸준히 아름다운 무 늬를 보여줬다. 어떤 때는 높은 푸른 나무가 되어 꼬마 투구풍뎅이가 나무 위로 기어 올라가기도 하고, 또 어떤 때는 둥둥 떠다니는 흰 구름 이 되어 투구풍뎅이가 흰 구름에서 잠도 자게 했다.

노 할머니는 마치 어린애마냥 기뻐하셨고 여자애도 기뻐서 어쩔 줄을 몰라 했다. 따뜻한 돌은 그들과 웃고 떠들며 즐거운 시간을 보냈다. 돌 은 꾸준히 아름다운 무늬를 보여줬다. 색다른 화면이 나타날 때마다 노 할머니와 여자애는 대화가 끊이질 않았다.

노 할머니와 여자애는 마치 청산녹수 사이를 유유히 걷는 듯 했다. 그 리고 마치 손잡고 꼬마 투구풍뎅이의 초가집에 놀러 간 듯한 느낌이 들었다. 어느 덧 해가 서산으로 넘어갔다. 돌이 조용히 귀띔했다.

"날이 어두워지려고 해요. 집으로 돌아가실 때가 되었어요."

황금빛 저녁노을이 늠실늠실 서쪽으로 넘어가고 있었다. 노 할머니께 서 말씀하셨다.

"그래, 집으로 돌아갈 때가 됐구나. 엄마, 아빠가 기다리시겠다."

"노 할머니, 내일도 오세요?"

어린 여자애가 떠나기 아쉬워했다.

"그럼 당연히 와야지, 아침에는 아침노을을 보고 저녁에는 저녁노을을 보러 온단다."

노 할머니와 여자애는 자리에서 일어났다. 여자애가 노 할머니를 도와 파란색 무늬 방석을 거두고 있다.

노 할머니께서 말씀하셨다.

"그냥 돌 위에 두거라. 꼬마 투구풍뎅이 이불로 쓰면 좋을 것 같구나."

"다른 사람이 가져갈 수도 있잖아요."

여자애는 마음이 놓이지 않는 듯 했다.

"누구도 가져가지 않아."

돌이 말했다.

"어두운 밤이 되면 누구도 오질 않아."

"내일 날이 밝으면 올 거 아니야."

여자애는 여전히 걱정되었다.

"노 할머니께서 매일 아침마다 이곳에 앉는다는 걸 누구나 알고 있어. 할머니의 방석은 누구도 가져가지 않아."

돌이 확신에 찬 어투로 말했다.

노 할머니께서도 머리를 끄덕이셨다. 여자애는 다시 면 방석을 돌 위에 펴 높았다. 꼬마 투구풍뎅이가 방석 밑으로 엉금엉금 기어들어갔다.

노 할머니께서 여자애의 손을 잡고 집으로 향했다. 노 할머니는 여자애를 집까지 데려야 줘야 마음이 놓일 것 같았다. 여자애는 멀지 않은 숲에 위치한 집을 가리키며 호숫가에서 멀지 않다고 말했다. 집으로 가던 중 여자애는 갑자기 발걸음을 멈추고 노 할머니께 여쭈었다.

"돌이 어떻게 말을 하지요?"

노 할머니께서 말씀하셨다.

"너한테 물어보려던 참이었는데."

여자애는 무척 기뻤다. 어른들은 이상한 문제를 해석하지 못할 때마다 늘 아이들에게 물어보곤 했다.

"제 생각에는 노 할머니께서 자꾸 돌 위에 앉으니깐 돌이 노 할머니께서 심심할까봐 말을 하는 것 같아요. 그렇죠."

여자애는 만족스러운 표정으로 말했다.

"애야, 넌 참 똑똑하구나."

노 할머니께서 여자애의 손을 꼭 잡아주셨다. 노 할머니와 여자애는 뒤를 돌아보았다. 이때 호수는 이미 연지 색 옷으로 갈아입었고 포근한 돌도 저녁노을에 붉게 물들어 있었다.

눈사람

어리석은 생각

겨울마다 나는 새하얗고 통통한 눈사람을 만든다.

봄이 되면 내가 만들었던 새하얗고 통통한 눈사람은 녹아버렸다.

그때마다 나는 늘 눈사람이 천천히 야위어가다가 눈사람의 모양이 사라지고 나중에는 물로 되어 땅 속으로 스며들어 가는 모습을 보게 된다. 나는 녹아버린 그 눈석인 물을 바라보면서 눈사람은 대체 어디로 갔을지 깊은 생각에 빠지곤 했다.

얼마나 쉬운 문제인가! 나는 이토록 간단한 물음을 내면서 나 자신을 비웃었다. 불현듯 머릿속에 또 새로운 문제가 떠올랐다. 녹지 않는 눈사람을 만들 수 있을까?

쉬운 문제는 아니었다. 나의 기상천외한 생각에 깊은 고민에 빠졌다.

봄은 예나 없이 또 찾아왔다. 눈사람도 여전히 녹아버렸다.

녹지 않는 눈사람을 만든다는 건 겨울에나 할 수 있는 일이었다.

그 해 나는 봄이 유난히도 천천히 지나가는 것 같았다.

여름도 그러했다. 가을은 우리 곁을 떠나려 하지 않는 것 같았다.

나는 함박눈이 펑펑 쏟아지는 겨울이 오기를 간절히 바랐다.

녹지 않는 눈사람을 만드는 것은 나의 뇌리에서 결코 떨쳐버릴 수 없는 생각이었다.

기상천외한 생각

겨울이 왔다.

겨울을 기다리는 매일저녁 나는 하늘에서 거위 털 같은 함박눈이 펑펑 쏟아지는 꿈을 꾸었다. 그러나 꿈속에는 햇볕이 쨍쨍 내리쬐고 백화가 만발하는 계절이자 눈이 펑펑 내리는 계절이기도 했다. 이상한 일이 일어났다. 눈이 땅에 내려앉는 순간 스스로 한 곳으로 모이면서 수많은 눈사람이 만들어졌다. 수많은 눈사람이 나무 그늘 아래에, 그리고 꽃밭

옆에 서 있었다. 놀랍기도 하고 기쁘기도 한 순간 잠에서 깨어났다. 꿈이라는 걸 알게 되었다. 바로 이때 창밖에서 바람이 불기 시작하더니 함박눈이 펑펑 쏟아졌다. 꿈이 마침내 현실이 되었다.

함박눈이 겨울과 함께 내 곁으로 다가왔다.

그 생각이 또 뇌리에서 맴돌았다. "녹지 않는 눈사람 만들고 싶다."

빨간 사과

손에 빨간 사과를 쥐고 있었다. 나는 이토록 빨간 사과는 처음 본다.

이 사과는 아버지가 할머니께 드린 것이다. 그러나 할머니께서 아까워 드시지 않고 나한테 준 것이었다.

나도 아까워 먹지 않았다.

할머니는 신선할 때 빨리 먹으라며 몇 번이나 나를 재촉하셨다. 나는 한참 손에 받쳐 들고만 있을 뿐 아까워서 결국은 먹지 못했다. 산뜻하고 아름다운 색깔, 향긋한 냄새… 이런 사과는 잘 감상해야지 어찌 먹을 수 있단 말인가?

게다가 할머니께 효도하려는 아버지의 마음뿐만 아니라 날 사랑하는 할머니의 마음도 담겨 있으니 더 먹을 수가 없었다.

이토록 아름다운 사과를 먹는다는 건 모독이 아닐 수 없었다.

나는 빨간 사과를 팔딱팔딱 뛰는 심장에 가져다 댔다. 사과에 대한 사랑을 나타내기 위해서지만 그의 아름다움을 더 절실히 느껴보기 위해서이기도 했다.

고양이나 강아지, 꽃송이, 혹은 친척이나 친구에게 우리의 사랑을 표현하고 있을 때 우리는 가슴에 가져가거나 서로 포옹하지 않는가?

그들이 우리의 심장박동소리를 느낄 때 그들은 우리의 생활과 더 가까워지고 우리의 생명도 피부로 느낄 수 있는 것이다.

갑자기 사랑의 마음이 듬뿍 담긴 아름다운 빨간 사과를 내가 만든 눈사람에게 남겨줘야겠다는 기이한 생각이 들었다.

와, 참으로 똑똑한 애로구나! 아니 단지 똑똑한 것만은 아니다. 그럼 대체 뭐가 더 있을까? 나는 더 생각할 겨를도 없었다. 나는 방에서 나와 함박눈이 펑펑 내리는 바깥세계로, 숲속의 빈터를 향해 질주했다.

나는 솜 외투도, 모자도 쓸 겨를이 없이 눈사람을 만들기 시작했다.

나는 빨간 사과를 품에 고이 간직하는 것을 잊지 않았을 뿐만 아니라 심장박동이 느껴지는 곳에 바싹 붙여 놓았다.

나는 눈밭에 무릎을 꿇고 앉아 양 손으로 눈을 긁어모았다. 옷깃이 눈에 푹 젖었고 머리며 눈썹에는 흰서리가 소복이 내려앉았다. 그러나 나는 전혀 춥지 않았다.

시간이 얼마 지났는지는 전혀 안중에도 없었다. 새하얗고 통통한 눈사람이 이미 내 눈앞에 덩그러니 서있다.

나는 눈사람을 에워싸고 세 바퀴 천천히 돌면서 자세히 관찰했다. 그리고 아름다운 눈사람이 되도록 장식하고 또 장식했다.

아름다운 눈사람의 웃음은 그 어느 해보다 달콤해 보였다.

나도 그를 향해 미소를 지었다. 나는 품에서 그 빨간 사과를 꺼내 그에게 사과 향기를 맡아보게 하고 또 입가로 가져가 맛보게도 했다. 당연히 눈사람은 아무런 반응이 없었다. 결국 나는 여전히 빨갛고 먹음직스러우며 나의 체온을 느낄 수 있을 뿐만 아니라 사랑이 듬뿍 담긴 빨간 사과를 눈사람의 가슴에 박아 넣었다.

뜻밖의 기쁨

 겨울 내내 내가 만든 눈사람은 다른 사람들이 만든 눈사람과 함께 그 숲속 빈터를 지켰다. 새하얗고 통통하며 배시시 웃는 모습, 눈사람의 겉모습은 모두가 비슷했다. 나와 동반 친구들은 방과 후 늘 그곳으로 놀러가곤 했다. 우리는 각자가 만든 눈사람 앞으로 다가가 혹시나 바람에 풍화되지는 않았는지, 새나 짐승에 긁혀 상처를 입지 않았는지를 확인했다. 올 때마다 반 친구들은 예전에 만들어 놓은 눈사람에다 새 눈을 덮으며 다듬었다. 그러나 나는 결코 그러지 않았다. 내가 만든 눈사람은 여전히 백옥 같은 피부를 자랑했고 처음과 비교해 별반 차이가 없었기 때문이었다.
 동학들은 늘 나를 부러워했다. 내가 만든 눈사람이 가장 아름답고 살아 숨 쉬는 것만 같아 새나 짐승 그리고 찬바람이나 햇빛이 그를 괴롭히지도, 침식하지도 않아서였다.
 날씨가 점차 따스해지기 시작했다.
 어느 날 오후 날씨가 흐리더니 눈꽃이 흩날리기 시작했다. 어느새 그 눈꽃들이 비로 되어 후둑후둑 떨어졌다. 얼마 지나지 않아 또다시 비가 눈송이로 변하였다. 이렇게 눈비가 한참 동안 내렸다.

겨울이 가고 봄이 왔다.

내가 제일 관심을 두는 것은 자연히 '사과 마음'을 가진 눈사람이었다.

방과 후에 나와 반 친구들은 또 그 숲속 빈터로 찾아갔다. 반 친구들은 이구동성으로 소리를 질렀다. "아~" 우리가 만든 눈사람이 초봄의 햇볕에 그을려 얼룩덜룩해졌기 때문이었다.

그러나 나의 눈사람 앞으로 다가간 동학들은 또 "아~" 소리를 질렀다. 눈사람은 햇볕에 전혀 그녹지 않았을 뿐만 아니라 눈빛이 더 맑아지고 미소도 더 달콤해진 것 같았기 때문이었다.

반 친구들이 물었다.

"네가 만든 눈사람은 왜 그대로지?"

나는 어떻게 대답할지를 몰랐다. 며칠 지나지 않아서 내가 만든 눈사람도 얼룩덜룩해질 수 있을지도 모르니까…

두근거림

봄날은 여지 없이 찾아왔다.

집집마다 처마 밑에서는 물방울이 뚝뚝 떨어졌다. 마치 투명한 발을 드리운 것만 같았다.

검은 토양이 살며시 고개를 내민 곳이 있는가 하면, 아직도 쌓인 눈이 남아 있는 곳이 있어 마치 검은색과 흰색으로 얼룩진 젖소의 모습을 연상케 했다.

우리는 또 그 숲속 빈터로 갔다.

예년 이때면 눈사람이 물로 녹아 버린 지 오래 된 후였다. 가령 눈 더미가 남았다고 하더라도 눈사람의 모습은 온데 간데 찾아볼 수가 없었다. 예년 봄의 모습을 보는 것이 두려운 것인지, 아니면 기적이라도 보고 싶은 것인지, 나는 오늘따라 유달리 불안했다.

반 친구들은 빈터에서 놀고 싶은 생각이 없는 것 같았다. 예년 이때면 이곳은 황량하고 온통 진흙투성이로 되어 있었다. 게다가 풀과 나무는 아직 머리를 내밀지 않았고 눈사람도 다 녹아버렸기 때문이다.

우리는 멀리서부터 그 텅 빈 숲을 보았다. "깍—깍—" 까마귀 우는 소리가 가끔 들리곤 했다.

우리는 그 빈 터와 점점 가까워졌다. 이때 우리는 흠칫 놀라 머뭇거리다가 바로 쏜살같이 달려갔다.

와, 우리는 또 보았다. 숲속 빈터의 한 모퉁이에 내가 만든 그 눈사람이 그대로 서 있는 것이 아니겠는가! 봄날에도 여전히 보존된 유일한 눈사람이었다. 내가 가장 먼저 눈사람을 향해 달려갔다. 이 시각, 오로지 나의 눈사람만 녹지 않았던 것이다. 눈사람의 피부는 여전히 백옥같이 하얗고 투명했으며 몸통은 풍만하기까지 했다.

우리의 눈길이 서로 마주치는 순간, 나는 눈사람의 입가에서 옅은 미소를 보았다.

동학들이 이구동성으로 나에게 물었다.

"왜 네 눈사람만 녹지를 않았지?"

그들의 눈빛에는 부러움과 기쁨이 역력했다.

나는 대답을 하지 않을 수 없었다.

그러나 "어떻게 대답해야 할까" 하고 잠깐 생각했다.

나는 양 손을 눈사람의 어깨에 천천히 올려놓았다. 차가운 느낌이 전혀 들지 않았다. 나는 또 그의 통통한 볼을 만졌다. 그 순간 따스함이 손끝에 느껴졌다.

반 친구들은 여전히 내 대답을 기다리고 있었다.

나는 허리를 굽혀 귀를 눈사람의 가슴에 대고 뭔가를 듣고자 했다.

숲속 빈터는 쥐 죽은 듯이 고요했다.

나는 자세히 듣고 있었다.

나는 눈을 동그랗게 뜨며 환호했다.

"심장박동소리를 들었어, 심장박동소리!"

반 친구들도 차례로 듣고 나서 모두 놀라움을 금치 못하며 소리쳤다.

"들었어! 들었어! 심장박동소리."

이제는 나의 눈사람에 대한 비밀을 그들에게 얘기해야 할 때가 된 것 같았다…

인간 달팽이

처음으로 화를 내다

매일 학교를 파하고 집으로 돌아오면 선생님이 내준 숙제를 해야 하고, 엄마아빠가 내준 임무도 완성해야 한다.

조 선생님이 가르치시는 피아노 수업

전 선생님이 가르치시는 회화 수업

손 선생님이 가르치시는 서예 수업

리 선생님이 가르치시는 무용 수업

오늘 나는 친구에게서 동화책 한 권을 빌렸다. 집으로 돌아온 나는 "어려서부터 문학 명작을 많이 읽으면 지력 향상에 도움에 된다고 전문가가 소개했대요."라면서 책가방에서 그 동화책을 꺼냈다.

그러나 누가 생각이나 했으랴! 아버지께서 홱 빼앗아갔다.

"모든 임무를 끝마친 후에야 이런 '심심풀이 책'을 볼 수 있는 거야."

그 날 나는 피아노, 회화, 서예, 무용 등의 수업을 열심히 수행했다.

"주세요."

아버지 앞으로 다가가 나는 한 손을 내밀었다.

아버지는 순간 무슨 일인지 몰라 어리둥절해 했다.

"뭘 달라고?"

"'심심풀이 책'이요."

"학교시험에 동화책 내용이 나오더냐? 보지 말아라. 일찍 자고 일찍 일어나야지, 내일 학교에 가야잖아."

나는 어머니를 바라보았다. 그러나 어머니는 마치 아버지와 모종의 협의를 했다는 듯 덩달아 부채질했다.

"그래, 그래, 일찍 자고 일찍 일어나야지."

"약속이 틀리잖아요. 거짓말쟁이!"

나는 처음으로 화를 냈다. 그리고는 잠자러 방으로 들어갔다.

한 책에서 달팽이 한 마리를 알게 되다

그러나 그 날 저녁, 나는 '심심풀이로 보는 책'이 바로 침대머리의 의자 위에 놓여 있다는 것을 발견했다.

이 책은 아버지의 친구가 우리 집에 잊고 간 것이었다. 아버지가 나에게 당부까지 했던 일이 기억났다.

"내일 학교가 파하고 오는 길에 삼촌께 전해드리렴."

그 당시 나는 별로 귀담아 듣지 않고 "네"라고 대답만 했었다. 어른들이 보는 책이라 재미가 없을 것이라고 생각했다.

지금 나는 아무 책이나 읽고 싶었다. 제일 재미없는 책이라도 상관없었다. 사실은 내가 대놓고 아버지께 항의를 표시하고 있는 것이었다.

책 제목은 "차가운 미소"였다. 참 우스웠다.

되는 대로 한 페이지를 펼쳤는데, 이런 구절이 있었다.

"달팽이는 기린처럼 긴 목을 움츠렸고, 격동된 모습은 마치 둥근 코를 방불케 했다.

맑은 날이면 달팽이는 천천히 산보를 하곤 한다. 그러나 그는 혀로 길을 걸을 수 있을 뿐이다."(프랑스 쥘 레나르 작품)

너무 재미있었다. 그러나 나는 달팽이가 "혀로만 길을 걷는다"는 것에 대해서는 의구심이 들었다.

바로 이때 창가로부터 누군가의 목소리가 들렸다.

"그래 맞아. 내가 어찌 혀로 길을 걸을 수가 있겠니?"

나는 침대에서 뛰어내려 창문을 열었다. 창턱에 엎드려 있는 장미색 달팽이 한 마리를 발견했다. 달팽이가 한창 나의 방을 향해 천천히 기어가고 있었다.

나는 달팽이를 손바닥 위에 올려놓으며 물었다.

"틀렸다면 왜 저 사람은 그렇게 썼을까?"

달팽이는 말하는 속도도 아주 느렸다.

"그건 저자의 상상이야. 아름다운 상상은 현실로 될 수 있지. 넌 '꿈이 현실로 이뤄진다'는 말을 들어본 적 있어?"

당연히 들어봤다. 친구들에게 주는 새해 축하카드에 늘 이 말을 쓰곤 했다. 나는 달팽이가 아는 것이 많아 보였다. 그래서 달팽이가 존경스럽기도 했다. 나는 달팽이의 훌륭한 견해를 더 듣고 싶었다.

달팽이가 나에게 시 한 수를 읊어주다

좋은 얘기를 해주기를 기다리는 나의 모습을 본 달팽이는 흥이 나서 계속 말했다.

"저명한 시인이 날 주제로 쓴 적이 있어, 듣고 싶니?"

그는 간절히 바라는 표정으로 머리를 끄덕였다.

달팽이는 중후한 저음으로 낭송하기 시작했다.

"독서를 좋아하는 달팽이 한 마리,

고성(古城)의 벽에 기어 올라갔다네,

훌륭한 책이라도 찾은 듯,

그는 한 글자 한 글자 읽어 내려간다,

일박일일 동안 꼬박 읽고서야

한 줄 겨우 읽었다네."

(주: 타이완 시인 린환장(林煥彰) 작품)

"와, 대단해!" 나는 감동이 되어 환호했다.

일박일일 동안 시 한 줄 밖에 읽지 못했지만, 그래도 시는 시 아닌가!
그러나 나는 동화책을 읽을 권리조차 박탈당했으니…

이 시를 너무 좋아하는 나의 모습을 본 달팽이도 기뻐했다.

"나는 독서를 좋아하는 달팽이야. 시랑, 동화랑, 소설이랑, 산문이랑
읽고 싶은 걸 몽땅 다 읽고 있어."

"너에게 책이 그렇게 많아?"

"나에게는 소장해놓은 책이 있어. 껍데기 안에 숨어 있을 때 그 책을
읽곤 해."

"정말?"

"거짓말 아니야. 믿기지 않으면 들어와 봐."

작아져라 작아져라

하지만 내가 어찌 그토록 작아져 달팽이 껍데기 속으로 들어갈 수 있

을까? 달팽이가 말했다.

"꿈은 현실로 이뤄진다'는 말 잊었어? 아름다운 상상은 실현될 수 있는 거야."

그래서 나는 눈을 감고 마음속으로 묵묵히 주문을 외웠다.

"작아져라. 작아져라. 작아져라…"

내가 눈을 떴을 때, 와! 달팽이가 눈앞에 서 있는 것이 아니겠는가!

지금은 나도 달팽이처럼 키가 비슷해졌다. 이번에는 똑똑히 보았다. 확실히 '통통한 코'와 흡사했다.

작아진 나의 모습을 본 달팽이가 장미색 껍데기에서 걸어 나왔다.

"우리 집으로 널 초대할게!"

"넌 어쩌려고?"

나는 걱정되어 물었다.

"나에게 방법이 있어. 난 큰 물소로 변할 거야."

이때 달팽이도 나처럼 묵묵히 주문을 걸었다.

"커져라. 커져라. 커져라…"

와! 순간 큰 물소가 내 앞에 우두커니 서 있는 것이 아니겠는가. 그 물소는 마치 산 같았다.

달팽이, 아니 이제는 큰 물소라고 불러야겠다. 그는 중후한 저음으로 말했다.

"난 발로 걸어 저쪽 논으로 가 볼 거야. 넌 달팽이집에서 재미있는 책을 읽어!"

나는 큰 물소가 논 쪽으로 걸어가는 모습을 지켜봤다. 그러고는 아름다운 달팽이 껍데기 속으로 들어갔다. 얼마나 아름다운 집인가! 장미색 벽에는 명작이 빼곡히 걸려 있었고, 일렬로 세워진 커다란 책궤에는 오색영롱한 책들이 꽉 들어차 있었다.

책이 하도 많아 나는 대체 어느 책부터 봐야 할지를 몰랐다.

나는 아름답게 포장된 그림책에 눈길이 쏠렸다. 재미있을 거라는 생각이 들었다.

그림책을 펼치니 음악소리와 함께 어린이의 노랫소리가 들렸다.

"물소, 물소,
먼저 뿔이 나고, 후에 머리가 나온다네,
엄마, 아빠가
너에게 사준 양고기조림."

(베이징(北京) 민간 동요)

나는 나의 목소리를 들은 것만 같았다. 정말이었다. 내가 3살 때 배운 첫 동요인데 달팽이와 관련된 노래였다. 달팽이의 작은 집에 있는 아름다운 그림책에서 잃어버린 나의 노랫소리를 찾을 줄이야! 얘기하지 않아도 모두 짐작이 갔을 것이다. 그 후로 나는 매일 작아지고 작아져서 달팽이의 작은 집으로 놀러가 재미있는 책을 읽었다.

나는 작은 달팽이에게 너무 고맙다고 말하면 그는 괜찮다고 했다.

그러면서 "큰 물소로 변하여 여기 저기 밭을 돌아다니며 둘러보는 것도 너무 즐거운 일이야"라고 말했다.

우인

처마 아래서 홀로 비를 구경하다

그 해 봄은 유달리 빨리 찾아왔다. 첫 봄비가 일찍 내렸다.

나는 처마 아래에 앉아 홀로 비를 구경했다.

나는 낙수받이 사이로 빗속의 세계를 보았다. 마치 은빛 세계를 방불케 했다. 비가 방울방울 구슬처럼 미끄러져 내려오는지, 갈래 갈래의 은사마냥 흩날려 내려오는지 잘 보이지가 않았다. 처마 아래에 앉아 홀로 비를 구경하노라니 말로 형용할 수 없는 행복감이 느껴졌다.

이런 행복은 그 의미를 느껴봐야지 말로는 얘기할 수 없다.

빗 속 경치는 아무리 봐도 질리지 않는다. "후둑 후둑" 내리는 빗소리는 즐거움마저 선사했다. 전에 나는 비가 높은 하늘에서 쏟아져 내리면서 땅과 부딪히는 찰나, 빗방울이 마치 은빛 꽃비가 송이송이 피어나는 것만 같다고 생각했다. 꽃비의 생명은 우담화보다도 더 짧았다. 심지어 정확히 보기도 전에 황급히 시들어 떨어졌다.

그러나 오늘 처마 아래에 앉아 홀로 비를 구경하면서 나는 평소 볼 때와는 전혀 상이하면서도 기이한 모습을 발견했다. 수많은 빗방울이 대지에 떨어지는 순간 은빛이 반짝이는 꽃비가 아니라 헤아릴 수조차 없이 수많은 우인(雨人)으로 변한 것이다. 정말이다. 조그마하고 반짝반짝 빛나는 우인 말이다!

나는 이 기이한 풍경에 넋이 나갔다. 나는 그곳에 앉아 눈도 깜빡이지 않고 우인을 응시했다. 우인아, 안녕!

우인의 합창

우인은 노랫소리와 함께 이 세계로 왔다.
나는 그들의 노랫소리에 귀를 기울였다.

"얼마나 많은 길을 걸었는지 몰라도
 땅에 떨어지는 순간 새 생명을 얻었네"

옷깃까지 걷어 올린 그들은 춤을 추고 노래를 불렀다. 새로운 성원이
꾸준히 그들의 합창 대오에 가입했다. 그 노랫소리는 더 우렁차고 조화
로워졌다.

"우리는 물의 요정
 마음씨는 마치 물처럼 맑다네"

빗속의 그 빈터는 우인들의 환락의 장으로 된지가 오래 되었다. 그들의
노랫소리만 들린다. 나는 처마 아래에 앉아 홀로 비를 구경하고 있다는
사실조차 까맣게 잊었다. 나는 이미 우인들의 즐거운 노랫소리에 푹 빠
졌다.

"아직도 먼 길을 가야 한다.
　더 많은 새로운 생명을 키워야 한다
　꽃과 풀, 나무와 새싹을 보듬어주고
　세상에 녹색의 꿈을 펼쳐야 한다."

이런 노래를 오랜 만에 듣는다. 오로지 우인만이 부를 수 있는 노래다. 그들은 생명도, 노랫소리도 반짝반짝 빛났다.

나는 나도 모르게 빗속으로 걸어 들어가 우인에게로 다가갔다. 그들은 나를 전혀 두려워하지 않았다.

나는 쪼그리고 앉아 두 손으로 한 우인을 받쳐 들고 물었다.

"넌 이름이 뭐니?"

"난 우인이라고 해."

나는 또 몇몇 우인을 받쳐 들고 그들의 이름을 물었다.

그들은 이구동성으로 대답했다.

"우리는 우인이야"

그들은 동일한 이름을 갖고 있다는 것을 나는 깨달았다.

나는 그들과 함께 춤을 추고 노래를 불렀다.

녹색의 꿈

나는 수많은 우인과 함께 걸어갔다.

내가 물었다.

"너희들은 어디로 가니?"

그들이 답했다.

"화단으로 가고 있어."

화단에 심은 장미, 튤립, 다화지갑란(鳶尾즈)… 등이 막 꽃망울을 터뜨리려 했다. 우인이 오니 바로 짙붉은 꽃, 옅은 자색 꽃, 흰색 꽃들이 앞다투어 아름다운 자태를 뽐내며 활짝 피었다.

수많은 우인들이 잔디밭에 뛰어 올라갔다. 가는 풀잎에 폴짝 내려앉고 미끄럼틀을 타 듯 잔디밭 속으로 미끄러져 갔다. 잔디밭이 더 파래졌다.

우인들은 한 그루 또 한 그루의 나무 위로 기어 올라갔다. 파릇파릇한 나무 잎에 매달려 그네 타듯 흔들거리기도 하고, 녹색 텐트 속에 숨어 숨바꼭질을 하듯 잎사귀 아래에 몸을 숨기기도 했다. 나중에는 나무줄기를 타고 미끄러져 나무뿌리 속으로 스며들어가 사라졌다.

그들은 과연 수많은 녹색 생명을 자라게 했다. 우인은 이 세상에 녹색의 꿈을 가져다주었다. 아, 즐거운 우인들! 수많은 우인이 한데 모이자 이 세상은 활기로 차 넘쳤다.

나도 우인이 되었으면 좋겠다. 나는 하늘을 향해 두 팔을 활짝 펼쳤다.

나도 우인이 되었다

나도 정말 우인으로 변하였다!

비록 내 자신의 이름이 없어지고 키도 많이 작아졌지만 지금처럼 홀가분하고 아름다웠던 적은 없었던 것 같다. 나는 마치 유리 인간마냥 반짝반짝 빛났다.

비가 계속 내리고 있다. 수많은 빗방울이 땅에 떨어져 부딪히는 순간 수많은 반짝반짝 빛나는 우인이 생겨났다.

지금 나도 우인이 되었다. 나는 원래의 모습마저 생각나지 않았다. 나는 수많은 우인들과 한데 어우러지고 모이게 했다.

그리고 나는 헤아릴 수 없이 많은 우인을 이끌었다. 마치 환락으로 넘치는 시냇물을 인솔하는 기분이었다.

내가 큰 소리로 외쳤다.

"가자, 날 따라와, 그럴 수 있니?"

우인들이 큰 소리로 물었다.

"어딜 가려는 간데?"

나는 큰 소리로 말했다.

"너희들을 신기한 곳으로 데리고 갈 거야!"

나는 그들을 데리고 강을 향해 걸어갔다. 참으로 이상한 강이다. 그곳의 강은 흐르지 않고 응고되어 있었다. 산들바람이 불어와도 물결이 출렁이지 않았다.

물속에는 물고기가 없고 심지어 올챙이조차도 보이지 않았다.

목이 마른 사람들은 이곳의 물을 마시고 나면 슬퍼진다고 한다.

더욱 이상한 건 사람들은 늘 강물의 흐느낌 소리를 듣는다고 한다. 그 후로는 강물이 많아진다고 한다. 가까운 곳에서나 먼 곳에서나 이곳에 이상한 강이 있다는 사실을 다들 알고 있다. 누군지 이 강에 '눈물의 강'이란 이름을 달아주었다.

나와 우인들은 그 '눈물의 강'으로 다가가 물속으로 뛰어들어 강물과 혼연일체가 되었다. 눈물의 강이 더는 응고되어 있지 않고 흐르기 시작했다. 수면에 은빛이 반짝이는 잔잔한 물결이 일었다. 사람들은 다 안다. 우인 덕분에 눈물의 강이 새롭게 변하였다는 것을…

에필로그

얼마 지나지 않아 강에 물고기며 새우며 올챙이도 생겨났다.

거위, 오리도 자주 이곳으로 놀러와 물놀이를 하면서 온종일 흥겨운 노래를 불렀다.

이곳 물을 마시는 사람들도 이제 더는 슬퍼하지 않았다. 오히려 우인들은 마냥 즐거워했다.

그 날 나는 우인과 작별했다. 우리는 노래로 작별인사를 했다.

"우리는 물의 요정들,
마음씨는 물처럼 맑다네.
생활에 즐거움을 가져다주고,
이 세상을 깨끗이 씻어주었다네."

지금도 나는 늘 처마 밑에 앉아 홀로 비를 구경하곤 한다.

나를 우인이라 부르는 사람들이 많다. 그때마다 나는 빙그레 미소를 지으며 머리를 끄덕였다.

그림자 인간

50년 전 겪은 이야기를
50년 후 동화로 써내다

– 머리말

빨간 촛불과 그림자 인간

어머니가 빨간 촛불을 켜고 방에서 나가셨다.

나는 병상에 누워 창문을 바라보았다. 창문지에 분홍색의 촛불 빛이 비춰졌다. 촛불이 흔들리면서 불빛에 나무꾼의 그림자가 비쳤다. 아물아물한 그림자가 꿈같기도 했다.

내가 한창 넋을 놓고 보고 있는데, 창가 너머의 사람 그림자와 함께 어머니의 청아한 노랫소리가 들렸다.

"우스개 하하하, 우스개 하하하,
 우스개가 허술한 중절모 쓰고 있다네."

나는 병이 많은 나은 것 같았다. 손뼉을 치며 환호했다.

"와, 너무 예뻐! 그림자 인간! 그림자 인간!"

중절모를 쓰고 있는 그림자인간의 옆모습 윤곽이 아주 또렷하게 보였다. 가는 눈, 불룩 솟은 콧마루, 크게 벌린 입.

이때 또 어머니의 노랫소리가 들려왔다.

"우스개 하하하, 우스개 하하하,
 우스개가 땔나무를 등에 메고 있다네."

정말이다. 그림자 인간이 한 무더기의 땔나무를 등에 지고 천천히 걸어가고 있는 것이 아닌가? 촛불 속에서 걷던 그림자 인간은 한 걸음 한 걸음 촛불 속을 걸어 나가 마치 먼 산의 안개 속으로 걸어들어 간 듯 했다. 그림자극이 다 끝났다. 어머니가 빨간 촛불을 들고 방으로 들어오셨다. 어머니가 한 손에는 흰 종이로 오려낸 그림자 인간을, 다른 한 손에는 중절모를 쓴 나무꾼을 들고 있는 것이 아니겠는가.

어머니의 얼굴과 손이 추위에 얼어 빨갛게 되었다. 어머니는 두 손을 입김으로 호호 불더니 얼굴을 싹싹 비볐다. 그 후로 나는 어머니가 나를 위해 창문지에서 연출했던 그림자극과 '우스개'라 부르는 그림자 인형을 기억했다. 재미나는 놀이 속에서 나의 병도 나아졌다.

그 해 나는 3살이었다.

나는 어머니가 이 세상에서 가장 위대한 사람이라고 생각했다. 빨간 촛불 한 대로 재미나는 그림자 인형을 만들어냈기 때문이다.

이상하게도 그 날 이후로 어머니가 빨간 촛불을 부치기만 하면 그림자 인형이 촛불 속에서 걸어 나왔다.

반짝이는 검은 옷을 입은 그림자 인형은 키가 3촌(寸) 정도로, 아주 작았다. 그는 중절모(하지만 그토록 허접한 것은 아니었음)를 쓰고 등에는 땔나무를 지고 있었다. 그가 나타나기만 하면 어머니는 똑같이 "우스개 하하하" 노래를 불렀다.

어머니가 선물해준 그림자 인형을 이토록 좋아하는 나의 모습을 본 어머니도 만족하신 듯 활짝 웃었다.

매일 밤마다, 그림자 인형은 촛불 속에서 나랑 놀다가 늦은 밤에야 나랑 작별인사를 했다.

헤어질 때 그는 꼭 중절모를 벗고 가는 목소리로 "내일 또 만나자"고 인사를 햇다. 그러고는 자그마한 중절모를 다시 쓰고 촛불의 검은 그림자 속으로 걸어 들어갔다.

소원해지다

또 한 해가 지나갔다. 우리 집은 농갓집에서 도시의 기와집으로 이사를 갔다. 등불을 사용하기 시작하고 부뚜막 불도 연탄불로 바뀌었다. 나에게 장난감이 많이 생기고 영화도 보았다. 우리 집에서도 더는 촛불을 켜지 않았다. 시간이 흐르면서 나의 뇌리에서 그림자 인형이 점점 잊혀져갔다. 어느 날 밤 도시 전체에 정전이 일어나 칠흑 같은 어둠에 휩싸였다. 등불이 없는 야밤은 그토록 적막하고 고독할 수가 없었다.

나는 갑자기 며칠 전 서랍에서 본 촛불 한 토막이 생각났다. 어머니는 그 촛불이 어릴 적 나에게 그림자 인형을 비춰줄 때 썼던 빨간 촛불이라고 얘기했다. 전에 꺼내 본 적 있는데 길이가 1촌(寸) 정도 밖에 남지 않아 대수롭지 않게 생각하고는 다시 서랍에 넣어 두었던 것이다.

오늘 밤 나는 재빨리 그 촛불을 찾아
내 불을 붙였다.

몇 년 만에 촛불을 다시 켜본다. 어두
운 불빛이 팔짝팔짝 거리자 벽 전체에
그림자가 어른거렸다. 이제 나는 어두
운 촛불 빛이 어색해졌다.

그러나 폴짝거리는 촛불 속에서 조그
마한 그림자 인형이 다시 나타났다. 그는 여전히 반짝이는 검은 옷차림
에 중절모를 쓰고 등에는 계속 땔나무를 지고 있었다.

"아직도 날 기억하니?"

그림자 인형이 흥분한 채 물었다.

"기억하고 있어, 넌 그림자 인형이잖아."

"맞아, 맞아. 네가 훌쩍 커져서 못 알아본 뻔 했어!"

그는 아주 기뻐했다.

"당연하지, 이제 나는 중학생이 되었어."

나는 평온하게 대답했다.(그 후 나의 태도가 너무 차가웠다는 것을 느
꼈다.)

"너희 집도 바뀌었구나."

그는 이곳저곳을 마음대로 둘러봤다.

"등불이 있네. 이제 창문에는 종이가 아닌 유리로 바뀌었고, 부뚜막도
사용하지 않네."

"쓰지 않은지 오래 됐어."

나는 쌀쌀맞게 대답했다.

"땔나무를 등에 지지 않아도 되게 되었구나."

그러나 그는 이로 인해 속상해 하지는 않았다.

그림자 인형의 열정적인 말투에 어머니가 눈치를 챘다.

"애야, 너 누구랑 얘기하니?"

몸이 아픈 어머니가 물었다.

"그림자 인형이 왔어요."

나는 빨간 촛불을 높게 쳐들고 그림자 인형을 이끌어 어머니 침대 앞으로 갔다.

"누구?"

어머니는 몸을 일으켜 머리를 들고는 두리번거렸다.

"저에요. 그림자 인형. 아이를 기쁘게 했던 그 그림자 인형이에요."

그는 흥분되어 소리치며 단번에 어머니 앞으로 폴짝 뛰어갔다.

"아, 너구나. 그림자 인형!"

어머니의 목소리가 약간 떨렸다.

"넌 그대로인데 얘는 많이 컸고 난 이제 늙었단다."

어머니는 나와 자신을 번갈아 가리켰다.

"어머니는 늙지 않으셨어요. 근데 얘는 많이 컸어요."

나는 잠자코 있었다. 나는 3살 때 알았던 그림자 인형의 모습을 이제는 어렴풋하게 기억하고 있다. 나는 이 시각에 찾아온 그림자 인형이 그토록 신기하고 재미있지가 않았다. 내가 커서 일까?

오히려 어머니께서 나보다 더 기뻐하셨다. 어머니는 윗옷을 걸쳐 입고 침대에서 내려와 책상 앞에 앉으셨다. 미소를 머금은 눈빛으로 그림자 인형을 자세히 바라보셨다.

"네가 처음으로 우리 집 창문지에 비춰졌던 정경을 떠올리면 젊어진 것 같아. 고맙다. 네 덕분에 우리 아이에게 즐거움을 가져다주어서."

어머니는 깊은 회억 속에 잠겼다.

"아니에요. 제가 감사를 드려야죠. 저를 이 세상에 데려왔고 얘도 알게 해주셨잖아요."

그도 어머니도 모두 나를 쳐다보았다.

나는 적당히 할 말이 없어 우두커니 자리에 서 있기만 했다.

나는 3살 때의 기억을 더듬었다. 그러나 마치 안개 속에 걸어 들어간 듯했다. 오히려 어머니는 얼굴이 환해지며 훨씬 젊어지신 것 같았다.

나의 마음속에 오색영롱한 세상이 펼쳐졌다. 그러나 아무리 기억을 더듬어도 3살 때 기억이 떠오르지 않았고, 내가 기쁜 마음으로 감상했던 그림자 인형의 모습도 생각나지 않았다.

나는 뭔가를 잃은 듯 했다.

당혹스럽기도 하고 미안하기도 했다. 어머니와 그림자 인형의 멍한 눈빛을 본 나는 위안의 말이라도 몇 마디 하려고 했지만 촛불이 다 타서 꺼져 버렸다. 그림자 인형도 사라졌다.

귀환

시간이 흐르는 속도는 예나 지금이나 똑같다. 그러나 나이가 들면서 나는 시간이 점점 더 빨리 간다고 느껴졌다.

나는 대학교를 졸업하고 직장에 취직했다.

나는 동년과도 작별했다.

나는 또 이사를 하여 이제는 아파트에서 살고 있다. 석탄을 때지 않고 천연가스와 난방을 사용한다. 작은 영화 드라마 세계인 텔레비전도 생겨났다. 또 몇 년의 세월이 흘렀다. 나는 결혼하고 아이도 생겨 아빠가 되었다. 이제 어머니는 영락없는 할머니가 되었다.

훌륭한 아빠가 되기란 결코 쉽지 않다. 아들은 온종일 울기만 한다. 마치 아무리 울어도 계속 설움이 있는 것 같았다.

나는 늘 아이가 태어나기 전 사두었던 장난감을 하나씩 꺼냈다. 뛰는 걸로, 우는 걸로, 웃는 걸로, 말을 타는 걸로, 차를 모는 걸로, 총을 쏘는 걸로, 대포를 쏘는 걸로… 하지만 아이는 울음으로 모든 것을 거절해 버렸다. 아이가 조금 크자 나는 그를 놀이터로 데리고 가 다양한 놀이기구를 타게 했다. 하늘에서 나는 걸로, 회전하는 걸로, 물로 들어가는 걸로, 용궁, 조류관, 몽환세계, 가보지 않은 곳이 없다.

눈 깜짝할 사이에 아들의 3살 생일이 되었다. 어떻게 쇨까? 우리 온 가족은 고민에 빠졌다.

장난감을 살까? 하지만 아들이 좋아하는 것이 없다. 도시의 놀이터도 모두 놀러 갔었다. 식당으로 밥을 먹으러 갈까? 이제 아들은 맛있는 음식에도 별 흥미를 느끼지 못한다.

아들이 만족할 만한 생일 축하 방식을 찾지 못한 탓에 아들이 울며불며 트집을 잡았다. 손자가 난리를 치는 모습을 본 할머니는 오히려 우리

보다 평온한 모습이었다. 어머니가 방으로 들어가시더니 흰 천막을 벽에 치고 등불을 꺼버렸다. 빨간 촛불 한 대에 불을 붙였다. (어머니에게 언제부터 신기한 빨간 촛불이 있었는데 나는 지금도 모른다.)

아들이 울음을 멈추고 갑자기 조용해졌다.

그림자 인형이 또 다시 촛불 속에서 걸어 나와 천막에 비춰졌다. 그의 모습은 여전했다. 중절모를 쓰고 등에는 땔나무를 지고 있었다.

어머니는 또 오래된 그 동요를 불렀다.

"우스개 하하하, 우스개 하하하
우스개가 허술한 중절모 썼다네…"

아들은 넋이 나가 구경했다. 숨조차 쉬지 않고 눈을 동그랗게 떴다.

나는 마치 몽환 속으로 다시 걸어들어 간 듯 했다. 머나먼 옛날, 어머니의 청아한 노랫소리가 귓가에서 들렸다. 나도 노래를 따라 불렀다.

"우스개 하하하, 우스개 하하하
우스개가 등에 땔나무 졌다네."

그림자 인형이 곧장 아들에게로 다가가더니 쭉 편 아들의 손바닥 위로 폴짝 뛰어 올라갔다. 그림자 인형은 춤을 추며 새 노래를 불렀다.

"우스개는 바보, 우스개는 바보,

우스개는 영원히 자라나지 못한다네."

흥이 난 아들도 새 동요를 창작해 불렀다.

"우스개 즐거워, 우스개 즐거워
 우스개는 우리랑 함께 있다네."

우리 온 가족이 함께 불렀다.

나는 문득 빨간 촛불과 그림자 인형이 아이들의 전유물이 아니라 나에게도, 어머니에게도 속한다는 것을 깨달았다.

나는 기억 속의 촛불이 영원히 반짝이고 신기한 그림자 인형이 영원히 우리랑 함께 할 수 있기를 바랐다.

처음에는 어린 시절의 기쁨이었다가 세월이 흐르면서 점차 지혜가 되었다. 우리가 늙었을 때 기쁨과 지혜뿐만 아니라 영원히 늙지 않는 순진한 마음도 여전히 가져다 줄 것이다.

나무 서루(城樓)

아무(阿木)는 꼬마 나무 한 그루를 몰래 베었다. 그런데 어찌나 작은지 자그마한 걸상 밖에 만들 수 없었다.

그는 득의양양했다. 자그마한 걸상을 아름답고도 튼튼하게 만들었기 때문이다. 특히 꽃무늬가 새겨져 있는 걸상의 네 다리는 짧고도 굵어 천근만근이 내리 눌러도 무너지지 않는다.

걸상을 다 만들고 나니 이상한 일이 생겼다. 걸상의 다리가 바닥에 닿는 순간, 뿌리를 내려 네 다리에 파란 새싹이 뾰족뾰족 돋아나고 또 순식간에 파란 새싹이 잎사귀로 커졌던 것이다.

걸상의 겉면이 거칠거칠해지고 녹색 잎 한 층이 자라났다. 아무는 칼로 긁어내기도 하고 깎아내기도 했다. 그러나 또 방금 자라났다.

나뭇잎이 자라났을 뿐만 아니라 걸상의 네 다리도 점점 더 길어졌다.

아무는 걸상 위에 앉았다. 나뭇잎이 더 자라지 못하도록 걸상으로 누르기 위해서였다. 그러나 걸상은 아무까지 받쳐 들며 계속 위로 자랐다. 어찌나 잘 자라는지 곧 지붕 꼭대기에 부딪힐 것만 같았다.

아무는 걸상에서 뛰어 내렸다. 바로 이때 "쾅" 소리가 났다. 걸상이 지붕을 뚫고 나가 하늘을 향해 계속 자라는 것이었다.

현재 걸상은 큰 집으로 변하였다. 큰 집의 주위는 온통 녹색 나뭇잎으로 뒤덮였다. 멀리서 바라보면 마치 녹색 나무집을 방불케 했다.

아무는 날듯이 기뻤다. 자그마한 걸상이 나무집으로 변하다니! 이곳에서 사는 것이 얼마나 신나고 의기양양한 일인가!

아무는 가벼운 발걸음으로 나무집을 향해 걸어갔다. 그가 문어귀까지 갔을 때 갑자기 그곳에 예전부터 문지기가 있었다는 것을 발견했다.

자세히 보니 고슴도치 두 마리가 문을 지키고 있었다.

아무는 고슴도치들이 안중에도 없었다. 그는 계속 앞으로 걸어갔다. 바로 이때 "깎–깎" 소리가 들렸다.

나무집이 계속 커지더니 이제는 큰 집으로 변하였다.

더 이상한 일이 벌어졌다.

고슴도치도 점점 커져 몸집이 개만큼 되었다.

"거기 서!"

고슴도치는 예리한 총 같은 가시를 곧추 세우며 막아 나섰다. 깜짝 놀란 아무는 다리야 날 살려야 하고 정신없이 그곳에서 도망쳤다.

아무는 멀리서 큰 집을 바라보기만 했다. 큰 집은 계속 커졌다. 이제는 웅장한 녹색 성루로 변하였다.

아무는 놀라서 넋이 나갔다. 그는 가까이 가지 못하고 멀리서만 바라보았다.

그는 걸어오고 있는 산양을 발견했다.

검은 곰도 걸어오고 있었다.

한 무리의 원숭이들이 걸어오는 모습도 보였다.

한 자리에 모인 그들은 서로를 축하했다.

"얼마나 좋아, 우리에게 집이 생겼으니."

또 한참 지나니 호랑이와 사자도 어슬렁어슬렁 찾아왔다.

그들을 본 동물들은 약간 무서워했다.

호랑이가 말했다.

"무서워하지 마, 너희들을 해치지 않을 테니까."

사자도 말했다.

"맞아, 맞아. 성루에서 함께 살면 우린 한 가족이 되니까!"

말이 끝나기 바쁘게 코끼리 한 마리가 찾아왔다.

코끼리가 걸을 때마다 "쿵쿵", "쿵쿵" 소리가 났고 대지도 흔들리는 것 같았다. 큰 귀는 커다란 부채를 방불케 했다.

동물들은 그를 코끼리 형님이라 불렀다.

그 후 오색영롱한 새떼들이 날아와 백화가 만발한 녹색 성루 지붕 꼭 대기에 내려앉았다. 동물들이 즐거운 마음으로 새 집에서 살면서 화목하게 지내는 모습을 본 아무는 너무 부러웠다.

그도 가서 동물들을 보고 싶었지만 갔다가 쌀쌀하게 대해 준다면 어떻게 할지 걱정되기도 했다. 하루하루 시간이 흘렀다. 그는 매일 마다 나무 성루에서 들려오는 새들의 노랫소리며 여러 가지 동물들의 웃음소리, 이야기를 들었다. 천천히 아무도 그들이 결코 자신을 해치지 않을 것이라 믿었다.

그 날 아침 그는 용기를 내어 성루를 향해 걸어갔다.

코끼리를 본 아무가 말했다.

"청이 있는데 나무 성루에서 수위로 일하고 싶어, 그래도 될까?"

코끼리가 동물들을 향해 말했다.

"너희들은 어떻게 생각하니? 아무가 여기서 일해도 돼?"

동물들은 한참 논의하고 나서 만장일치로 아무의 요구에 동의했다.

바로 이때 성루에서 큰 목소리가 들려왔다.

"난 반대야!"

누구일까?

"나야. 난 나무성루야. 할 말이 있어."

모두들 조용히 귀를 기울였다.

"너희들이 아무에게 물어 봐, 이 나무성루가 어떻게 생겨났는지?"

동물들은 눈길을 아무에게 돌렸다.

"내가 꼬마 나무 한 그루를 베었어. 그러지 말았어야 했어. 그래서 나무성루의 수위가 되겠다고 온 거야."

마침내 그들은 아무를 용서했다. 해마다 성루 주위에 나무 백 그루를 심어야 한다는 요구도 함께 제의했다. 지금 나무성루로 여행을 간다면 맨 먼저 아무를 만나게 될 것이다. 그가 점점 작아져 마치 나무인형 마냥 높다란 성루 문어귀에 서 있기 때문이다.

눈 나무

길을 잃다

먼 곳의 녹색 산언덕이 보이나? 매일 이른 아침 해가 서서히 떠오를 때면 그곳에는 꽃이 활짝 피고 새의 지저귐 소리도 들린다. 솔솔 불어오는 산들바람을 타고 그윽한 꽃향기가 풍겨오고 새들의 노랫소리가 듣기 좋게 들려온다. 녹색 산언덕은 녹색 화원이기도 하다. 그곳 가까이 가면 부드러운 푸른 풀과 이슬이 맺힌 야생 꽃을 볼 수 있다. 백양나무 숲이 녹색 화원을 감싸고 있다. 이곳의 주인인 토끼 엄마와 꼬마 토끼 두 마리도 만날 수 있다. 꼬마 회색 토끼가 오빠이고 꼬마 흰 토끼가 여동생이다. 이날 꼬마 회색 토끼와 꼬마 흰 토끼가 산언덕 아래로 놀러 가려고 했다. 컸다고 생각한 그들은 일찍부터 바깥세상으로 가보고 싶었다.

그들은 그곳에 신기한 것이 많다고 들었다. 볼거리, 먹을거리, 놀거리가 아주 많다고 생각했던 것이다.

그들이 녹색 화원을 떠나려고 할 때 문어귀에 서 있는 엄마 토끼가 그들을 향해 손을 흔들면서 큰 소리로 신신당부했다.

"얘들아, 꼭 일찍 돌아와야 해!"

그들은 엄마의 말을 귓등으로 흘려버리고 산언덕 아래의 숲을 향해 쏜살같이 달려갔다. 숲으로 와 보기는 이번이 처음이다.

와, 숲이 이토록 아름다울 줄이야! 청신한 공기, 시원한 바람, 그윽한 향기를 풍기는 꽃…

새들의 지저귐 소리로 인해 숲은 더욱 그윽하고 조용하게 느껴졌다.

그들은 숲의 햇빛마저 녹색이라는 것을 발견했다. 녹색 햇빛은 한 번도 본 적이 없었다.

갑자기 누군가 그들을 향해 인사했다. "안녕!" 그들이 뒤로 돌아서서 보니 꽃사슴 한 마리가 서 있었다.

흰 토끼는 꽃사슴을 본 듯한 느낌이 들었다. 생각났다. 전에 그림책에서 보았었다. 엄마 토끼가 꽃사슴 이야기를 해 준 적이 있었다. 그런 꽃사슴이 지금 눈앞에 떡하니 서 있는 것이 아니겠는가!

"넌 그림 속에서 뛰쳐나온 거야?"

흰 토끼가 물었다.

꽃사슴은 눈을 깜빡거리면서 어찌할 바를 몰라 했다.

옆에 있던 꼬마 회색 토끼가 말했다.

"여동생이 어릴 적에 본 그림책에 꽃사슴이 주인공으로 나왔대."

그 말을 들은 꼬마 꽃사슴은 깔깔 웃었다.

"그건 화가가 내 모습을 본 따 그린 것이란다."

그는 자랑스러운 듯 먼 곳을 바라보았다. 마치 뭔가를 떠올리는 것 같았다.

"오늘 여기에 꼬마 화가 누나가 왔어. 누나가 숲으로 자주 그림을 그리러 와. 너희들을 그림에 그릴지도 몰라!"

말을 마친 꼬마 꽃사슴은 마치 이곳의 주인인 듯 꼬마 회색 토끼와 꼬마 흰 토끼를 숲속으로 안내했다.

얼마 가지 않은 곳에서 과연 이젤을 펼쳐놓고 한창 그림을 그리고 있는 누나를 발견했다. 꽃사슴이 누나 쪽을 향해 걸어가며 인사말을 건넸다. 회색 토끼와 흰 토끼도 그의 뒤를 따라 누나에게로 다가갔다. 그들은 누나의 그림을 감상했다. 무성한 숲속에 하늘의 뭇별마냥 헤아릴 수 없이 많은 들꽃이 피어 있었다. 들꽃 사이에는 각양각색의 버섯들이 그려져 있었다. 빨간 색, 알록달록한 색, 흰색, 통통하게 생긴 것 등이 정말 너무 아름다웠다.

흰 토끼가 말했다.

"우리 둘도 그림 속에 그려줄 수 있어?"

누나가 대답했다.

"그러지 뭐!"

흰 토끼는 회색 토끼의 손을 잡고 먼 곳으로 가서 누나를 향해 미소를 지었다. 한참 지나자 누나가 그들을 불렀다.

"됐어, 비슷하게 그렸는지 와서 볼래?"

그들은 이젤 앞으로 달려가 보았다. 와, 복사한 듯 똑같았다.

흰 토끼가 말했다.

"이 그림을 선물로 줄 수 있어? 우리 집 벽에 걸어두면 예쁠 것 같아. 엄마도 고마워하실 거고."

흰 토끼가 구구절절 애원하듯 말했다. 회색 토끼가 흰 토끼를 끌고 가려고 하면서 누나에게 사과했다.

"미안해, 여동생이 철이 없어서 그래, 용서해줘!"

그런데 뜻밖에도 누나가 흔쾌히 허락했다.

"먼 곳의 산과 산 속으로 향하는 오솔길을 다 그리고 나면 그때 선물로 줄게."

누나가 그림을 수정하고 있을 때 그들은 버섯을 따러 갔다. 꽃사슴은 버섯이 많은 곳도 알고 독이 없는 버섯도 고를 줄 알았다. 한 바구니에 버섯을 꽉 차게 따고 난 그들은 누나를 찾으러 갔다. 멀리서부터 그들은 나뭇가지에 걸려 있는 그림을 발견했다. 누나는 집으로 돌아갔는지 안 보였다. 회색 토끼와 흰 토끼는 그림을 자세히 감상했다. 그들은 아름다운 숲속에 그려진 자신들의 모습을 감상하고 또 감상했다. 그들의 뒤로는 기복을 이룬 뭇 산들의 웅장한 모습이 보였고 산꼭대기에는 새하얀 구름이 뭉게뭉게 피어 있었다. 금색 지붕과 빨간색 정원 벽도 보일 듯 말 듯했다. 그림의 풍경에 따라 그들은 다른 산으로 걸어 들어갔고 그 금색 지붕 아래 빨간 벽을 가진 사원에도 갔다.

그곳에는 향불 연기가 모락모락 피어오르고 둥둥 종소리가 가끔씩 들렸다. 향을 피우러 온 사람들은 토끼 두 마리를 보고도 놀라워하지 않고 오히려 어린애를 본 것 마냥 자애로운 미소를 지었다.

사원에서 나온 그들은 사원 밖에 있는 광장으로 갔다. 그곳에는 사람들로 북적였고 우레 같은 박수소리가 들려왔다. 한창 공연을 펼치고 있었던 것이다. 토끼를 본 사람들은 또 다시 박수를 쳤다. 그들에게 공연하라는 뜻이었다. 토끼 형제는 한참 머리를 맞대고 상의를 하더니 대범하게 무대 위로 올라가 '귀여운 토끼'란 노래에 맞춰 춤을 추었다. 관객들은 진짜 토끼 공연을 볼 수 있어 너무 좋았다며 엄지손가락을 치켜세웠다. 토끼 형제가 떠나려고 할 무렵, 많은 사람들이 그들에게 맛 나는 음식을 선물했다. 그들은 맛 나는 음식을 가득 받아 안고 다음에 또 오겠다고 약속했다. 그들은 광장을 떠나 샘물가로 갔다. 샘물이 끊임없이 솟아오르면서 졸졸 흘러내려갔다. 꼬마 회색 토끼와 꼬마 흰 토끼는 맛나는 음식을 꺼내 놓았다. 홍당무, 딸기, 낙화생, 대추… 와 맛 나는 음식으로 꽉 찼다. 한참 먹다보니 날이 어둑어둑해졌다. 하늘을 쳐다보니 과연 장막이 드리우고 있었다. 그때에야 그들은 비로소 집에 가야겠다는 생각이 들었다.

그러나 집이 어디에 있는지 토끼 형제는 그만 길을 잃고 말았다.

찾다

날이 어두워졌다. 그러나 꼬마 회색 토끼와 꼬마 흰 토끼는 아직도 집으로 돌아오지 않았다. 엄마 토끼가 아이들을 찾으려고 집 문을 나섰다. 칠흑같이 어두운 탓에 숲, 풀밭, 야생 꽃 어느 것 하나 보이지 않았다. 새와 벌레들의 울음소리도 전혀 들리지 않았다. 엄마 토끼는 큰 소리로 아이들의 이름을 불렀다.

"꼬마 회색 토끼야, 꼬마 흰 토끼야 얼른 집으로 돌아 않고 뭐해?"

오로지 엄마 토끼의 메아리 소리만 크게 들렸다. 그 소리가 얼마나 큰지 온몸이 오싹해질 정도였다. 엄마 토끼는 점점 더 혼자임을 알게 되었고 쥐 죽은 듯 조용한 주변 분위 때문에 점점 더 무서워졌다.

그날 밤 엄마 토끼는 뜬 눈으로 밤을 새웠다. 그는 창밖의 소리에 시시각각 촉각을 곤두세웠다. 살랑살랑 불어오는 바람소리, 한들한들거리는 나뭇잎 소리에도 엄마 토끼는 귀를 쫑긋했다. 꼬마 회색 토끼와 꼬마 흰 토끼의 발자국소리를 듣기 위해서였다.

갑자기 그는 아이들의 발걸음소리를 들은 듯 했다. 엄마 토끼는 재빨리 달려가 문을 활짝 열며 마중했다. 그러나 아이들의 그림자조차 보이지 않았다. 엄마 토끼 앞으로 낙엽 몇 개만이 흩날려 떨어졌다. 그는 낙엽을 주어 들었다. 그 위에 붙어있는 반딧불 몇 개가 반짝반짝 빛을 발했다. 엄마 토끼는 반딧불이 붙어있는 낙엽을 조심스레 받쳐 들고 집으로 들어갔다. 엄마 토끼는 반딧불을 창턱 위의 재스민에게 풀어주었다. 불을 끈 엄마 토끼는 창밖의 소리에 조용히 귀를 기울였다.

창밖은 아주 조용했다. 엄마 토끼는 너무 속상해서 잠도 오지 않았다.

"엄마 토끼, 잠이 오지 않나요?"

그 소리는 아주 낮았지만 엄마 토끼는 여전히 들을 수 있었다. 엄마 토끼는 자리에서 일어났다. 반짝반짝 빛나는 반딧불이 보였다. 말을 할 때마다 반딧불이 반짝이었다.

"잠이 오지 않아, 아이 둘을 잃어버렸어."

"우리 찾으러 함께 가요."

엄마 토끼의 침대 옆으로 날아온 반딧불이 침대를 에워싸고 빙빙 돌았다.

그들은 함께 떠났다.

그들은 집 문을 나서 산과 들판으로 향했다. 반짝이는 반딧불이 더 많은 반딧불들을 불러왔다. 수많은 반딧불이 한데 모여 산과 들판의 작은 길을 밝고도 아름답게 비추었다.

그들은 먼저 삼림 속으로 찾아갔다. 아무리 찾아도 꼬마 회색 토끼와 흰 토끼의 그림자조차 보이지 않았다.

날이 점차 밝아지고 아침노을이 산과 들판을 붉게 물들였다. 한참이 지나자 햇빛이 숲을 비추었다. 천만 갈래 금빛 햇살이 나뭇잎을 꿰뚫어 아름다운 모습이 연출됐다. 그러나 엄마 토끼는 아름다운 풍경을 감상할 마음이 전혀 없었다. 그는 계속 아이들을 찾아 나섰다.

"반딧불들아, 고마워. 날이 밝았으니 이제 집으로 돌아가거라!"

반딧불들이 날아갔다. 엄마 토끼는 계속 찾아 나섰다.

멀리서부터 엄마 토끼는 나무줄기에 걸려 있는 그림 한 폭을 발견했다. 가까이 다가가 보니 그림 속에 꼬마 회색 토끼와 꼬마 흰 토끼가 그려져 있는 것이 아니겠는가! 엄마 토끼는 마치 아이들을 품에 안기라도 하듯 그림을 품에 꼭 껴안고 아이들의 이름을 애타게 불렀다.

비록 꼬마 회색 토끼와 꼬마 흰 토끼를 찾지는 못했지만 그 그림을 발견하자 엄마 토끼는 다소 위안이 되었다.

엄마 토끼는 그림을 집으로 가져와 벽에 걸어두었다. 눈 하나 깜빡하지 않고 그림을 뚫어져라 쳐다보는 엄마 토끼는 마음속으로 아이들의 이름을 수없이 불렀다.

엄마 토끼는 아이들의 대답을 들을 수 있기를 간절히 바랐다. 아이들의 이름을 부르고는 조용히 귀를 기울였다. 그러자 또 엄마 토끼는 아이들이 엄마라 부르는 소리를 들었다. 이번에도 엄마 토끼는 집 문을 활짝 열어젖히고 마중을 나갔다. 그러나 처마 밑의 제비가 재잘거리는 소리였다.

"한숨 소리를 들었어요? 속상한 일이라도 있어요?"

꼬마 제비가 물었다. 엄마 토끼가 대답했다.

"아이들을 잃어버렸어. 이틀째인데 아직도 집으로 돌아오지 않았어."

"그럼 얼른 찾아보아요. 제가 함께 갈게요."

그들은 함께 출발했다. 그림 속의 삼림과 삼림의 오솔길을 따라 찾아 나섰다. 제비 두 마리는 앞에서 길을 안내하거나 하늘 높이 날아올라 사방을 두리번거리면서 꼬마 회색 토끼와 꼬마 흰 토끼의 모습을 찾았다. 엄마 토끼는 고개를 쳐들고 제비를 바라보다가도 머리를 숙여 길을 보면서 희망을 안고 한 걸음 한 걸음 나아갔다.

샘물 옆에 도착한 그들은 그곳의 관광객들을 향해 꼬마 회색 토끼와 꼬마 흰 토끼의 소식을 수소문했다. 그들은 모두 보았다고 했지만 날이 어두워진 후에 어디로 갔는지는 모르겠다고 했다.

제비 두 마리가 샘물 옆의 나뭇가지 위로 빙빙 날다가 그 위에 내려 앉아 멀리 내다보았다.

꼬마 회색 토끼와 꼬마 흰 토끼의 종적을 찾기 위해서였다.

제비 한 마리가 높은 나뭇가지에서 빨간 머릿수건 하나를 발견했다. 제비는 얼른 머릿수건을 물어 엄마 토끼에게 가져갔다. 엄마 토끼는 대뜸 꼬마 흰 토끼의 빨간 머릿수건이라는 것을 알아챘다. 엄마 토끼는 빨간 머릿수건을 품에 안고 엉엉 울었다. 제비는 꼭 찾을 수 있을 것이라며 엄마 토끼를 위안했다.

비록 그 날도 여전히 꼬마 회색 토끼와 꼬마 흰 토끼를 찾지 못했지만 그 빨간 머릿수건은 엄마 토끼에게 희망을 가져다주었다. 집으로 돌아간 엄마 토끼는 빨간 머릿수건을 아이들이 전에 걸어둔 풍경과 함께 걸어두었다. 바람을 타고 빨간 머릿수건과 풍경이 하늘거렸다.

"바람아, 풍경을 울려라, 꼬마 회색 토끼와 꼬마 흰 토끼가 풍경 소리를 듣고 집으로 찾아올 수 있게."

"바람아, 빨간 머릿수건을 흔들어라, 꼬마 회색 토끼와 꼬마 흰 토끼가 흩날리는 빨간 머릿수건을 보고 집으로 찾아올 수 있게."

엄마 토끼와 꼬마 제비들은 모두 믿고 있었다. 꼬마 토끼 두 마리가 꼭 집으로 찾아올 수 있다는 것을…

집으로 돌아오는 길

그 날 꼬마 회색 토끼와 꼬마 흰 토끼는 집과 반대방향으로 간 탓에 날이 밝을 때까지 걸었지만 오히려 집과 점점 멀어졌다.

그들은 모래흙 위에 앉아 수심에 가득 찬 얼굴로 서로를 바라보았다.

꼬마 흰 토끼가 말했다.

"오빠, 배가 너무 고파 걸을 수가 없어."

꼬마 회색 토끼는 먹을 것이 없나 하고 주위를 두리번거렸다. 그는 배고파하는 여동생을 보면서 눈물을 흘렸다. 자신도 배가 등에 붙어 걸을 수조차 없었지만 여동생이 실망할까봐 얘기할 수 없었다. 그러면 정말 집을 찾을 수 없을 지도 모르기 때문이었다.

그러나 지금 어디로 가면 먹을 것을 구할 수 있을까?

여동생의 손을 끌고 모래언덕 뒤로 간 그는 꼬마 흰 토끼에게 신신당부했다.

"여기 숨어 있어, 절대 움직이면 안 돼, 난 먹을 걸 찾으러 갔다 올게."

그러나 꼬마 흰 토끼는 무섭기도 하고 외롭게 홀로 그곳에 있는 것도 싫어 오빠를 가지 못하게 했다.

바로 이때 고슴도치 한 마리가 가시에 오색영롱한 장과(漿果, 과육과 즙이 많은 과실의 일종—역자 주)를 가득 찔러 메고 이쪽으로 아주 천천히 걸어오고 있었다.

"먹고 싶어요."

꼬마 흰 토끼가 큰 소리로 외쳤다.

"미안해요. 고슴도치 씨, 여동생이 철이 없어서 그래요. 가던 길 가세요!"

그러나 꼬마 흰 토끼는 여전히 소리를 질렀다.

"배고파요, 먹고 싶어요."

고슴도치가 몸을 돌려 꼬마 흰 토끼에게로 다가갔다.

"자. 먹고 싶은 걸로 고르렴."

꼬마 흰 토끼는 황금빛 나는 배 한 개, 빨간 딸기 2개, 푸른 대추 3알을 골랐다.

이번에는 꼬마 회색 토끼를 향해 말했다.

"너도 먹고 싶은 걸로 골라!"

꼬마 회색 토끼는 연신 머리를 흔들었다.

"아니에요, 이것만으로도 너무 고맙습니다."

얼마 가지 않고 고슴도치가 또 몸을 돌려 물었다.

"너희들은 어디로 가려는 거냐?"

그들이 '푸른 화원'으로 간다는 얘기를 들은 고슴도치는 반대방향으로 왔다고 말했다. 그러면서 뒤로 돌아 이 산언덕을 넘어야만 집을 찾을 수 있다고 알려줬다.

그들은 고슴도치가 가리키는 방향을 따라 계속 길을 재촉했다. 그들이 산언덕까지 기어 올라왔을 때 너무 신났다. 집과 점점 더 가까워지고 있다는 것을 알았기 때문이었다.

그들은 먼 곳을 내다보며 삼림 뒤에 숨겨진 집을 찾았다. 그들은 계단에 앉아 아이들을 기다리는 엄마, 정원의 활짝 핀 장미꽃, 듣기 좋은 소리를 내는 처마 밑의 풍경 모습을 떠올렸다.

그러나 그때 먼 곳으로부터 먹장구름이 몰려왔다. 점점 더 가까이 몰려오더니 갑자기 폭우로 변하여 억수로 쏟아졌다. 거센 바람과 함께 폭우가 사정없이 퍼부었다. 번개가 번쩍이고 우뢰가 쾅-쾅 하는 소리에 그들은 어쩔 바를 몰라 하며 비를 피할 수 있는 곳을 찾아 허둥지둥했다. 나무구멍을 찾아 기어들어간 그들은 서로를 부둥켜안고 꼭 붙어 있었다. 비 내리는 그날 밤 창문가에 앉아 폭우가 쏟아지는 창밖을 내다보던 엄마 토끼는 아이들이 유달리 걱정되었다.

엄마 토끼는 1분 1초도 집에 있을 수 없었다. 그는 폭우를 무릅쓰고 아이들을 찾아 나섰다.

엄마 토끼는 칠흑 같은 어둠 속을 향해 걸어갔다. 주변은 온통 비바람뿐이었다.

엄마 토끼는 아이들의 이름을 애타게 불렀다. 눈물이 두 볼을 타고 주르륵 주르륵 흘러내렸다. 눈물이 빗물과 한데 어우러져 가는 길에 자란 백양나무에 흘러내렸다.

날이 밝고 비도 그쳤다. 그러나 엄마 토끼는 여전히 아이들을 찾지 못했다. 그러나 놀랍게도 빗물과 눈물이 어우러져 흘러내려서인지 백양나무가 많이 자라난 것 같았다.

높이 자란 백양나무들이 멀리 내다보면서 엄마 토끼를 도와 먼 곳의 꼬마 회색 토끼와 꼬마 흰 토끼를 찾으려는 것일까?

하늘 높이 우뚝 솟은 백양나무는 마치 하늘을 꿰뚫을 기세였다.

더욱 놀라운 일이 있었다. 엄마 토끼가 백양나무의 나무줄기에 수많은 눈이 자라나 있다는 것을 발견했던 것이다.

머루 알 같이 까맣고 큰 눈은 반짝반짝 빛을 발했다. 눈 하나 깜빡하지 않고 먼 곳을 뚫어져라 쳐다보았다.

"키 큰 백양나무야, 넌 나의 '눈 나무'란다. 내 아이들을 보았느냐?"

엄마 토끼가 고개를 쳐들고 나뭇가지를 바라보며 물었다.

'눈 나무'들은 나뭇가지를 살랑살랑 흔들면서 묵묵히 그 자리에 서 있었다.

나무줄기에 자라난 눈에서 눈물이 흘렀다. 눈물이 나무줄기를 타고 아래로 흘러내렸다.

엄마 토끼는 너무 힘들었다. 그는 나무줄기에 기대여 앉아 조용히 한숨을 내쉬었다.

"어디로 가야 내 새끼들을 찾을 수 있을까?"

엄마 토끼는 피곤한 듯 눈을 지그시 감았다.

이튿날 아침 비가 그치고 날이 개였다. 꼬마 회색 토끼와 꼬마 흰 토끼는 아침노을을 안고 또 다시 집으로 돌아가는 길에 올랐다.

그들은 드넓은 초원에 들어섰다. 그곳의 풀은 얼마나 푸르고 야들야들한지 입에 넣으니 달콤하고도 향기로웠다.

신이 난 꼬마 흰 토끼는 여기 저기 뛰어다녔다. 가끔 풀밭에 누워 푸른 하늘을 우러러 바라보기도 했다.

살랑살랑 불어오는 산들바람이 그의 얼굴을 간지럽혔다. 흰 토끼가 웃었다. 길을 잃어서부터 이렇게 웃어보기는 처음이다.

흰 토끼는 한없이 드넓은 초원이 너무 좋았다. 푸른 풀을 지날 때마다 풀숲에서 녹색 메뚜기가 뛰쳐나오고 빨간 잠자리가 날아왔다. 꽃송이를 지날 때마다 꽃나비와 꿀벌들이 꽃 심에서 날아 나왔다.

꼬마 회색 토끼도 따라서 즐거웠다. 그는 퐁퐁 뛰다가 갑자기 쪼그리며 몸을 숨겼다. 오빠의 모습을 보지 못한 꼬마 흰 토끼가 조급해져서 울려고 할 때 그는 갑자기 여동생에게로 뛰어가 그를 와락 끌어안았다.

그들은 숨바꼭질 게임을 놀았다.

먼 곳 하늘에 높이 날아오른 연을 발견했다. 점점 더 멀리 날아올라 나중에는 연이 작은 검은 점이 되었다. 호기심이 동한 그들은 약속이나 한 듯 손에 손을 잡고 그 연을 향해 달려갔다. 그들은 연을 이토록 높이 띄우고 있는 사람을 찾고 싶어서였다.

그들은 한참 동안 걸어서야 연을 띄우고 있는 할아버지를 발견했다.

그들은 할아버지에게 가까이 가지 못하고 깊은 풀숲에 숨어 하늘을 올려다보았다. 그들은 토끼 연이라는 것을 어렴풋이 볼 수 있었다. 그들은 하늘을 날며 아주 멀리까지 내다볼 수 있는 '토끼 연'이 부러웠다.

꼬마 흰색 토끼가 오빠에게 물었다.

"'토끼 연'이 우리 집을 볼 수 있을까?"

"꼭 볼 수 있을 거야."

"그럼 우리도 하늘로 날아 올라가자!"

"그건 안 돼, 넌 연이 아니잖아."

"연 위에 앉으면 하늘로 날아 올라갈 수 있잖아."

꼬마 회색 토끼와 꼬마 흰 토끼는 풀숲에 앉아 의논했다.

그들은 또 집이 그리워졌다. 빨리 집으로 가는 길을 찾아내 얼른 엄마 곁으로 가고 싶었다.

그들의 대화를 들은 기린이 걸어오면서 말했다.

"너희들이 연 위에 올라탈 수 있게 도와줄 수 있어."

꼬마 회색 토끼와 꼬마 흰 토끼를 등 위에 올라타게 하고 또 긴 목을 따라 머리 꼭대기에까지 기어 올라가게 했다.

기린은 그들을 데리고 연을 띄우는 곳까지 갔다.

연을 띄우는 할아버지는 아주 부드러운 미소를 지니고 계셨다. 꼬마 흰 토끼가 연 위에 올라가고 싶어 한다는 얘기를 들은 할아버지께서는 바로 그를 안아 연 줄에 올리면서 연 줄을 꼭 잡고 있으라고 타일렀다.

"꼭 잡아라!"

할아버지의 연은 참 이상했다. 연 줄에 매달리자 꼬마 흰 토끼도 연처럼 가벼워졌다. 바람이 불어왔다. 꼬마 흰 토끼는 바람을 따라 연 줄을 타고 기어 올라갔다. 한참 지나자 그는 하늘로 날아올랐다. 꼬마 흰 토끼는 연 줄에 매달린 두 번째 '토끼 연'이 되었다.

"할아버지, 저도 올라가고 싶어요. 돼요?"

꼬마 회색 토끼가 흥분하여 말했다.

할아버지께서 꼬마 회색 토끼도 올려 보내주셨다. 이제 꼬마 회색 토끼는 그 연 줄의 세 번째 '토끼 연'으로 되었다.

지금 하늘에는 연 줄 한 개에 토끼 세 마리가 매달려 하늘을 날고 있었다.

꼬마 흰 토끼가 '토끼 연'을 향해 물었다.

"우리 집이 보이니?"

"집이 어디 있는데?"

꼬마 흰 토끼는 우물거리며 정확한 주소를 말하지 못했다.

꼬마 회색 토끼가 대뜸 대답했다.

"'녹색 화원'에서 살고 있잖아."

'토끼 연'이 말했다.

"저길 봐. 푸른 잔디가 있고, 그 옆에 백양나무 삼림이 있어. 백양나무 옆으로는 작은 강이 있고, 강에는 다리가 있어. 보여?"

그들도 보았다. 집이 그곳과 멀지 않다. 그곳은 너무 아름다웠다. 그곳에서 살 때는 왜 이토록 아름답다고 생각하지 못했을까? 집을 떠나고 엄마 곁을 떠나서야 그곳이 그토록 아름답고 친하게 느껴짐을 알게 되었다. 그들은 집이 그리웠다. 빨리 땅으로 돌아가 집에 가고 싶다는 생각이 들었다. 지금도 계속 아이들을 찾아 헤매고 있는 엄마 토끼는 아이들을 꼭 찾을 수 있을 것이라고 굳게 믿고 있었다. 엄마 토끼는 꼬마 흰 토끼의 머릿수건을 꺼내들고 바람을 향해 말했다.

"바람아, 빨간 머릿수건을 흩날려 '눈 나무'의 나뭇가지에 걸리게 하거라. 아이를 찾는데 도움이 될 수 있게 말이야."

산들바람이 불어오자 빨간 머릿수건이 흩날렸다. 머릿수건은 마치 빨간 새 마냥 나뭇가지로 날아올랐다.

나뭇가지에 높이 걸린 빨간 머릿수건은 바람을 타고 하늘거렸다. 멀리서 바라보면 빨간 머릿수건은 마치 한 송이 빨간 꽃 같기도 하고 화염 같기도 했다.

꼬마 회색 토끼와 꼬마 흰 토끼는 집으로 가는 길에 올랐다. 그들은 먼 곳에 높이 자란 백양나무를 보았고 그 백양 나뭇가지에서 하늘거리는 빨간 색도 발견했다. 그러나 빨간 색이 대체 무엇인지는 잘 보이지 않았다.

그들은 발걸음을 재촉했다.

바람을 타고 새들의 지저귐 소리와 노랫소리가 들려왔다. 꼬마 회색 토끼는 발걸음을 멈추고 귀를 기울였다.

꼬마 회색 토끼가 말했다.

"흰 토끼야, 자세히 들어봐. 풍경소리를 들은 것 같아."

꼬마 흰 토끼가 말했다.

"그래, 나도 들었어, 우리 집 풍경소리 같아."

그들은 곧 집을 찾을 수 있을 것이라는 점을 알고 있었다. 그들은 폴짝폴짝 뛰며 길을 재촉했다.

낮은 언덕을 에둘러 지나자 백양나무숲이 보였다. 백양나무는 높고 곧게 자라 있었다. 그들이 집을 떠난 며칠 사이 백양나무의 키가 갑자기 훌쩍 커졌던 것이다.

"봐, 나뭇가지에 빨간 머릿수건이 걸려 있어!"

꼬마 흰 토끼가 놀라서 소리쳤다.

꼬마 흰 토끼의 고함소리를 들은 빨간 머릿수건은 더욱 신나서 바람을 타고 하늘거렸다.

"와, 저건 내 빨간 머릿수건이야! 새 같은 빨간 머릿수건, 엄마가 나에게 선물한 빨간 머릿수건이야!"

꼬마 흰 토끼는 흥분해서 소리쳤다.

그 순간 빨간 머릿수건은 수많은 빨간 새가 되어 백양나무숲을 날아다녔다.

새들이 그들의 앞길을 안내했다. 한 그루의 백양나무 아래에서 그들은 엄마를 발견했다.

"엄마", "엄마" 그들은 엄마를 향해 달려갔다.

그들이 엄마를 부둥켜안고 있을 때 하늘에서 날던 빨간 새들이 또 한데 모여 빨간 머릿수건으로 변하더니 꼬마 흰 토끼의 목에 둘러졌다.

나무에 자란 눈이 깜빡거리면서 즐거움의 눈물을 흘렸다.

울창한 눈 나무가 토끼 집 주위를 지키며 만남의 즐거움을 만끽하는 토끼 가족을 바라보고 있었다.

엄마 토끼 네 집 정원에 장미꽃이 만발했다.

처마 밑의 제비 네 가족도 재잘재잘 노래를 불렀다.

산들바람을 타고 풍경이 딩동 딩동 울렸다…

Part
4

흰 성루야! 흰 성루야!

얼른 대문을 열거라.

100세 할머니께서 들어가시겠단다

파란 돛배

로봇 꼬맹이

이곳은 폐품처리장이다. 낡은 자동차, 로봇 그리고 여러 가지 부속품과 쓸모없는 동이나 철이 쌓여 있다.

어느 날 밤 쌓인 폐품들 속에서 신음소리가 간간히 들려왔다.

누구일까?

밝은 달빛이 폐품처리장을 환하게 비추고 있었다. 낡은 자동차 아래에 작은 로봇이 누워 있는었다. 이 로봇은 꼬맹이(小不点儿)라고 불렸다.

꼬맹이는 고장이 난 로봇이다. 걸을 수도, 팔도 들 수도 없었기 때문에 이곳 폐품처리장에 버려진 것이다.

폐품들 사이에서 "쯔루루 쯔르루" 하며 울고 있던 귀뚜라미 한 마리가 꼬맹이의 신음소리에 깜짝 놀란 표정을 지었다.

"어디 아파? 너무 불쌍하다."

귀뚜라미가 꼬맹이에게로 다가서며 걱정하며 물었다.

"다 망가진 줄로 알고 개구쟁이가 날 이곳에 버렸어요. 수리만 하면 일 잘하는 로봇인데 말이에요."

꼬맹이는 억울한 표정을 지었다.

로봇의 말이 인근에 사는 총명한 꼬마 녹색사람의 귀에 들어갔다. 로봇을 찾아온 꼬마 녹색사람은 자세히 관찰하더니 나사못 한 개만 빠졌다는 것을 발견했다.

꼬마 녹색사람은 여기저기 찾다가 녹이 쓴 나사못들 가운데서 쓸 만한 걸 찾아 로봇에 비틀어 넣었다.

로봇이 '타닥타닥' 걷더니 손을 흔들면서 인사까지 하자 꼬마 녹색사람은 너무 기뻤다. 환히 비추는 달빛 아래에서 이곳저곳을 걸어 다니던 로봇은 기쁜 나머지 흥분하기까지 했다. 3일 동안 꼬박 움직이지 못했으니 답답하기 그지없었던 것이다.

"꼬맹이야, 넌 걸음걸이가 정말 예쁘구나!"

꼬마 녹색사람이 그를 칭찬했다.

"허리가 곧고 팔도 힘차게 잘 흔드는 구나."

꼬맹이는 더욱 신이 났다. 꼬마 녹색사람 덕분에 건강을 되찾았을 뿐만 아니라 진심으로 칭찬해주니 자부심마저 생겼던 것이다.

꼬맹이는 좋은 친구를 만날 수 있어 너무 행복하고 기뻤다.

"꼬마 녹색 사람아, 폐품처리장에 왜 오게 됐어?"

꼬마 녹색사람은 꼬맹이의 질문에 마음이 상한 듯 한동안 말을 잇지 못했다.

한참이 지나자 꼬마 녹색사람이 입을 열었다.

"오래 전 이곳은 아름다운 삼림이었어. 녹색사람 가족들이 그곳에서 살고 있었는데 훗날 나무를 모조리 채벌해가는 바람에 폐품처리장이 돼버렸단다."

"그럼 녹색사람 가족들은 어디로 갔어?"

꼬맹이는 부쩍 관심이 생겼다.

"우린 하는 수없이 이곳을 떠났어."

"근데 넌 왜 여기 혼자 남은 거야?"

꼬맹이가 계속 물었다.

꼬마 녹색사람이 흑흑 흐느끼며 울었다.

"엄마랑, 아빠랑 헤어지게 됐어, 별다른 방법이 없어 다시 폐품처리장으로 되돌아 온 거야."

"엄마랑 아빠는 어디로 갔는지 몰라?"

"엄마와 아빠가 멀지 않은 섬에서 생활한다고 남방에서 온 백조에게 듣기는 했어."

꼬맹이는 여전히 희망이 있다고 생각했다. 그는 귀여운 여자애인 녹색사람 가족을 찾을 수 있도록 최선을 다해 도와주기로 마음먹었다. 귀뚜라미도 힘을 보태겠다며 나섰다.

그날 밤 유난히 밝게 비추는 달빛 아래에서 그들은 둥근 달님의 따뜻한 빛을 받으며 오래도록 이야기를 나누었다.

귀뚜라미 아저씨

날이 채 밝기도 전에 꼬맹이는 벌써 잠에서 깨어났다. 실은 전날 밤 꼬맹이가 뜬 눈으로 보내면서 꼬마 녹색사람에게 가족을 찾아줄 방법만 생각했다. 그는 백조가 방방곡곡의 섬을 날아 지나면서 녹색사람 가족을 봤을 수도 있겠다는 생각이 들었다. 현재로서는 그 섬을 찾아가는 것이 최상의 방법이었다.

자신의 생각이 일리가 있다고 생각한 그는 모든 생각을 귀뚜라미에게 얘기했다.

평소 머리 쓰기를 좋아하는 귀뚜라미는 꼬맹이의 말을 듣고 한참 사색에 빠져 있었다. 귀뚜라미가 생각할 때 방해하면 안 되는걸 잘 알고 있는 꼬맹이는 옆에서 조용히 기다렸다.

10분이 지나자 귀뚜라미가 마침내 입을 열었다.

"알았어. 섬으로 가려면 배가 있어야 해. 그러니까 먼저 배 문제부터 해결해야 돼."

"배를 어떻게 해결하죠?"

꼬마 녹색사람은 조급증이 났다.

"맞아, 우리가 좀 더 생각해봐야 해."

귀뚜라미는 또다시 사색에 빠졌다.

"추추추" 갑자기 귀뚜라미가 소리를 질렀다.

"와, 생각났어. 폐품처리장에서 작은 남색 배를 본 적 있어. 맞아, 작은 남색 배였어."

귀뚜라미는 자신의 기억을 믿었다. 여름 내내 폐품처리장에서 빈둥거리며 놀았기에 폐품 하나하나에 대해 모두 익숙히 알고 있었던 것이다.

그런데 작은 남색 배는 어디에 있는 것일까?

"귀뚜라미 아저씨, 배가 어디에 있었는지 잘 생각해 보세요. 방해하지 않을게요."

꼬마 녹색사람은 조급증이 나긴 했지만 귀뚜라미를 다그치지 않았다. 심지어 말할 때도 조용조용 귓속말로 말했다.

10분 동안 귀뚜라미는 아무 말도 하지 않았다. 그 후로 또 10분간 침묵하더니 그제야 입을 열었다. 귀뚜라미는 마음이 무거운 듯 자리에서 서성이더니 혼잣말로 중얼거렸다.

"생각났어. 보슬비가 내리는 날씨였어. 폐품을 수거하는 아저씨가 한 바구니의 폐품을 이곳에 쏟았어. 맞아. 바로 이곳. 그때 파란 배를 봤어. 맞아, 파란 배…"

'추추추' 귀뚜라미가 갑자기 또 소리를 질렀다.

"와, 생각났다!"

귀뚜라미가 계속해서 뭔가를 더 말해주기를 모두 조급하게 기다리고 있었다.

귀뚜라미가 목소리를 낮추더니 신비로운 표정을 지었다.

"파란 배가 낡고 망가진 자동차 아래에 깔려 있었어."

꼬맹이는 격동된 어조로 말했다.

"좋아요. 지금 바로 찾으러 가요."

하지만 낡고 망가진 차가 너무 많은 탓에 파란 배가 어느 차 아래에 깔려 있는지 찾기조차 어려웠다.

하지만 꼬맹이는 희망을 버리지 않았다. 그는 반드시 그 차를 찾아내고 차 아래에 깔린 파란 배도 끄집어내겠다고 다짐했다.

꼬맹이는 폐품처리장의 곳곳을 샅샅이 훑었다. 자동차 아래에까지 몸을 넣어 샅샅이 살폈지만 모두 헛수고였다. 낡은 자동차 여러 대가 한데 뒤엉켜 쌓여 있는 탓에 파란 배가 깔려 있는 곳을 도저히 찾을 수가 없었던 것이다.

날이 어두워지자 달님이 둥근 얼굴을 활짝 드러냈다. 달빛에 폐품처리장은 은빛이 반짝거렸다. 하루 종일 파란 배를 찾아다니느라 너무 힘들었던 꼬맹이는 낡은 자동차의 타이어에 기대여 고민에 빠졌다. 꼬마 녹색사람도 꼬맹이와 함께 하루 종일 파란 배를 찾아 동분서주했다. 이때 꼬마 녹색사람도 꼬맹이 옆으로 다가가 타이어에 기대어 앉았다. 하지만 그들은 누구도 말을 하지 않았다.

폐품처리장은 쥐죽은 듯 너무 조용했다. 갑자기 그들이 기대앉은 자동차 아래에서 부드러운 노랫소리가 들려왔다. 귀를 기울이니 자장가가 은은하게 들리는 것이 아닌가!

"잘 자거라, 잘 자거라, 우리 집 귀염둥이야,
  요람이 살랑살랑 흔들리고 있는 것이
  마치 작은 배가 바다 위를 항행하는 느낌이로구나…"

노랫소리를 따라 그들은 자동차 아래로 기어들어갔다. 꼬마 쥐 엄마가 새끼 쥐들에게 자장가를 불러주고 있었다. 환한 달빛 아래에서 그들은 새끼 쥐들이 요람에 누워 달콤한 잠에 빠진 모습을 똑똑히 보았다. 새끼 쥐들의 요람이 바로 그 파란 배였던 것이다.

작은 배가 생겼다

로봇 꼬맹이가 새끼 쥐 엄마에게로 다가와 인사하려고 하는 찰나 꼬마 녹색사람이 그의 앞을 막아 나섰다.

"지금은 안 돼, 새끼 쥐들이 방금 잠들었잖아."

새끼 쥐들 옆에 엎드린 엄마 쥐도 배 요람에서 깊은 잠에 빠져 있었다.

꼬맹이와 꼬마 녹색사람은 날이 밝아 새끼 쥐 가족이 잠에서 깨어나기를 기다리는 수밖에 없었다. 그들이 깨어난 후 다시 파란 배에 대해 얘기하기로 했다.

그날 밤은 유달리 시간이 천천히 가는 것 같았다. 꼬맹이와 꼬마 녹색사람은 그날 밤 한숨도 자지 못하고 새끼 쥐 엄마와 배 얘기를 어떻게 꺼내면 좋을지를 고민했다.

동이 트자 수탉이 꼬기요 하고 울었다. 잠에서 일어날 시간이 되었다.

"좋은 아침입니다."

꼬맹이와 꼬마 녹색사람이 작은 배로 다가가 인사를 했다.

"좋은 아침."

새끼 쥐 엄마도 기쁘게 그들을 맞이해 주었다.

솔직하고 싹싹한 성격의 꼬맹이가 새끼 쥐 엄마에게로 바싹 다가섰다.

"어려운 부탁이 있는데요. 말씀 드려도 될까요?" 열정적인 성격을 가진 새끼 쥐 엄마는 도움을 청하는 꼬맹이에게 물었다.

"그럼, 도와야지, 얼른 말해 보거라!"

꼬맹이는 꼬마 녹색사람에게 가족을 찾아줘야 하는데 배가 필요하다는 사실을 차근차근 얘기했다.

새끼 쥐 엄마는 바로 된다고 대답했지만, 새끼 쥐들은 울며 안 된다고 소리를 질렀다

"안 돼요, 주면 안 돼요. 그건 우리의 요람이란 말이에요. 요람이 없으면 우린 잠을 어디서 자요?"

새끼 쥐들의 '요람'을 가져가는 것이 마음 아프게 느껴진 꼬마 녹색사람은 꼬맹이의 손을 잡아당기며 가자고 했다.

"다른 방법을 생각해 보자고…"

이때 갑자기 머리 위의 마른 나무에서 말소리가 들렸다.

"잠시만요."

말소리에 머리를 들고 보니 노란부리 새였다.

"잠시만요. 저는 이제 이사를 가요. 이 보금자리를 새끼 쥐들에게 요람으로 주고 싶은데, 괜찮을까요?"

새끼 쥐 엄마가 대답을 하기도 전에 새끼 쥐들이 벌써 나뭇가지로 기어 올라가 노란부린 새의 보금자리에 들어앉았다.

"좋아요. 여기 너무 좋아요. 달콤하게 잘 잘 수 있을 것 같아요."

하지만 모두 새끼 쥐 엄마의 대답을 기다리고 있었다. 그만큼 꼬마 녹색사람도 새끼 쥐 엄마를 존중했다.

새끼 쥐 엄마가 말했다.

"아이들이 좋다고 하니 나도 찬성이야."

새끼 쥐들은 높은 나뭇가지 위에서 기쁘다며 소리를 질렀다.

노란부리 새도 기뻐했다. 자기가 쓰던 보금자리가 새로운 주인을 찾았기 때문이다. 모두 노란부리 새에게 고마운 마음을 전했다. 노란부리 새는 날개를 펄떡이면서 날아갔다.

그 후 여럿이 힘을 합쳐 파란 배를 낡은 자동차 아래에서 끌어내 자세히 검사하고 수리했다.

귀뚜라미가 어디선가 버려진 파란 페인트 통을 찾아왔다. 페인트 통밑굽에는 쓰다 남은 파란색 페인트가 조금 남아 있었다. 귀뚜라미가 낡은 배에 다시 페인트칠을 하면 좋겠다고 했다.

반짝반짝 빛나는 파란 배가 바다에서 항행하면 얼마나 위풍당당할까!

귀뚜라미의 아이디어에 모두 박수치며 환호했다. 그들은 귀뚜라미의 생각대로 낡은 배에 페인트를 칠하기 시작했다.

당연히 꼬마 녹색사람이 제일 기뻐했다. 파란 배를 타고 가족을 찾으러 갈 수 있게 되었으니 말이다.

따따강(大大河)

페인트칠을 했더니 배가 새 것처럼 눈부시게 반짝거렸다.

배에 올라앉은 꼬맹이는 너무 편안했다. 하지만 꼬마 녹색사람은 시무룩한 표정을 지을 뿐 배에 올라타지 않았다.

"배가 너무 작아!"

꼬마 녹색사람이 슬픈 표정을 지었다.

"네가 타고 있으니, 내가 탈 자리가 없잖아."

배가 너무 작은 탓에 두 사람이 타기에는 무리였던 것이다.

그들은 또 새로운 고민에 빠졌다.

귀뚜라미가 생각에 잠긴 듯 심각한 표정을 짓고 있었다. 10분, 또 10분 침묵하고 있더니 갑자기 "추추추" 소리를 질렀다. 좋은 아이디어가 생각난 것이다.

"좋은 아이디어라도 생각났어요?"

이구동성으로 물었다.

"여기서 멀지 않은 곳이 '따따강'이라 부르는 하천이 있어. 그 하천에 담겼던 물건은 모두 커진다고 들었어."

이처럼 신기한 하천이 있었다니? 사실 귀뚜라미도 진짜인지는 잘 몰랐다. 다만 어릴 적에 할아버지에게서 들었던 얘기일 뿐이다.

하지만 어찌됐건 한번 가 보기로 했다. 꼬맹이, 꼬마 녹색 사람과 귀뚜라미가 작은 배를 받쳐 들고 길을 떠났다. 그들은 꼭 따따강을 찾아야겠다고 마음먹었다.

한참을 걸어가니 멀지 않은 곳에서 물 흐르는 소리가 들렸다.

물소리를 따라 걸어가던 그들은 산 아래의 삼림에서 조잘조잘 흐르는 시냇물을 발견했다.

시냇물은 너무 맑아 물속의 수초와 물고기들조차 속속들이 보였다.

"얼른 배를 시냇물에 띄워보렴. 커지려나?"

귀뚜라미가 다급하게 재촉했다.

그들은 배를 따따강에 띄웠다. 배에 동여맨 끈을 손에 꼭 쥐고 배가 커지기만을 간절히 기다렸다.

하지만 한참을 기다렸는데도 배는 커질 기미조차 보이지 않고 여전히 그대로였다.

어찌된 일일까? 그들은 의구심에 찬 눈빛, 실망과 분노가 담긴 눈빛으로 귀뚜라미를 바라봤다.

귀뚜라미는 너무 부끄러웠다.

"거짓말을 한건 아니야. 어릴 적에 할아버지에게서 들었을 뿐이야."

그들은 강변에서 아무 말도 하지 않았다. 흐르는 강물을 타고 배가 이리저리 흔들거릴 뿐이었다. 좋은 아이디어가 떠오르지 않아 고민하고 있을 때 청개구리 한 마리가 강변의 꽃 숲에서 폴짝 뛰어나왔다. 청개구리가 느릿느릿 말을 건네 왔다.

"친구들, 속상해 하지 마. 배를 커지게 하려면 얼른 따따강에 이유를 말해줘야 해! 따따강이 감동하면 너희들 배가 커질 수 있단다."

이 말을 들은 꼬마 녹색사람은 바로 강변에 쭈그리고 앉아 손을 물속에 넣으면서 진심을 다해 말했다.

"따따강, 따따강, 도와주세요. 섬에 있는 집으로 가려 하는데 배가 너무 작아 우리 모두가 탈 수가 없어요. 제발 도와주세요, 배를 크게 해주시면 안 될까요?"

꼬마 녹색사람의 말에 감동받은 따따강은 물결을 출렁이었다. 작은 배가 물결을 타고 흔들거리더니 조금 커졌다. 그렇게 물결을 타고 흔들거리며 작은 배는 많이 커졌다.

이제는 꼬맹이와 꼬마 녹색사람 모두 배에 탈 수 있게 되었다.

작은 파란 배가 출항 길에 올랐다.

"무사히 다녀와. 꼭 부모님을 찾길 바랄게."

귀뚜라미와 청개구리가 강변에서 그들을 향해 손을 흔들며 작별인사를 했다. 파란 배가 따따강의 물결을 타고 바다를 향해 떠나갔다.

나비 돛배

바다는 강보다 물결이 훨씬 더 세차게 출렁이었다. 작은 배가 겨우 바다에 도착했는데 하늘에는 먹구름이 몰려오고 물결이 더욱 세차게 출렁이었다.

작은 배는 마치 힘없는 나뭇잎처럼 세찬 파도에 휩쓸리면서 사라졌다

다시 모습을 드러내곤 했다.

바다에서 항행한 적이 없는 꼬맹이와 꼬마 녹색사람은 세차게 출렁이는 성난 파도를 어떻게 대처해야 할지 전혀 몰랐다.

꼬마 녹색사람은 너무 두려워서 눈물을 흘렸다. 꼬맹이는 두려움에 떠는 그를 위로할 겨를도 없었다. 배의 안전을 위해 꼬맹이는 죽을힘을 다해 노를 저어야 했다.

바닷바람이 더욱 세차게 불어댔다. 이때 꼬맹이는 배에 돛을 달면 바람을 타고 쉽게 항행할 수 있다는 어르신들의 말씀이 문득 떠올랐다.

하지만 바다 위에서 돛을 어떻게 구하지? 끝없이 펼쳐진 바다에는 세차게 출렁이는 파도소리 밖에 들리지 않았다.

꼬맹이가 절망하고 있을 때 저 멀리에서 파란 나비가 날아왔다. 처음에는 바다 새 인줄로 착각했다. 하지만 점점 더 가까이 날아와서야 아주 큰 파란 나비라는 걸 알아차렸다.

그들은 이토록 큰 나비를 처음 보았다. 나비가 얼마나 큰지 마치 한 송이 파란 구름을 방불케 했다.

나비가 뱃머리에 내려앉아 커다란 파란 날개를 쫙 폈다. 파란 나비가 커다란 날개를 펴고 세찬 바다바람을 온 몸으로 막아주자 작은 배가 바다 위에서 무사하게 나아갈 수 있도록 도와주었다.

파란 나비가 파란색 돛으로 변하였던 것이다.

파란 돛을 단 파란 돛배가 세찬 파도가 출렁이는 바다 위에서 평온하게 항행하고 있었다.

"와, 파란 나비야, 정말 고마워."

꼬맹이가 나비를 바라보며 말했다.

꼬마 녹색사람은 너무 감동해서 말조차 하지 못했다. 방금 전까지만
해도 작은 배가 세찬 파도에 휩쓸려 바다에서 사라진다면 평생 가족과
이별할 수 있을지도 모른다는 절망에 빠지는 생각만 했었다. 하지만 파
도에 마구 휩쓸리던 작은 배가 파란 나비 덕분에 이제는 아름다운 파란
돛배로 되었다. 먹구름이 걷히고 파도가 잔잔해졌다. 햇빛 아래에서 바
닷물이 반짝거렸다. 파란 나비 돛이 바람에 부풀려져 마치 아름다운 해
상 풍경화를 방불케 했다.

흰색 갈매기 떼가 날아와 파란 돛배를 에워싸고 빙빙 돌았다. 그중 담
이 제일 큰 갈매기가 뱃전에 내려앉아 꼬맹이와 꼬마 녹색사람이 주고
받는 말에 귀를 기울였다. 갈매기는 나비 돛배 위에 날아올라 머리를
갸우뚱하더니 마치 오래 전부터 알던 친구인양 나비의 커다란 날개에
머리를 비벼댔다.

바다에 어선들이 점점 더 많아졌다. 사람들은 서로 인사를 나눴다. 기
이한 나비 돛배를 보는 사람들마다 감탄했다.

"와, 너무 예뻐, 정말 아름답다!"

칭찬을 받은 파란 나비는 아무 말도 하지 않고 감사의 표시로 날개를
펄떡이기만 했다.

꼬마 녹색사람은 너무 기뻤다. 그는 어부들을 향해 큰 소리로 외쳤다.

"나비 돛이 우리를 구해줬어요. 나비 돛 덕분에 바다 위에서 안전하게
항행할 수 있게 됐어요."

파란 돛배는 계속해서 녹색 섬을 향해 항행해 갔다.

기이한 섬

파란 돛배가 푸른 바다를 가르며 항행하고 있다. 푸른 섬을 발견한 꼬맹이는 그 섬을 향해 서서히 다가갔다. 그 섬은 아주 기이했다. 섬 전체는 보송보송한 녹색 풀로 뒤덮여 있었고, 간혹 형성된 난쟁이 나무숲의 나뭇가지에는 빨갛게 무르익은 장과가 달려 있었다.

꼬맹이는 먹을거리에 별로 관심이 없었다. 그는 탐스럽게 무르익은 한 알 한 알의 장과가 너무 예쁘게만 보였다.

꼬마 녹색사람은 빨갛게 무르익은 장과를 보자 침을 꼴깍 삼켰다. 그는 달콤하고 새콤한 빨간 장과가 너무 먹고 싶었지만 따러 가려니 너무 부끄러웠다. 먹보라고 꼬맹이가 놀릴까봐 그는 두렵기도 했다.

"꼬맹이야, 빨간 장과가 어떤 맛일까?"

꼬마 녹색사람이 꼬맹이의 눈치를 보며 물었다.

"달콤하고 새콤한 맛일 거야. 아니면 네가 따서 먹어볼래."

사실 꼬맹이는 꼬마 녹색사람의 마음을 잘 알고 있었다.

"몇 알 따올 테니 네가 맛보렴."

나무숲으로 들어간 꼬맹이가 빨간 장과를 한가득 따왔다.

빨간 장과를 한 입 맛보던 꼬마 녹색사람은 너무 기뻐 소리를 질렀다.

"와, 너무 맛있어, 이렇게 맛있는 과일은 처음이야!"

꼬마 녹색사람은 꼬맹이에게 과일을 한 알 넘겨주며 맛보라고 했다.

"너도 맛보렴, 정말 꿀맛이야." 과일을 넘겨받은 꼬맹이가 한 입 맛보았지만 그다지 맛이 있지는 않았다.

"여자애들은 간식을 좋아하나봐, 복스럽고 맛있게 잘 먹네."

얼마 지나지 않아, 꼬마 녹색사람은 한가득 따온 빨간 과일을 몽땅 먹어치웠다. 이번에 꼬마 녹색사람은 직접 과일을 따러 나섰다.

그녀는 가장 빨갛고 크게 잘 익은 과일을 한 주머니나 가득 땄지만 더 따려고 했다.

"됐어, 됐어. 그만해, 그만해."

어디선가 할아버지 목소리가 들렸다. 누구일까?

말소리와 함께 마치 강렬한 지진이 일어난 것처럼 섬이 흔들렸다. 갑자기 물속에서 거대한 머리가 불쑥 나왔다. 머리를 돌리더니 화난 표정으로 그들을 쳐다봤다. 그들이 섬이라 생각하고 내린 곳이 사실은 바다에서 잠을 자고 있던 커다란 바다거북이의 등이었던 것이다. 신기하게도 바다거북의 등에 보송보송한 파란 풀과 나무숲 그리고 맛있는 빨간 장과가 자라나 있었다.

"바다거북 할아버지, 미안해요."

꼬마 녹색사람이 연신 사과했다.

"우리는 섬인 줄로 착각했어요. 할아버지 등일 거라고는 전혀 생각하지 못했어요."

꼬맹이도 미안한 마음을 표했다.

꼬맹이가 꼬마 녹색사람을 도와 가족을 찾고 있다는 사실을 전해들은 바다거북 할아버지께서는 더 화를 내시지 않고 오히려 도와주겠다며 나섰다. 바다거북 할아버지께서 말씀하셨다.

"꼬마 녹색사람들이 고향을 떠나 멀리 떨어져 있는 섬에 자리를 잡았다는 소문을 전해들은 적이 있단다."

"혹시 그 섬이 어디에 있는지 아세요?"

꼬마 녹색사람이 다급하게 물었다.

"그, 그건 몰라."

한참 생각에 잠겨있던 바다거북 할아버지께서 말씀하셨다.

"녹색사람들이 섬에 수많은 기이한 나무를 심었다는 건 알고 있어."

"어떤 나무예요?"

꼬맹이가 물었다.

"그건 나도 몰라."

바다거북 할아버지가 미안한 표정을 지었다.

"너희들을 태우고 그 섬을 찾아가보자."

말이 끝나기 바쁘게 바다거북 할아버지는 바다를 가르며 헤엄쳐 갔다. 꼬맹이와 꼬마 녹색사람을 등에 태우고 유유히 파도를 가르며 헤엄쳐 가는 모습이 멀리서 보면 마치 작은 섬이 천천히 움직이는 것만 같았다.

뱀 머리 꽃

바다거북이가 꼬맹이와 꼬마 녹색 사람을 등에 태우고 바다를 헤엄쳐 가고 있고 그 뒤로 파란 돛배가 바짝 따라가고 있었다.

멀리 내다보니 녹색 섬이 어렴풋이 보였다. 섬 가까이에 도착하니 만개한 오색영롱한 꽃들이 은은한 꽃향기를 풍기며 코를 간지럽혔다.

곧 섬에 도착하려는데 바다거북 할아버지께서 그들을 타일렀다.

"섬에 도착한 후 뱀 머리 꽃을 찾는다면 녹색사람이 살고 있는 곳을 물어보렴."

"뱀 머리 꽃이라고요? 너무 무서워요."

꼬마 녹색사람이 섬에 내리려다가 발걸음을 멈췄다.

"안 갈 거야. 뱀한테 물리면 어째!"

꼬맹이가 꼬마 녹색사람에게 용기를 북돋아주었다.

"가족은 안 찾을 거야? 힘내, 나도 도와줄게."

먼저 섬에 내린 꼬맹이가 꼬마 녹색사람의 손을 잡아당겼다. 그리고 파란 돛배를 강변에 정박한 후 바다거북 할아버지께 작별인사를 한 후 섬의 깊은 곳을 향해 걸어갔다.

섬에는 기이한 꽃과 신기한 풀들이 정말 많았다. 삼림에서 여러 가지 종류의 새와 짐승들의 울음소리가 들려왔다. 노랫소리 같기도 하고 피리 부는 소리 같기도 했으며 가끔은 가야금 같은 악기를 타는 소리 같기도 했다. 심지어 웃음소리나 울음소리로 들리기도 했다. 꼬마 녹색사람은 숲 속으로 걸어갈수록 더욱 겁이 나 꼬맹이에게 바싹 붙어 걸었다.

꼬맹이가 수시로 귀띔해 주었다.

"힘 내. 가족을 찾으면 얼마나 좋아. 그러니깐 조금만 더 힘 내."

꼬마 녹색사람도 용기가 생겼는지 이제는 꼬맹이의 앞에서 걸어가고 있었다. 그들은 무성한 삼림 속에 들어섰다. 갑자기 "시, 시, 시" 하는 울음소리가 들렸다. 그 소리는 만발한 빨간 꽃에서 들리는 것 같았다.

꼿꼿하게 서 있는 빨간 꽃의 긴 꽃심은 마치 금색 비단실을 방불케 했다. 꼬마 녹색사람은 이처럼 예쁜 꽃을 처음 보았다. 그가 꽃 한 송이를 꺾으려는 순간 꽃송이가 뱀 머리로 되어 그녀의 손목을 꼼짝달싹 못하게 빙빙 휘감았다. 꼬마 녹색사람은 너무 놀라 그만 울음을 터뜨렸다. 그 모습을 본 꼬맹이가 재빨리 뱀 머리에게로 달려가 상냥하게 말했다.

"예쁜 뱀 머리 꽃송이야, 바다거북 할아버지께서 널 찾아가라고 알려 주셨어, 우릴 도와주면 안 될까?"

그 말을 들은 뱀 머리는 바로 스르르 풀더니 또다시 뱀 머리 꽃으로 되었다. 뱀 머리 꽃은 머리를 갸우뚱하고 "추, 추, 추" 소리를 냈다.

마치 "뭘 도와주면 되지?" 묻는 것 같았다. 다시 뱀 머리 꽃의 모습으로 돌아오자 꼬마 녹색사람은 두렵지가 않았다.

"가족을 찾으러 왔단다. 혹시 꼬마 녹색사람을 본 적 있어?"

가족들과 생이별하게 된 상황을 얘기하는 꼬마 녹색사람이 얼마나 슬퍼하는지 그의 모습을 보는 것만으로도 마음이 아팠다.

"추—추—추" 뱀 머리 꽃이 방금 전보다 더 길게 소리를 내더니 꽃송이를 한 방향으로 돌렸다.

"저쪽인가 봐, 뱀 머리 꽃이 저쪽을 가리키고 있어."

꼬맹이가 너무 기뻐 소리를 질렀다.

"가자, 얼른 가자!"

꼬맹이가 꼬마 녹색 사람의 손을 잡고 그 방향을 따라 걸어갔다.

나무새를 보다

꼬맹이와 꼬마 녹색사람은 섬에서 한참을 걸었지만 녹색사람 그림자조차 발견하지 못했다. 설마 뱀 머리 꽃이 방향을 잘못 가르쳐 준 것일까? 그들은 큰 나무 아래에 앉아 녹색사람을 찾을 수 있는 곳을 생각했다. 마음이 급해진 꼬마 녹색사람은 울음을 터뜨렸다. "울지 않으려고 했는데, 왜 자꾸 눈물이 나는 걸까? 울면 아무 소용이 없잖아, 빨리 생각해 봐야 하는데…" 꼬마 녹색사람은 울면서 중얼거렸다.

꼬맹이가 타일렀다.

"맞아, 울어도 소용없어, 빨리 방법을 생각해야지."

그 후로 둘은 아무 말도 하지 않고 각자 머리를 굴려 방법을 생각하기 시작했다.

바로 이때 "뚝"소리와 함께 나무에서 둥근 과일 한 개가 떨어졌다. 그 과일은 참으로 신기했다. 손에 쥐자 "짹짹"소리가 났다. 마치 새 울음소리처럼 들렸다.

꼬맹이도, 꼬마 녹색사람도 처음 보는 과일이 신기하게만 느껴졌다.

"얼른 쪼개보렴."

꼬맹이가 말했다.

하지만 꼬마 녹색사람은 감히 쪼개지 못했다. 혹시라도 과일 속에 뭔가 숨어 있을지 두려웠기 때문이다. 그는 꼬맹이에게 과일을 넘기며 쪼개보라고 했다. 과일을 넘겨받은 꼬맹이는 둥근 과일을 먼저 귀가에 대고 조용히 소리를 들었다. 그가 양 손을 과일에 대고 힘을 주자 바로 쪼개졌다. "푸드득" 과일 속에서 새 한 마리가 날아 나왔다.

새의 갈색 깃털이 햇빛 아래에서 아름다운 빛이 반짝이었다. 새가 멀리 날아가지 않고 꼬맹이에게서 꼬마 녹색사람에게로 날아갔다.

"안녕! 난 나무새라고 해. 새 나무가 나의 집이란다."

나무새가 예의바르게 말했다.

"넌 정말 예뻐!"

꼬마 녹색사람이 칭찬했다.

이 말을 들은 나무새는 날개를 퍼덕이며 좋아했다.

"고마워. 너도 나무를 심으러 온 녹색사람이야?"

꼬마 녹색사람이 말했다.

"나무를 심으러 온 게 아니라 가족을 찾으러 왔어."

그래서 꼬마 녹색사람은 집이 폐품처리장에 빼앗긴 사실부터 바다섬으로 도망치던 과정에서 꼬마 녹색사람들과 흩어지게 된 이야기를 자세하게 들려줬다.

나무새가 가엾다는 어투로 말했다.

"매년 봄 이곳으로 새 나무를 심으러 오는 녹색사람이 너희 가족인 게 확실해."

꼬맹이가 다급하게 물었다.

"지금은 어디 있는지 알아?"

남을 돕기 좋아하는 나무새가 곧바로 대답했다.

"알았어, 알았어. 내가 도와줄게."

그러더니 새 나무의 나뭇가지 끝으로 날아올라갔다.

나무새가 새 나뭇가지 끝에 내려앉아 얼굴을 나뭇잎에 딱 붙이더니 '짹짹'거렸다. 그 모습은 마치 누군가와 통화하는 것 같았다.

나무새가 다시 날아내려 오더니 아주 기쁜 표정을 지었다.

"가자. 녹색사람이 있는 곳으로 데려다줄게."

꼬마 녹색사람이 신기한 듯 물었다.

"방금 나뭇가지에서 누군가랑 얘기하는 것 같던데…"

"맞아. 이곳의 나무는 뿌리마다 녹색사람의 집과 연결돼 있거든."

나무새가 대답했다.

"그들이 어디서 살고 있는데?"

꼬맹이가 물었다.

"바다 깊은 곳에서 살고 있단다."

그러더니 나무새가 하늘로 날아올랐다. 나무새가 하늘을 날며 앞장서고 꼬마 녹색사람과 꼬맹이가 그 뒤를 바짝 따라갔다.

물 속 마을

나무새는 녹색사람의 집이 다른 해안에 있다고 알려주었다. 이때 그들이 만든 파란 돛배가 이미 해변에서 기다리고 있었다. 나비 돛배가 커다란 날개를 펄떡이었다. 마치 나무새와 인사를 나누는 것만 같았다.

파란 돛배가 바다에서 항행을 시작했다. 나무새가 파란 돛배와 친구하며 사이좋게 지냈다. 가끔은 나무새가 나비 돛 위에 내려앉아 짹짹 거리기도 했다. 그들의 배가 또 다른 작은 섬에 정박했다. 이 섬에는 새 나무가 빼곡히 들어섰고 나무에는 탐스럽게 무르익은 새 과일이 주렁주렁 달렸다. 그들이 섬에 발을 내딛는 순간 새 과일이 땅에 떨어졌다. 그 속에서 나무새가 푸드덕 날아 나왔다.

나무새마다 다정하게 말했다.

"새 나무 섬에 온 걸 환영해!"

"난 가족을 찾으러 왔단다."

꼬마 녹색사람이 대답했다.

"녹색사람의 아이라고?"

나무새가 의심스러운 눈빛으로 물었다.

"난 딱 봐도 녹색사람이란 걸 알겠는데"

꼬맹이가 편을 들었다.

나무새들이 꼬마 녹색사람을 에워싸고 요리조리 날았다. 세 바퀴 돌더니 나무새들이 재잘거렸다.

"녹색사람의 아이가 맞는 것 같구나, 가자, 녹색사람 찾으러."

나무새가 그들을 섬에 있는 샘구멍으로 안내했다. 샘구멍에 도착하자 나무새가 말했다.

"이 샘구멍으로 내려간 후 샘물 터널을 따라 걷다가 녹색사람바다로 헤엄쳐 들어가면 녹색사람 집을 찾을 수 있단다."

이 말을 들은 꼬마 녹색사람은 깜짝 놀란 듯 소리쳤다.

"뭐, 이 샘구멍으로 내려가라고, 너무 두렵고 무서워."

꼬마 녹색사람은 꼬맹이의 뒤로 몸을 숨겼다.

"내려가기가 무서워."

그럴 때마다 꼬맹이가 선뜻 나서곤 했다.

"그럼 내가 먼저 내려가서 길을 알아볼게."

말이 끝나기 바쁘게 "풍덩"하는 소리와 함께 샘구멍으로 뛰어 들어갔다. 샘구멍 터널의 물은 아주 밝았다. 터널에는 오색영롱한 등불이 길을 훤하게 비춰줬다. 거의 터널 끝까지 헤엄쳐 가자 물이 파란색으로 변하고 수면도 넓어졌다. 꼬맹이가 이곳이 바로 녹색사람 바다라는 걸 알아챘다. 녹색사람 바다에 들어서니 빼곡히 자란 녹색나무와 만발한 꽃송이가 한눈에 안겨왔다. 넓은 나뭇잎이 물결을 따라 하느작거렸다.

꽃송이는 하늘의 별처럼 반짝거렸다. 눈앞에 펼쳐진 광경이 마치 물 속화원을 방불케 했다. 꼬맹이가 가다가 해마를 만났다. 그는 해마에게 녹색사람들이 살고 있는 곳을 물었다. 해마의 안내를 받아 꼬맹이가 물 속 마을로 왔다. 이곳에는 다양한 종류의 소라가 살고 있었다.

황관이나 나팔 모양의 소라가 있는가 하면 가면이나 만발한 꽃송이와 흡사한 소라도 있었다. 큰 소라마다 무지갯빛을 반짝거렸다. 녹색사람들이 큰 소라 안에서 살고 있다고 해마가 알려주었다.

"그래요, 집이 너무 예뻐요."

꼬맹이가 부러운 듯한 눈빛으로 바라보았다.

이때 집집마다 녹색사람들이 걸어 나와 멀리서 온 손님을 기쁘게 환영했다. 꼬맹이가 마침내 꼬마 녹색사람의 흩어진 가족을 찾았다. 꼬마 녹색사람의 아버지, 어머니 그리고 형제자매들이 꼬맹이를 따라 함께 샘구멍 터널로 헤엄쳐 갔다가 다시 샘구멍 터널을 통해 새나무 섬으로 올라갔다.

그곳에서 녹색사람들은 헤어진 꼬마 녹색사람을 다시 만나게 되었다.

"얘야, 넌 헤엄칠 수 있어!"

아버지가 꼬마 녹색사람에게 말했다.

"근데 저는 한 번도 헤엄쳐 보지 못했어요. 지금까지 폐품처리장에 숨어서 살았어요."

꼬마 녹색사람이 슬픈 표정을 지었다.

이때 꼬마 녹색사람의 어머니가 어서 헤엄쳐 보라고 했다.

"물속으로 얼른 들어가 보거라. 넌 헤엄칠 수 있단다."

꼬마 녹색사람이 가족과 함께 샘구멍 터널로 뛰어들어 물 속 마을을 향해 헤엄쳐 갔다.

"와, 물속에서 헤엄치니 몸이 편안해지는 기분이에요."

꼬마 녹색사람은 너무 신이 났다. 사실은 그녀도 헤엄을 칠 줄 알았던 것이다.

파란 돛배의 귀항

엄마와 아빠를 찾은 꼬마 녹색사람은 신기하고 아름다운 집까지 생겼다. 그는 꼬맹이도 물속 마을에서 함께 살았으면 좋겠다고 생각했다. 친구인 꼬맹이를 떠나 혼자 있을 자신이 없었기 때문이다. 마을의 녹색사람들은 너도나도 꼬맹이에게 가지 말라며 애원했다. 마을 사람들도 똑똑한 로봇이 필요했던 것이다. 그러나 이곳에서 며칠 머문 꼬맹이는 예전에 살던 집이 너무나 그리웠다. 물속에서 머리를 내밀고 파란 돛배를 볼 때마다 고향이 더 보고 싶었다. 거대한 몸집을 가진 파란 나비가 늘 그를 향해 날개를 퍼덕이는 것이 마치 언제 출항하는지만을 묻는 것만 같았다.

이날 꼬맹이는 마침내 꼬마 녹색사람에게 집으로 가야겠다고 말했다.

"설마 폐품처리장을 아직도 좋아하는 거야?"

꼬마 녹색사람은 이해가 되지 않는다는 듯 물었다.

"싫어. 하지만 그곳에는 내 집이 있어."

꼬맹이는 한참을 고민에 빠져있더니 다시 입을 열었다.

"이곳 섬은 너무 예뻐. 내 고향도 섬처럼 예뻤으면 얼마나 좋을까!"

꼬마 녹색사람은 꼬맹이가 집으로 갈 마음을 굳혔다는 걸 알고는 엄마, 아빠와 함께 꼬맹이에게 줄 선물을 골랐다.

아빠가 말했다.

"예쁜 진주목걸이를 선물하면 어때?"

하지만 꼬맹이가 정중하게 사양했다.

엄마가 말했다.

"그럼 세상에서 가장 신기한 빨간 산호를 선물로 주자!"

하지만 이번에도 꼬맹이는 정중히 사양했다.

얼마나 귀한 선물이여야 마음을 전달할 수 있을지 꼬마 녹색사람은 고민이었다. 꼬맹이가 말했다.

"꼭 선물을 주고 싶다면 내가 선택해도 될까?"

"새 나무의 종자를 갖고 싶어. 집에 가서 심으려고 하는데 그래도 돼?"

꼬마 녹색사람의 가족은 모두 찬성했다. 그들은 함께 섬으로 향했다.

"새 나무의 종자는 일반 종자와 달리 아주 특별하단다."

아빠가 손뼉을 살짝 치자 나무새가 쪼르르 날아와 손바닥에 내려앉았다.

"나무새야, 나무새야, 귀한 손님에게 새 나무 종자 한 알을 주렴?"

나무새가 날개를 퍼덕이자 깃털 한 개가 떨어졌다.

"이것이 새 나무의 종자란다."

아빠가 말했다.

꼬맹이는 푸른 새싹을 든 것처럼 아름다운 깃털을 손바닥에 받쳐 들었다. "집에 가서 새나무를 심을 거야. 나무에 열매가 달리면 더 많은 새나무를 심을 거야."

꼬맹이는 너무나 흥분되었다. 마치 자기가 심은 새나무로 이루어진 숲을 본 것 마냥 기뻤다.

이때 나무새가 떼를 지어 날아왔다. 새들이 함께 날개를 퍼덕이니 수많은 깃털이 떨어져 내려왔다.

"고향에서 나무를 많이 심길 바랄게."

나무새들이 꼬맹이에게 당부했다.

꼬맹이는 너무 기뻤다. 그는 새나무의 기이한 종자를 소중히 간직했다.

"귀한 선물을 줘서 너무 고마워."

파란 돛배의 나비 돛이 바다바람을 머금자 꼬맹이는 배에 탔다. 녹색 사람들은 해변에서 그를 향해 손을 흔들며 작별인사를 나눴다.

꼬맹이를 떠나보내기 너무 싫었던 꼬마 녹색사람은 아쉬운 마음에 눈물을 흘렸다. 그는 가족을 찾는 데 도움을 준 파란 돛배와 나비 돛과도 헤어지기 아쉬웠다.

꼬마 녹색사람이 말했다.

"봄이 오면 널 찾아갈게. 우리 함께 나무를 심자!"

꼬맹이가 머리를 끄덕이었다.

"그래, 기다릴게. 꼭 와."

파란 돛배가 출항했다. 돛배에서 은은한 노랫소리가 들려왔다.

"둥 둥 둥 둥 떠나가거라 파란 돛배야.

 둥 둥 둥 둥 떠나가거라 파란 돛배야.

 고향에 가서 나무를 심고 또 심어

 고향에 아름다운 봄날이 찾아왔으면 좋겠구나.

하얀 성루

하얀 성을 발견하다

오랜 세월동안 깊은 산 속에 하얀 성이 흰 눈에 뒤덮여 있다는 소문이 무성했지만 그 누구도 하얀 성을 본 적은 없었다고 한다.

예전에 뒨얼(墩兒)이라 부르는 어린 목동이 있었는데 늘 깊은 산 속을 지나다녔다. 어린 목동은 양 떼를 이끌고 이 산에서 저 산으로 지나가 곤 했지만 하얀 성을 발견하지는 못했다.

큰 눈이 펑펑 내리는 어느 날이었다.

뒨얼이 몰고 다니는 양 떼에서 맨 앞에 섰던 양 한 마리가 갑자기 앞을 향해 달려갔다. 양이 만발한 붉은 꽃을 발견했던 것이다. 그 양은 붉은 꽃을 먹으려 했다.

뒨얼이 한발 앞서 달려가 양의 앞을 가로막았다.

붉은 꽃은 불꽃을 방불케 했다. 뒨얼이 붉은 꽃을 가까이 하는 순간 따뜻한 기운이 느껴졌다. 뒨얼이 붉은 꽃을 구해줬다. 꽃잎이 기지개를 펴며 활짝 웃고 있었다. 꽃술에 빨간색 옷차림의 어린 여자애가 서 있었다. 여자애가 배시시 웃으면서 말했다.

"뒨얼 오빠, 오빠가 날 구해줬어. 목숨 살려준 은혜를 꼭 잊지 않을게. 혹시 이루고 싶은 소망이 있어? 도와줄게."

빨간 옷 소녀의 목소리는 마치 은쟁반에 구슬을 굴리는 것처럼 청아했다. 갑작스런 질문에 뒨얼은 소망이 생각나지 않았다. 뒨얼은 펑펑 내리는 큰 눈을 바라보며 갑자기 전설 속의 하얀 성이 생각났다. 과연 그런 성이 있을까? 이런저런 생각을 하고 있는데 빨간 옷 소녀가 말했다.

"하얀 성에 가보고 싶어?"

뒨얼은 깜짝 놀라 두 눈을 동그랗게 떴다. 생각만 하고 있었을 뿐인데 빨간 옷 소녀가 마침 물어보자 연신 고개를 끄덕이었다.

"하얀 성이 과연 있는지 꼭 가보고 싶긴 해."

"내가 도와줄게."

빨간 옷 소녀가 꽃 심에서 뛰쳐나왔다. 바닥에 내려서니 뒨얼과 키가 비슷했다. 빨간 옷 소녀가 뒨얼의 손을 끌고 깊은 산 속으로 걸어갔다. 몇 걸음 걷더니 빨간 옷 소녀가 제일 높은 산을 가리켰다.

"노래 가르쳐줄까? 그 노래를 부르면 하얀 성이 나타날 거야.'

빨간 옷 소녀가 뒨얼에게 노래를 가르쳐주었다.

"하얀 성, 백옥처럼 희네

하얀 성, 문을 열어주렴
친구가 들어가고 싶단다!"

노래를 다 부르자 먼 산에서 우르르하는 거대한 소리가 들렸다. 하얀 성이 돌 사이에서 우뚝 솟아나 은빛을 반짝이었다.

"어서 가. 뒨얼 오빠, 산에 오르면 하얀 성에 도착할 수 있을 거야."

뒨얼은 젖 먹던 힘까지 다해 높은 산을 기어올랐다. 그는 숨이 가빠지고 땀이 비오 듯이 쏟아 져도 계속 산을 올랐다. 마침내 뒨얼은 하얀 성에 도착했다.

와! 하얀 성은 마치 얼음조각품처럼 하얗고 빛이 났다. 뒨얼은 눈이 부셔 동그랗던 두 눈이 실눈으로 돼버렸다. 삐걱 소리와 함께 성의 대문이 천천히 열렸다. 그 사이로 유쾌하고 우아한 음악소리가 흘러나왔다.

이때 하얀 성 로비의 등불이 순식간에 모두 켜지더니 어린 남자애의 목소리가 들렸다.

"우리 집에 온 걸 환영해 친구야. 난 바이징링(白精靈)이라고 해, 넌 이름이 뭐니?"

"뒨얼라고 해, 고마워."

두 친구는 손에 손을 잡고 하얀 성으로 걸어 들어갔다.

영원한 어린이 바이징링

뒨얼은 하얀 성의 어린 주인 바이지링을 알게 됐다. 뒨얼은 마치 제일 친한 친구를 만난 것 같았다.

뒨얼은 바이징링이 자신과 나이도 비슷하고 키도 비슷해 보였다.

"몇 살이니?"

뒨얼이 물었다.

"대답하기 어려운데…"

바이징링은 머리를 긁적이고 눈을 깜빡거리며 대답하지 못했다.

"설마 나이도 잊어버린 거야?"

뒨얼은 의아해 했다. 하물며 3살 어린애도 몇 살인지 알고 있지 않던가! 바이징링이 말했다.

"넌 모를 거야. 하얀 성에서 살면 어린애는 자라지 않고 노인은 늙지 않는단다. 그래서 몇 살인지 몰라."

뒨얼이 또 물었다.

"그래도 대략 몇 살인지는 알게 아냐?"

바이징링은 대답하지 않은 채 뒨얼의 손을 끌어당기며 하얀 성의 화원으로 걸어갔다. 화원에는 큰 나무가 자라고 있었다. 나무에는 7가지 색의 깃털을 가진 새 한 마리가 앉아 있었다.

바이징링이 뒨얼에게 알려줬다.

"색깔 있는 새는 묻는 말에 노래로 대답할 수 있단다. 궁금한 것 있으면 물어보렴."

그러자 뒨얼은 바이징링이 몇 살인지를 물었다.

색깔 있는 새가 전혀 당황하지 않고 침착하게 노래로 대답했다.

"나이는 별로 많지 않아.

올해 만 아흔 여덟 살이란다.

예전에 할아버지가 계셨는데,

바로 이 늙은 회화나무란다.

늙은 회화나무를 누가 심었을까?

바로 여기 있는 바이징링이란다."

채색 새가 노래를 다 부르자 바이징링은 뒨얼에게 나이를 계산해 보라
고 했다. 뒨얼이 말했다.

"모르겠어. 적어도 200세는 되겠지."

바이징링이 말했다.

"굳이 나이를 세지 않아도 돼. 평생 똑같은 모습일 테니까."

"얼마나 좋아. 어린애마냥 온종일 하얀 성에서 놀아도 되고. 너무 부
러워."

뒨얼이 말했다.

뒨얼이 부러워해도 바이징링은 별로 기쁘지 않았다.

"평생 어린애가 되기는 싫어. 어른이 돼서 큰일을 하고 싶단 말이야. 그
럼 얼마나 좋을까!"

뒨얼은 마을 노인들이 늘 하던 얘기가 떠올랐다.

"어린애는 근심걱정이 없잖아. 근데 늙으면 몸이 따라주질 않네. 다시
어린 시절로 돌아가고 싶어해."

바이징링과 뒨얼은 서로를 설득하지 못했다. 그들은 더 이상 이 문제

를 두고 따지고 싶지 않았다. 현실 속의 아이든 아니면 영원히 크지 않는 아이든 지금은 둘 다 아이였으니까…

뒨얼은 하얀 성이 점점 신비롭게 느껴졌다.

신기한 눈꽃

뒨얼은 하얀 성의 모든 것이 신기하고 새롭게만 느껴졌다. 그는 눈이 두 개 밖에 없다는 게 아쉬울 뿐이었다.

뒨얼의 마음을 꿰뚫어 보기라도 하듯 바이징링이 말했다.

"하얀 성을 돌아보고 싶지 않아? 내가 안내해 줄게."

뒨얼이 바이징링을 따라 먼저 간 곳은 성의 최고 높은 곳이었다.

최고 높은 것에 올라서니 겹겹이 겹쳐진 산들이 흩날리는 눈꽃 속에서 우뚝 솟아있는 모습이 한 눈에 안겨왔다.

하얀 성에 흩날리는 눈송이는 크고도 맑았다. 마치 육각형의 꽃송이를 방불케 했다. 하지만 이상하게도 뒨얼이 손을 내밀어 눈꽃을 받자 송이송이 눈꽃이 마치 풍경처럼 딩동 딩동 소리를 내는 것이었다. 하지만 손바닥에 내려앉은 눈꽃이 녹지 않는 것이 더욱 신기했다.

바이징링은 눈꽃이 너무 좋았다. 그는 송이송이 눈꽃을 줄에 꿰어 아름다운 목걸이로 만들었다.

눈꽃 목걸이를 건 뒨얼은 신이 났다. 눈꽃 목걸이는 녹지 않았을 뿐만 아니라 뒨얼의 심장박동과 함께 달랑달랑 소리까지 냈는데 마치 듣기 좋은 노래와도 같았다.

뒈얼은 너무 기뻤다.

"와, 목걸이가 너무 신기해, 이런 느낌 처음이야."

뒈얼이 기뻐하는 모습에 바이징링도 기뻤다.

"더 신기한 걸 보여줄게. 잠시만 눈 감을래."

뒈얼은 눈을 감고 기적이 생기기를 기다렸다. 이때 바이징링이 살며시 말했다.

"흩날려라 눈꽃아

꽁꽁 모여라 눈꽃아.

어린 면양으로 되어라.

눈 뜨고 널 보고 있단다!"

또다시 딩동딩동 소리가 들렸다. 뒈얼이 눈을 뜨는 순간, 순백의 어린 면양 한 마리가 그의 발밑에 기대어 있었다. 꼬리를 살랑살랑 흔드는 면양은 너무 활발하고 귀여웠다.

"다른 것도 가능해?"

뒈얼이 신기한 듯 물었다.

바이징링이 말했다.

"그럼, 내가 부르는 대로 따라 부르면 될 수 있어."

"그럼 한 번 해볼까?" 뒈얼도 눈을 감고 바이징링처럼 노래를 불렀다.

"흩날려라 눈꽃아.

꽁꽁 모여라 눈꽃아.

한 마리의…"

뒨얼이 갑자기 가사를 잊어버렸다. 한참 망설이던 그는 갑자기 동화 이
야기 속의 늑대가 생각났다. 그래서 "한 마리의 늑대가 되어라. 눈 뜨고
널 보고 있단다!"라고 불렀다.

딩동 딩동 소리에 뒨얼이 천천히 눈을 떴다.

왔! 과연 늑대 한 마리가 눈앞에 떡 하니 서있는 것이 아니겠는가!

늑대의 눈에서 녹색 빛이 풍겨져 나왔고 큰 입을 쫙 벌며 흉악한 몰
골을 드러냈다. 바로 옆에 있는 면양을 발견한 늑대는 순식간에 면양을
향해 덮쳤다. 면양이 앞에서 죽기 살기로 도망치고 늑대가 뒤에서 잡아
먹을 듯 미친 듯이 쫓아갔다. 뒨얼도 뒤에서 쫓아가며 소리쳤다.

"면양은 안 돼, 잡아먹으면 안 된다고."

담담한 듯 보이던 바이징링고도 뒤따라 뛰어갔다.

노래 부를 줄 아는 작은 창문

면양이 앞에서 도망치고 늑대가 뒤에서 쫓아갔다. 면양을 구하기 위해
뒨얼과 바이징링고 그 뒤에서 따라 뛰었다. 면양은 아파트 계단을 따라
위로 뛰어올라갔고 늑대가 그 뒤를 바짝 추격했다. 쾅당! 면양이 계단
에 걸려 넘어졌다. 뒤따라오던 늑대가 그 틈을 타 큰 입을 쫙 벌리며 양
을 향해 덮쳤다. 뒨얼도 덮쳤다.

늑대의 목을 잡아당긴 뒨얼은 그대로 늑대를 바닥에 내동댕이쳤다. 그 틈을 타 면양이 맨 꼭대기까지 도망쳐갔다. 늑대가 머리를 홱 돌렸다. 늑대가 힘이 얼마나 센지 늑대의 목을 잡아당기던 뒨얼은 그대로 떨어져 나갔다. 늑대가 또다시 면양을 쫓아갔다. 맨 꼭대기에서 바이징링이 면양을 품에 안았다. 늑대가 뒤쫓아 오는 걸 보고도 전혀 당황해 하지 않고 맨 꼭대기 층에 있는 작은 문을 천천히 열었다. 맨 꼭대기 층에는 작은 창문이 세 개 있었다. 첫 번째 창문을 여는 순간 유유하고 온화한 자장가가 흘러나왔다.

"잘 자거라, 잘 자거라, 아기가 잠 들었네…"

자장가를 듣던 늑대가 천천히 눈을 감더니 잠들어 버렸다.

면양도 바이징링의 품에서 고이 잠들었다.

뒨얼도 자장가를 들으니 잠이 오는 것 같았다. 마치 엄마의 품에 안긴 듯 뒨얼은 조용히 잠을 자고 싶었다. 자장가를 들으며 늑대와 면양, 그리고 뒨얼이 잠들었다. 바이징링이 앞으로 다가다 작은 창문을 닫자 노랫소리가 바로 멈춰졌다. 바이징링이 두 번째 창문을 열자 씩씩한 행진곡이 들렸다. 북소리, 나팔소리와 함께 씩씩하고 힘찬 절주가 울려 퍼졌다. 면양도, 늑대도 뒨얼도 모두 깨어났다. 모두 정신이 번쩍 들어보였다. 하지만 이상하게도 늑대가 더는 면양을 쫓지 않았고 물려고도 하지 않았다. 면양도 늑대를 무서워하지 않았다. 그들은 행진곡의 곡조에 따라 작은 창문 쪽을 향해 걸어갔다.

바이징링이 구호를 붙였다.

"하나, 둘, 하나, 둘…"

뒨얼도 어느덧 그들의 뒤를 따라 창문 앞까지 도착했다. 창밖에는 하얀 눈꽃이 흩날리고 있었다. 면양과 늑대가 창가에 조용히 서서 바이징링의 명령을 기다리는 듯 했다. 이때 바이징링의 노랫소리가 들렸다.

"하얀 눈꽃, 하얀 눈꽃이 흩날리네

하얀 눈꽃, 하얀 눈꽃이 흩날리네

어린 면양, 큰 늑대가

눈꽃으로 되어 하늘에서 흩날리고 있다네!"

바이징링이 노래를 다 부르자 면양과 늑대가 송이송이 반짝이는 눈꽃으로 되어 창밖을 건너 하늘로 날아올랐다.

빨간 수염을 가진 괴물

면양과 늑대가 눈꽃으로 되어 하늘로 날아올랐다.

뒨얼이 첫 번째와 두 번째 창문을 바라보고 있었다. 지금도 마치 귓가에서는 자장가와 행진곡이 들리는 것만 같았다.

세 번째 창문을 열면 어떤 음악이 들릴까?

뒨얼은 세 번째 창문을 향해 걸어갔다.

바이징링이 큰 소리로 외쳤다.

"세 번째 창문은 열면 안 돼!"

하지만 이미 늦었다. 뒨얼이 세 번째 창문을 열어버렸던 것이다.

이번에는 창가에서 귀를 찌르는 듯한 소음이 들리고 둥둥둥 웅장한 발걸음소리도 함께 울렸다. 바이징링이 젖 먹던 힘까지 다해 앞으로 달려갔다. 하지만 창문을 닫지도 못했는데 벌써 창가에서 붉은색 연무가 풍겨 나왔다.

연무가 천천히 확산되더니 나중에는 붉은 수염 괴물이 나타났다. 붉은 수염 괴물은 곰 같기도 하고 성성이 같기도 했다.

입에서 자꾸 불을 내뿜어 더욱 무서웠다. 뒨얼은 너무 무서웠다. 그는 모퉁이에 몸을 숨기며 어찌할 바를 몰랐다. 반면 바이징링은 여전히 당황하지 않고 차분하게 행동했다. 그는 눈을 감고 노래를 불렀다.

"하얀 눈꽃, 하얀 눈꽃이 흩날리네
하얀 눈꽃, 하얀 눈꽃이 흩날리네

위엄 있고 씩씩한 용사가 되어
눈을 뜨면 널 볼 수 있단다!"

이때 바람이 윙윙 몰아치고 눈꽃이 창가를 통해 훨훨 날아 들어왔다. 눈 깜빡하는 사이에 날아 들어온 눈꽃이 은빛 갑옷을 입고 손에 총칼을 든 용사 팀이 되어 붉은 수염 괴물을 포위했다.

화가 난 붉은 수염 괴물은 큰 입을 벌리고 끊임없이 불을 내뿜었다. 불이 몸에 닿자 용사들은 하나 둘씩 융화되어 물로 돼버렸다.

용사들이 줄줄이 쓰러지자 창밖에서 흩날려 들어온 눈꽃들이 다시 용사 팀을 구성해 붉은 수염 괴물을 포위했다.

눈꽃 용사들이 갈수록 많아졌다. 엄청난 규모의 용사들이 괴물이 불을 내뿜지 못하도록 압박했다. 붉은 수염 괴물이 천천히 붉은색 연무로 되었고 마침내 연무마저도 온데간데없이 사라졌다. 눈꽃 용사들은 승리의 기쁨을 만끽했다. 그들이 정연하게 줄을 짓고 있는 모습이 마치 명령을 기다리는 듯 했다.

바이징링과 뒨얼이 다가와 그들의 손을 꼭 잡고는 연신 고마움을 전했다. 바이징링이 작별의 노래를 부르기 시작했다.

"하얀 눈꽃, 하얀 눈꽃이 흩날리네
하얀 눈꽃, 하얀 눈꽃이 흩날리네
용사들아, 용사들아, 잘 가
눈꽃으로 되어 온 하늘을 가득 채워줘!"

노래 속에서 그리고 딩동딩동 소리와 함께 위엄 있고 용맹한 용사들은 또다시 송이송이 반짝이는 눈꽃으로 변해 창가를 건너 하늘로 날아올랐다.

일곱 색의 눈꽃

붉은 수염 괴물이 연무로 되어 사라졌다. 흰 눈 용사는 눈꽃으로 되어 하늘로 높이 날아올랐다. 이제 세 번째 창문에서도 무서운 소음이 아니라 듣기 좋은 노래가 흘러나왔다.

아주 익숙한 노래여서 어릴 적에 놀던 놀이가 생각나고, 봄날의 꽃밭과 수많은 동물친구들도 하나 둘씩 생각났다. 맑게 개인 하늘에서 햇볕이 대지를 따뜻하게 비췄다. 신기하게도 하늘에 일곱 색깔 눈꽃이 흩날리는 것이 마치 아름다운 꽃잎을 방불케 했다. 일곱 색 눈꽃은 한 송이, 두 송이 모두 세 번째 창문으로 날아 들어왔다.

더욱 놀랍게도 이곱 가지 눈꽃이 하얀 성에 날아 들어오더니 오색영롱한 장난감으로 변신했다.

헝겊 호랑이, 털 강아지, 흰 돼지, 피피 원숭이 그리고 오토바이를 탄 흑곰, 곤두박질을 하는 나무 인형… 오리가 꽥꽥 울고 암탉이 꼬꼬댁 소리를 질렀다. 장난감이 그야말로 많았다.

수많은 귀여운 장난감 속에 헝겊 인형이 있었다. 헝겊 인형은 까맣고 굵은 눈썹을 가진 여자애였다. 헝겊 인형은 억울한 마음을 드러냈다.

"그동안 붉은 수염 괴물의 괴롭힘을 당했어요. 이젠 너무 좋아요. 마음껏 자유롭게 놀 수 있게 되었으니까요."

헝겊 인형의 말에 장난감들도 할 말이 많은 듯 왁자지껄 떠들어댔다.

헝겊 호랑이가 말했다.

"이제부터는 고기를 먹을 거야!"

보송보송 강아지가 말했다.

"이제부터는 노래를 부를 거야!"

흰 돼지가 말했다.

"이제부터는 잠을 잘 거야!"

피피 원숭이가 말했다.

"이제부터는 높이 뛰며 놀거야!"

그 후로 너도나도 말한 탓에 그 누구의 말도 제대로 알아듣지 못했다.

바이징링이 조용히들 하라며 손을 흔들었다.

"붉은 수염 괴물이 다시는 너희들을 괴롭히지 못할 거야, 이제는 하얀 성에서 살아도 돼!"

모두들 기뻐하며 환호했다.

뒨얼이 물었다.

"하얀 성에서 살면서 매일 뭘 할 수 있어?"

장난감들은 서로를 쳐다볼 뿐 어떻게 대답해야 할지 난감해 했다.

헝겊 호랑이가 말했다.

"대문을 지킬 거야." 보송보송 강아지가 말했다.

"야근을 할 거야."

나무 인형이 말했다.

"서커스 공연을 보여줄게."

암탉이 말했다.

"매일 크고 향기로운 알을 낳을 거야."

모두 각자 할 일을 얘기하자 헝겊 인형이 다급해했다.

"난 너희들을 지킬 거야, 누구든 함부로 하지 못하게."

하지만 모두 헝겊 인형은 간섭이 싫다며 소리를 질렀다.

"싫어, 싫다고!"

"우린 모두 착한 아이들이야."

"어떻게 행동해야 할지 우리도 잘 알고 있어."

마음이 상한 헝겊 인형은 눈물을 흘렸다.

바이징링이 말했다.

"헝겊 인형이 큰 누나야. 올바른 말이라면 너희들도 헝겊 인형의 말을 들어야 해."

헝겊 인형은 눈물을 뚝 그치고 배시시 웃었다.

"오늘 밤에 하얀 성에서 파티를 열면 어때?"

모두 좋다며 환호했다.

"좋지, 좋아!" 그날 밤 하얀 성은 열정이 넘치고 불빛이 휘황찬란했다.
이제 하얀 성도 활력과 생기가 넘치는 동산이 되었다.

백세 할머니

뒨얼은 하얀 성에서 많은 친구를 사귀었다. 바이징링, 헝겊 인형, 나무 인형 그리고 헝겊 호랑이, 보송보송 강아지, 흰 돼지, 피리 원숭이… 어느 날 밤 뒨얼이 잠을 자다가 꿈속에서 반복해서 한 노래만 들려왔다.

"네가 돌아오길 바란다… 네가 돌아오길 바란다…"

이튿날 아침 잠에서 깨어난 뒨얼은 바로 바이징링을 찾아가 집으로 돌아가고 싶다고 했다.

바이징링은 의아해했다. 뒨얼이 어린 시절부터 밥을 얻어먹고, 옷을 얻어 입고, 자란 고아라는 걸 알고 있었기 때문이다.

"고향에 친척이 있었어?"

바이징링이 물었다.

"그렇긴 하지만 어젯밤 꿈에 '집으로 돌아오길 바란다'란 노래가 자꾸 들렸어. 가보고 싶어."

바이징링은 하는 수없다는 듯이 가보라고 했다.

뒨얼이 떠나는 날 바이징링이 뒨얼에게 신기한 눈꽃 거울을 선물했다.

거울은 형태가 눈꽃과 흡사하고 손바닥 크기만 했다. 손바닥에 놓으니 무겁고 찬 기운이 느껴지는 것이 마치 옥으로 된 조각품과 같았다.

바이징링이 말했다.

"이 거울을 너에게 줄게. 나한테도 똑같은 거울이 있어. 나랑 얘기하고 싶으면 꺼내보렴."

뒨얼은 눈꽃 거울을 가지고 집으로 돌아갔다. 산허리까지 내려오자 예전에 살던 산 아래의 마을이 보였다. 마을의 집집마다에 있는 굴뚝에서는 밥 짓는 연기가 모락모락 피어올랐다. 마을 어귀에 들어서자 마을사람이 우르르 몰려와 그동안 어디에 갔었느냐고 물어봤다.

뒨얼은 하얀 성에서 있었던 일을 마을 사람들에게 들려줬다.

이야기를 들으러 온 사람들이 점점 더 많아졌다. 그중에서도 어린애와 노인이 하얀 성에 대해 유난히 관심을 보였다.

어린애가 말했다.

"하얀 성에서 살면 얼마나 신 날까요!"

노인들도 말했다.

"하얀 성에서 살면 영원히 늙지 않는다지."

모두 조용해지자 한쪽 켠에 묵묵히 앉아있던 100세 할머니가 말했다.

"하얀 성이 어디 있는데, 보이지 않잖아?"

일리가 있다고 생각한 마을 사람들은 모두 의심스러운 눈빛으로 뒨얼을 바라보았다.

뒨얼은 다급해졌다.

"거짓말이라고 생각하세요?"

그는 품속에서 눈꽃 거울을 꺼내 들며 말했다.

"할머니, 눈꽃 거울로 하얀 성을 볼 수 있어요."

할머니는 눈꽃 거울로 하얀 성뿐만 아니라 바이징링도 보게 됐다.

바이징링이 눈꽃 거울을 통해 할머니께 안 부인사를 드렸다.

"할머니, 하얀 성에 놀러 오시는 걸 환영합니다."

할머니께서는 그제야 믿을 만 하다는 표정을 지으셨다.

"하얀 성으로 가보고 싶어. 내일 뒨얼과 함께 산으로 갈 거야."

그러자 마을 사람들이 모두 말렸다.

"할머니 연세가 가장 많아요. 너무 위험해요!"

할머니께서 말씀하셨다.

"100년간 살았어. 귀도 잘 들리고 눈도 잘 보이고 팔 다리에도 아직 힘이 많아 산을 오를 수 있단다."

마을 사람들은 여전히 걱정하는 분위기였다. 하지만 할머니는 이미 마음을 굳힌 듯 했다. 마을에서 가장 연로하신 분이라 마을 사람들이 모두 그의 뜻을 존중했다. 할머니께서 말씀하셨다.

"먼저 가볼 게. 하얀 성이 그렇게 좋다면 그때 너희들이 와도 늦지 않아." 이튿날, 뒨얼은 할머니를 모시고 하얀 성으로 가기로 했다.

눈꽃이 흩날리는 하얀 성

떠나는 날 아침, 하늘이 맑게 개었다. 뒨얼은 할머니를 모시고 산으로 향했다.

할머니가 더욱 편안하고도 안전하게 산길을 걸을 수 있게 뒨얼은 특별히 지팡이를 준비했다. 산기슭에 도착한 뒨얼은 또 그 빨간 꽃을 보았다. 뒨얼이 빨간 꽃 가까이로 다가서자 꽃잎이 활짝 펴졌다. 그러더니 꽃 심에서 빨간 옷 여자애가 일어났다. 꽃 심에서 퐁퐁 뛰어나던 빨간 옷 여자애는 어느덧 키가 훌쩍 커졌다.

"할머니, 안녕하세요. 뒨얼 오빠, 안녕!"

빨간 옷 여자애를 본 할머니는 너무 기뻐하셨다. 할머니는 여자애의 손을 잡고 말씀하셨다. "뒨얼에게 하얀 성에 함께 가자고 했어."

빨간 옷 여자애가 믿기지 않는다는 표정으로 할머니를 유심히 바라보더니 말했다.

"할머니, 연세도 많으신데 산에는 오르지 않는 것이 좋을 것 같아요."

뒨얼도 옆에서 한 마디 거들었다.

"산이 너무 높아요. 위험할 수도 있다고요."

할머니는 조금 화가 나신 것 같았다.

"바이징링은 환영한다고 했어. 너희들이 말려도 난 갈 거야."

붉은 옷 여자애는 할머니의 결심이 확고한 걸 보고는 듣기 좋은 노래를 부르기 시작했다.

"하얀 성야, 하얀 성야.

얼른 문을 열어주려무나

100세 할머니가 들어오고 싶으시단다."

붉은 옷 여자애의 노래가 끝나자 우르릉하는 소리와 함께 산 속에 하얀 성이 우뚝 모습을 드러냈다.

순간 할머니는 눈빛이 반짝이고 힘이 솟구치는 듯 했다. 할머니는 지팡이를 짚더니 바로 산에 오르기 시작했다. 처음에는 산길이 그나마 걷기 쉬웠다. 할머니도 힘이 넘쳐 걷는 내내 웃으며 얘기하곤 했다. 하지만 위로 올라 갈수록 산은 더 가팔랐다. 숨이 가빠진 할머니는 세 걸음 옮겨 딛고 쉬곤 하셨다.

뒨얼이 말했다.

"할머니, 이제부터는 산길을 걷기가 더욱 어려워질거예요. 힘드시면 돌아가셔도 돼요?"

붉은 옷 여자애도 그러는 게 좋을 것 같다고 했다.

할머니는 지팡이를 꽉 짚으시더니 말씀하셨다. "가자구"하며 또 다시 오르기 시작했다. 산중턱에까지 도착했을 때 큰 바람이 불고 큰 눈이 내렸다. 이제 할머니는 더는 걸을 수 없게 됐다. 그들은 하는 수 없이 눈바람을 막을 수 있는 산굴을 찾아 잠시 휴식을 취하기로 했다. 바람이 더 세게 불어오고 눈이 더 많이 내렸다. 날씨가 점점 더 추워졌다. 어떻게 하면 좋을까 하고 애간장을 태우고 있던 뒨얼은 초조해진 나머지 눈시울을 붉혔다. 그때 다행히도 붉은 옷 여자애가 귀띔을 해 주었다.

"뒨얼야, 얼른 눈꽃 거울을 꺼내보려무나. 혹시 바이징링에게 좋은 방법이 있을 수도 있잖아."

눈꽃 거울을 꺼내든 뒨얼은 얼른 거울 속의 바이징링에게 물었다.

"바이징링아, 바이징링아, 바람이 세게 불고 눈이 펑펑 내려 걸을 수가 없어. 빨리 좀 도와줘."

바로 이때 눈꽃이 바람을 타고 산굴에 날려 들어왔다. 할머니는 찬바람에 몸을 부르르 떨었다.

뒨얼은 또다시 거울 속의 바이징링에게 도움을 청했다.

빨간 가마

뒨얼이 바이징링에게 도움을 청하고 있을 때 웃고 떠드는 소리가 산속에서 들려왔다.

혹시 누가 온 걸까?

갑자기 다양한 종류의 동물들이 산굴로 욱하고 몰려 들어왔다. 뒨얼은 바로 그들을 알아봤다. 하얀 성에서 살고 있는 헝겊 인형, 나무 인형, 보송보송 강아지, 흰 돼지, 피피 원숭이… 뒨얼은 바로 알아보았다.

헝겊 인형이 할머니 앞으로 다가서더니 예의를 갖춰 말했다.

"할머니, 하얀 성까지 할머니를 모셔 드리려고 왔어요."

동물 장난감을 본 할머니는 의아한 표정으로 물었다.

"날 데리러 왔다고? 방법이 있어?"

장난감들이 하나 같이 몸집이 작고 애처로워 보였기 때문이었다.

나무 인형이 곤두박질해 할머니 앞에 서더니 바로 할머니의 손을 당겨 산굴 밖을 향해 걸어 나갔다.

할머니가 산굴어구에 도착해보니 빨간 가마가 기다리고 있었다.

헝겊 인형이 말했다.

"바이징링이 할머니를 모셔오라고 했어요. 가마에 타세요."

빨간 가마를 본 할머니는 부끄러워하셨다.

"어머나, 결혼할 때 한 번 타보고 그 이후에는 타본 적이 없는데. 80여 년이 지난 오늘, 100살이 되어서 다시 탈 수 있으리라고는 생각지도 못했는데…"

할머니께서 가마에 올라앉자 나무 인형이 소리높이 외쳤다.

"갑시다!"

동물 장난감들은 있는 힘껏 가마를 받쳐 들고 하얀 성으로 향하는 산길에 올랐다. 가마에 앉은 할머니는 전혀 무섭지 않았다. 그는 머리를 바깥쪽으로 내밀고는 가마를 들고 가는 동물들을 향해 말씀하셨다.

"모두들 수고하는군 그래."

"괜찮아요."

헝겊 인형이 대답했다.

처음으로 가마를 든 동물 장난감들은 신기하기도 하고 재미있기도 했다. 동물 장난감들이 더욱 질서정연하게 걸을 수 있게 나무 인형이 구호를 불렀다.

"가마를 들거라, 영차 영차!

높은 산에 오르자, 영차 영차!

하얀 성이, 영차 영차!

하늘높이 우뚝 솟아있네, 영차 영차!

할머니는 껄껄껄 웃으셨어요.

피피 원숭이도 구호를 불렀어요.

할머니, 영차 영차!

100세가 되었네요, 영차 영차!

오늘은 새신부가 되었군요, 영차 영차!

꿀을 먹은 것처럼 마음이 달콤하네요, 영차 영차!"

피피 원숭이의 구호를 들은 할머니는 배를 끌어안고 껄껄껄 웃으셨다.

모두들 웃고 떠들며 기뻐하고 있을 때 뒨얼이 소리높이 외쳤다.

"하얀 성에 도착했어요. 할머니 가마에서 내리세요."

바이징링은 일찍부터 성의 대문에서 할머니를 기다리고 있었다.

산 아래로 내려온 하얀 성

하얀 성에 들어서는 순간 할머니는 손에 쥐고 있던 지팡이를 한쪽에다 버렸다.

"하얀 성에서 살면 평생 늙지 않는다지. 이 지팡이도 이제 필요 없겠네!" 할머니가 말씀하셨다.

할머니가 하얀 성에 방금 왔을 때는 날마다 그들에게 이야기를 들려주고 동요를 불러주었을 뿐만 아니라 창문 3개를 열어 서로 다른 노래를 감상하거나 그들과 숨바꼭질을 하기도 했다.

한참을 지나자 할머니께서 말씀하셨다.

"이제는 날마다 놀면 안 될 것 같아, 무슨 일이라도 찾아해야지."

두 번째 창문에서 진행곡이 울려 퍼지자 할머니는 그들에게 아침체조를 하라고 했다. 하지만 모두 내키지 않아 했다. 늦잠꾸러기 흰 돼지가 입이 뾰로통해졌다.

"우린 아직 어린애예요, 아침체조는 하지 않아도 되지 않아요?"

할머니는 동물 장난감들에게 바닥을 쓸고 책상을 닦는 등 가사노동도 가르치려 했지만 모두가 싫어했다. 보송보송 강아지도 게으름을 피웠다.

"우린 모두 애들이에요. 왜 가사노동을 해야 해요?"

할머니는 늘 '크지 않는 아이'들 때문에 한숨을 쉬었다.

"계속 어린애처럼 놀면 어떻게 하니?"

바이징링과 뒨얼도 할머니의 말씀이 옳다고 여겼다. 하지만 별다른 방법이 없었다. 어느 날 할머니가 하얀 성 밖에 겹겹이 이어진 산을 바라보더니 눈물을 뚝뚝 흘리셨다. 모두 깜짝 놀라 어찌할 바를 몰라 했다. 모두 할머니 주위로 몰려들었다.

"너무 속상해 하지 마세요. 내일부터 아침체조도 하고 가사노동도 배우겠어요."

할머니께서 눈물을 닦으시더니 말씀하셨다.

"너희들 때문이 아냐, 마을의 노인들이 그리워서 그런 거란다."

모두 조용해지고 할머니의 말씀에 귀를 기울였다.

"마을의 노인들은 하루하루 늙어가고 있어. 내가 다시 마을로 돌아갔을 때 만약 그들이…"

할머니께서는 더 말을 잇지 못하고 또 눈물을 흘리셨다.

할머니께서 눈물을 닦으시더니 말씀하셨다.

"너희들은 영원히 어린애라고 계속 놀기만 할거냐?"

그날 하얀 성은 쥐죽은 듯이 아주 조용해졌다. 모두 할머니의 말씀을 생각하고 있었던 것이다. 그날 밤 바이징링과 뒨얼이 밤늦게까지 얘기를 나누었다. 이튿날 날이 밝아오자 할머니께서는 짐을 정리하기 시작하셨다. 하얀 성에 들어서면서 한쪽에 버렸던 지팡이도 다시 찾아내셨다.

"이젠 마을로 돌아갈 거야."

뒨얼이 말했다.

"할머니, 잠깐만요. 저도 할머니랑 함께 마을로 가겠어요."

바이징링도 말했다.

"저도요."

동물 장난감들도 함께 외쳤다.

"저도요, 저도요. 함께 갈래요."

할머니는 이상하게 생각하셨다.

"너희들도 다 가면, 하얀 성은?"

바이징링이 대답했다.

"하얀 성도 함께 갈 거예요."

"뭐라고?"

놀란 할머니는 자신의 귀를 의심하셨다.

"하얀 성도 함께 마을로 간다고? 설마 걸을 수가 있어?"

바이징링이 대답하기도 전에 하얀 성의 주위에서 굵은 소리가 들렸다.

"마을로 함께 가요. 함께 가요."

그 후 진짜 신기한 일이 벌어졌다. 하얀 성이 점점 더 높이 올라가더니 굵고 단단한 발 2개가 자라났다. 하얀 성은 묵직한 발을 내디디며 마을을 향해 성큼성큼 내려갔다.

"할머니, 조심하세요."

뒨얼이 말했다.

"할머니, 우리 모두 같이 마을로 가요."

바이징링이 말했다.

할머니는 아직도 눈앞에 펼쳐지고 있는 광경이 믿기지 않았다.

바이징링이 계속해서 말했다. "할머니, 저랑 뒨얼이 논의해 봤는데요. 하얀 성을 마을로 옮겨간 후 할아버지, 할머니를 모두 모셔올게요. 하얀 성에서 살면 영원히 늙지 않으니까요."

"그럼 너희들은?" 할머니께서 의아해하셨다.

뒨얼이 말했다. "우린 하얀 성에서 이사 갈 거예요. 우리도 얼른 커야지요. 평생 어린애로만 있을 수는 없잖아요."

동물 장난감들도 함께 외쳤어요.

"얼른 크고 싶어요. 우리도 어른이 되고 싶어요."

그들이 신나게 얘기를 나누는 동안 하얀 성은 어느덧 한 발 한 발 산 아래의 마을로 걸어가고 있었다. 많은 산에서 하얀 성의 "둥, 둥, 둥" 하는 발자국 소리가 들렸다.

"하얀 성이 이리로 오고 있어요. 마을로 내려오고 있다고요."

산 아래의 마을 사람들이 일찍부터 산기슭에서 기다리고 있었다.

하얀 성이 산기슭의 평평한 곳에 자리를 잡고 두 다리를 땅 속으로 깊숙이 박았다. 마을 사람들은 마치 명절마냥 기뻐하고 즐거워했다.

이튿날 이곳 사람들은 더욱 바삐 보냈다. 마을의 할아버지, 할머니들이 한 분도 빠짐없이 모두 하얀 성으로 이사를 왔다.

"하얀 성에서 살면 영원히 늙지 않는다지."

노인들은 모두 기뻐했다.

바이징링, 뒨얼과 동물 장난감들은 모두 하얀 성으로 이사해 갔다.

그들은 얼른 커서 재능을 배우고 싶었다. 평생 어린이로 살고 싶지 않았기 때문이었다.